중국읽기

중국읽기

김정현 지음

문이당

작가의 말

내가 중국을 처음 만난 것은 소설 《전야》를 쓰기 위한 취재길에서였다. 그리고 내가 받은 첫 느낌은 '기분 나쁘도록 크다는 것과 대책 없이 많다'는 것이었다. 그 느낌은 아직도 여전하다. 그런데 차츰 중국길이 잦아지면서 점점 내 가슴을 달군 것은 어떻게 그 넓은 땅, 수많은 민족을 수천 년 전 그때부터 온전히 지켜 왔느냐 하는 것이었다. 정말이지, 이 좁은 땅덩이조차 제대로 간수하지 못한 역사의 아픔에 통분하는 내게 그것은 단순한 경이를 넘는 두려움이었다. 그래서 난 중국, 그리고 중국인에 대해 알고 싶었다.

대륙을 관통하는 황허(黃河) 강이 이루어 낸 5천 년의 역사. 난 그 속으로 빠져들기 시작했다. 그리고 벌써 5년여의 세월이 흘렀고 방문 횟수만도 70회를 넘겼다. 물론 아직 황허 5천 년 역사를 꿰기에는 너무나 부족하다. 하지만 다행히도 이 문외한의 끓는 가슴에 공감하는 많은 중국인들을 만날 수 있었고, 그들과 허심탄회하게 나눈 진실한 대화는 이 글을 쓰는 데 큰 자산이 되었다.

오래전부터 수백여 권에 가까운 중국 관련 국내외 서적을 뒤적였지만 모두가 전문 학술서나 특정 분야 관련서가 아니면 관광 가이드

북 일색이었다. 그러나 지금 우리 일반에게 필요한 것은 그들 중국인은 누구이며, 중국은 과연 어떤 나라인가에 대한 기본적인 입문서가 아닐까 생각했다. 물론 나도 아직 그들에 관한 전부를 알지는 못한다. 하지만 나는 지난 시간 동안 미친 듯한 열정으로 얻은 이 작은 소득이 이제 막 중국을 향해 출발하려는 이들에게 결코 무용한 시간 낭비만은 되지 않으리라 감히 말할 수 있다. 다만 그들 중국에 대한 내 긍정적인 시각이 혹여 속없는 사대(事大)로 비치지나 않을까 하는 우려도 있다. 그러나 상대의 약점을 지적하여 얻는 섣부른 우쭐함보다는 상대를 경외하면서 찾아가는 신중한 길이 끝내는 더 큰 득이 되지 않을까.

끝으로 내 중국 여행길에 언제나 동행해 통역의 도움을 아끼지 않은 이동의님과 이름을 밝히지 못하는 많은 분들에게 진심으로 감사를 드린다.

2001년을 보내며
중국 태산(泰山)에서
김 정 현

3장 중국, 그리고 한국인

4장 요동치는 붉은 용, 그 힘의 원천과 미래

1장

내가 만난 중국, 중국인

샤오야 그룹의 기적을 일군 큰누나, 리수민

지금 중국에서는 샤오야(小鴨) 그룹 당서기(黨書記) '철의 여인' 리수민(李淑敏)을 모르면 간첩이라는 농담이 회자되고 있다. 또한 경제에 조금만 관심 있는 사람이라면 그녀에 관한 TV 특집 프로그램 한두 편은 보았을 정도이다. 도대체 이 여인은 누구이며, 그녀의 무엇이 그토록 많은 이들을 매료시킨 것인가.

먼저 사회주의 국가 중국의 기업을 잘 알지 못하는 이들을 위해 우리에게 낯선 명칭의 직책부터 간단히 설명한다. 개혁 개방이 이뤄진 1978년 이후부터 생겨나기 시작한 일부 민간 영리 기업을 제외하고는 아직도 중국에서는 수많은 기업이 국영 체제이다. 그런 국영 체제의 기업에는 통상 두 개의 공식 라인이 병존하는데, 우리의 회장이나 사장·전무·이사와 같은 계선(系線)인 동사장(董社長)·총경리(總經理)·경리(經理) 등의 직책이 그 하나이다. 그리고 또 다른 하나는 사회주의 일당 체제 국가에서만 볼 수 있는 공산당 조직의 계선으로 그들의 직책은 당서기·당부서기·국장·주임 등으로 이루어진다. 그럼 병존하는 두 라인의 계선 중 어느 편이 더 우위일까. 그것은 당연히 당의 계선이 우선한다. 조금 무리는 있겠지만 단순하게 설명해서 당서기 다음이 동사장이요, 그 다음이 당부서기 정도로 생각해도 큰 오류는 아닐 거다.

리수민은 그런 조직 하의 산둥 성(山東省) 성도(省都) 지난(濟南) 시 관할의 국영 샤오야 그룹 당서기이다. 여기서 먼저 샤오야 그룹의 대강을 알아보면, 비록 같은 산둥 성에 있는 중국 최대의 전자 회사 하이얼(海爾)에는 못 미쳐도 중국 5백대 기업 안에 드는 산둥 성 2위의 전자 기업 샤오야 전자를 비롯하여 모두 열일곱 개의 회사를 거느린 만만찮은 규모의 기업군으로, 주요 생산 품목은 샤오야 전자의 세탁기·냉장고·가스온수기 등 다양한 전자 제품과 함께 계열사의 도자기·피혁·철관 등이다. 또한 2000년도 전체 매출액 규모는 16억 위안, 올 2001년 매출 목표는 26억 위안(한화 약 4160억)으로 그 성장 속도와 규모가 여간한 것이 아니다.

아무튼 그런 샤오야 전자가 창립된 것은 1984년. 그러나 3년 만인 1987년 누적된 적자로 벌써 도산 위기에 처해졌으니, 그야말로 하루 아침에 지난 시의 골칫덩이로 전락한 것이었다. 원인이야 사회주의 기업의 고질적 병폐라 할 수 있는 소유 문제와 적극적 사고방식의 결여에서 비롯된 품질 불량, 생산성 저하 등 총체적인 것이었다. 당시로서는 도저히 회생 가능성이 없다는 회의론이 우세하여 거의 도

직원들과 환담하는 리수민(좌에서 두 번째)

산으로 결론이 굳어지고 있었다. 하지만 만일 샤오야 전자가 문을 닫게 될 경우, 지난 시 정부의 자존심이 문제가 아니라 당장 4천여 명에 달하는 노동자의 실업과 그로 인한 경제의 혼란이 눈앞의 불이었다. 결국 오랜 고민 끝에 내려진 결론은 마지막으로 기회를 한 번 더 주자는 것이었다. 하지만 그 적자투성이 회사를 이끌어 갈 새로운 지도자를 찾아낸다는 것이 결코 수월한 일은 아니었다. 더구나 그만한 자리에 합당한 당간부들은 모두가 고개를 내저었다. 여차하면 한순간에 그때까지 쌓아 온 자신의 모든 공적이 물거품이 될 수도 있으니 말이다.

결국 심사숙고 끝에 지목된 이가 당시 다른 제조업체의 당서기로 있던 리수민이었다. 모두가 거절한 샤오야 전자 당서기 자리를 그녀는 기꺼이 수락했다. 물론 그때에도 그녀의 능력이 남다르기는 했지만 오늘의 샤오야 그룹을 키워 내리라고는 누구도 예상하지 못했다.

내가 그런 그녀를 처음 만난 것은 지난해 여름 지난 시를 방문했을 때였다. 한 지인의 주선으로 그녀가 저녁 식사에 초대를 한 것이다. 그런데 그녀가 이미 당일의 중요한 회사 일정으로 점심때부터 꽤 취해 있다는 사전 귀띔이 있었다. 시간에 맞춰 우리 일행이 약속 장소에 도착했을 때 기다리고 있는 이들은 회사 내의 주임급 서너 사람이었다. 그럼에도 그들은 굳이 먼저 식사를 시작하자는 것이었다. 중국의 예법에서 주인도 없이 먼저 식사를 시작한다는 것은 매우 이례적인 일이었지만 그들의 입장을 고려한 우리 일행의 동의로 만찬은 시작됐다. 그리고 약 10여 분 후, 특별한 비즈니스도 아닌 단순히 호의적인 초청 자리에, 바쁜 주인이 조금 늦게 온들 무슨 그리 큰 흠이라고 그녀는 몹시도 송구한 표정으로 황급히 들어섰다. 검게 탄 얼굴에 쉰여덟 살의 나이를 조금도 감추지 못하는, 마치 어린 시절의 고향 시골 마을에서 만나던 친구 어머니의 정겨운 모습 그대로였다. 인사가 끝나고 그녀는 곧장 중국식 인사라 할 수 있는 건배를 제의했다. 이런 경우 보통은 우리 소주잔의 절반에 조금 못 미치는 작은 바이주(白酒) 잔으로 세 잔의 술을 권해 건배하는 것이 통례건만, 그녀는 기다란 샴페인 잔에 45도짜리 바이주를 가득 채워 그것을 세 번에 나눠 비우자는 것이었다.

한눈에도 아직 낮의 술이 깨지 않았음을 알 수 있어서 우리는 그녀의 잔만은 광천수로 채우기를 권했다. 그러나 그녀는 뜻은 고맙지만 첫 잔만은 손님에게 예의가 아니라며 굳이 고집을 부리는 것이었다. 하지만 결코 만용의 호기가 아닌 호방한 장부의 기상처럼 보여 녹록지 않은 당서기의 경륜이 느껴졌다. 첫 모금의 술이 짜르르 불기운을 남기며 목줄기를 타고 넘어갔다. 그러자 그녀는 어느새 정겨운 누님으로 돌아와 이런저런 안주를 끝도 없이 챙겨 주며 초면인 나를 비롯, 자신의 비서며 운전기사에 이르기까지 자리에 둘러앉은 모두에게 마땅한 인사와 흥겨운 이야기로 좌중을 주도했다. 물론 간간이 업무상 필요한 이야기도 오가기는 했지만, 그 일과 관계없는 어느 누구도 그로 인한 긴장이나 머쓱함은 한순간도 느끼지 못하였다. 그녀의 세심한 배려에서 진정한 프로의 몸에 밴 자연스러움을 읽을 수 있었다.

나는 아직도 상대의 눈빛과 내 느낌을 믿으며, 여태껏 그로 인한 낭패는 별반 겪어 본 적이 없다. 낯선 이방인에게 베풀어지는 호의의 술잔이 자주 건네지고, 난 그날 제법 취했다. 그래서 그 자리에서 나누었던 이야기들을 모두 기억해 내지는 못한다. 하지만 그녀의 눈빛과 내 육감으로 그녀가 철의 여인이기에 앞서 따스한 정을 가진 인간이었음은 또렷이 기억해 낼 수 있다.

그녀가 도산 직전의 적자 기업 샤오야 전자를 6년 뒤인 1993년에 흑자로 전환시키고 이제는 열일곱 개의 기업군을 거느린 샤오야 그룹으로 성장시킨 비결로는 여러 사례들이 거론된다. 우선은 당서기로 취임한 직후 시작한 철저한 실태 분석을 들 수 있을 것이다. 국영 기업의 타성에 젖은 느슨함, 만연된 게으름, 높은 불량률 등등. 그리고 그녀가 그런 여러 원인들 중에서 짚어 낸 가장 중요한 핵심은 도무지 찾아볼 수 없는 적극성의 뿌리, 즉 내 직장 내 일이라는 주인 의식과 자긍심의 결여였다. 문제의 핵심을 찾은 그녀는 '직공심 기업근(職工心企業根)', 즉 '종업원의 마음이 기업의 뿌리다'라는 기치를 내걸었다. 바로 그들에게 회사의 운명과 자신의 인생이 함께한다는 주인 의식을 심어주기 위함이었다.

책임과 당근. 그것이 그녀가 선택해 손에 잡은 무기였다. 중국인의 가슴에 아직도 면면히 흐르고 있는 인본주의의 전통을 간파해 실용주의와의 접합을 이루기 위한 강력한 접착제. 그 한 예가 그녀 스스로 만들어 규정한 '5필담(必談) 6필방(必訪)'의 종업원 관리 기본 원칙이다. 그것은 중견 간부 이상의 관리자는 자기 휘하의 종업원

및 그의 집안에서 일어나는 모든 일을 파악하여 다섯 가지의 경우는 반드시 직접 면담을 가져야 하고, 여섯 가지의 경우에는 반드시 그를 방문해야 한다는 것이다. 먼저 '5필담'은 종업원이 정서적으로 불안정한 기미를 보일 때, 근무 중 규정을 위반했을 때, 종업원들 간에 갈등이 있을 때, 표창 또는 비난을 받았을 때, 승진·강등을 포함한 모든 인사 이동의 경우로 이때는 무조건 그 당사자를 만나 직접 대화를 나누어야 한다는 것이다. 또 '6필방'의 경우는 종업원이나 그 가족이 입원했을 때, 종업원의 가정사에 어려움이 있을 때, 결혼·상사 등 모든 관혼상제 때, 종업원이 징계 등의 처벌을 받았을 때, 불의의 사고를 당했을 때, 그리고 명절 때로 이때는 무조건 종업원의 집을 직접 방문하라는 원칙이다. 그녀가 샤오야 전자의 당서기로 취임한 후 지금껏 한 번도 집에서 명절을 보내지 못했을 만큼 관리자에게는 엄청난 희생을 강요하는 것이었지만 종업원 개개인에게는 회사가 그의 인생을 모두 책임지겠다는 의지를 표시한 셈이었다. 물론 여기에는 아직 의료, 복지 등 여러 면에서 국가가 사회의 모든 기능을 감당하지 못하여 기업이 대신해야 하는, 체제와 발전 도상의 한계라는 면도 있다. 그러나 일당 체제 국가의 국영 기업이라면 작은 정부의 하나로도 볼 수 있으니, 그 시행만 철저하다면 거대 정부 조직에 의한 획일적이고 형식적인 제도보다 오히려 현대 국가 기능의 재검토를 위한 효율적인 표본이 될지도 모르겠다. 아무튼 그렇게 그녀는 작은 정부의 지도자라 할 수 있는 당서기의 직분으로 몸과 마음을 바쳐 제도를 만들고 그것을 시행한 것이었다.

특히 그녀가 당근으로 적절히 이용한 제도 중 하나가 표창인데, 유명무실한 명예에 그치는 것이 아니라 실질적인 보상 혹은 수혜가 될 수 있는 엄청난 상품이 뒤따랐다. 그것은 우수한 자가 손해를 보아서는 안 된다는 그녀의 실용주의적 원칙에 근거한 것이었으며, 특히 수상자는 회사에서 집까지 카퍼레이드를 시켜 자신이 직접 동행하기까지 한다는 것이었다. 한편으로 생각하면 유치하게 여겨질지도 모르는 일이지만, 그것은 그만큼 가정은 물론 이웃의 다른 이들에게까지 그의 성과를 알림으로써 그와 가족, 그리고 이웃까지 샤오야 그룹에 일치시키겠다는 그녀의 치밀한 계산이 아니었을까 생각된다. 또한 그것은 바로 신명으로 이어질 수 있었으니, 그저 월급을 받기 위한 노동이 아니라 그것이 바로 내 삶이라는 생각으로 혼신의 힘을 기울이도록 만든 아편 같은 당근인 셈이었다. 그녀가 그렇게 종업원의 어깨춤 으쓱거려지는 신명을 돋우기 위해 얼마나 노력을 기울였는지 또 다른 예를 들어 보자.

샤오야 그룹 역시 중국의 대표적 연휴인 춘절(음력 1월 1일)이나 국경절(중화인민공화국 성립 기념일인 10월 1일) 등에는 모든 라인의 가동을 중단하고 전 직원이 휴가에 들어간다. 그리고 연휴가 끝난 뒤 직원들이 출근하는 아침이면 회사 정문 앞에 북과 악기를 내놓고 리수민 자신이 직접 북을 두드리며 '회사로 돌아오는' 직원들을 맞는다는 것이다. 어떤가? 그쯤이면 유치하건 아니건, 저절로 가슴이 뭉클하고 어깨가 덩실거려지지 않겠는가? 쉽게 말해, 연휴를 보내고 돌아오는 '삼성'의 직원들을 오너인 이건희 회장이 직접 정문 앞에서

연휴를 끝내고 출근하는 직원들을 북을 두드리며 맞는 리수민

북을 두드리며 환영해 맞는다는 것이니, 어찌 저절로 신명이 돋고 뿌듯한 자긍심과 애사심이 솟구치지 않겠는가 말이다. 그녀는 눈에 띄는 일이면 그게 회사의 일이건 종업원의 일이건 자신의 손으로 끝까지 책임지고 결과까지 확인하는 철저함도 함께 보여 준다. 그리고 그것은 그녀만의 무당춤으로 그치는 것이 아니라 마침내 모든 직원이 감동하는 공감대로 이어져 오늘날 흑자로의 대전환은 물론 그녀에게 '철의 여인', '큰누나'라는 존경과 사랑의 존칭까지 헌정하게 만들었다. 그녀에 대한 종업원의 애정이 얼마나 진심 어린 것인지 한 예를 더 전하겠다.

중국 국영 기업에서는 정기 혹은 수시로 직공대표대회라는 것이 개최된다. 이는 우리의 정례 조회나 노조대표회의, 또는 이사회 등과 같은 여러 복합적 기능을 가진 대회라 할 수 있는데 바로 그런 대회 석상에서 일어난 일이었다. 리수민은 대회장에서 우수 직원에게 표창을 수여하고, 순서에 따른 대회 일정을 진행하다가 잠시 휴식시간이 되어 한숨을 돌리고 있던 중이었다. 그때 갑자기 대회에 참석할 자격도 없는 한 여직공이 대회장을 가로질러 단상 위로 올라오더니 마이크를 잡고 모두에게 조용히 해줄 것을 요청하더라는 것이다. 황당스러운 일에 긴장된 대회장은 숨소리조차 들리지 않는 침묵의 공간으로 바뀌었고 마이크를 잡은 여공은 격정에 찬 음성으로 말하기 시작했다. 리수민 당서기는 직원들에게는 냉장고·TV는 물론 푸짐한 상품을 곁들인 표창을 수여하지만, 오늘의 샤오야를 일궈 낸 가장 큰 공로자이자 가장 많은 피땀을 쏟은 그녀에게는 누가 표창을 수여하느냐면서, 전체 여공의 뜻을 모아 작은 감사의 표시로 준비한 들꽃 한 다발을 그녀의 가슴에 안겨 주고 싶어 자리에 섰다는 것이었다. 일순간 장내는 떠나갈 듯한 박수 소리가 무려 10분 넘게 울려 퍼졌고 서로 부둥켜안고 뜨거운 눈물을 흘렸다. 그리고 그날부터 리수민은 모든 종업원의 큰누나이자 큰언니가 되었다.

고등학교 졸업 후 인민해방군 군인으로 칭하이 성(靑海省)의 건설 병단에 근무하기도 했던 그녀, 그러나 지금은 그동안의 통신 강의로 산둥 경제관리대학, 산둥 공상(工商)관리대학, 중화여자대학의 학사 학위를 취득하기도 한 끈기의 여인. 그녀가 내세운 가장 큰 인생의 좌우명은 '존중인(尊重人), 이해인(理解人), 개발인(開發人), 관심인(關心人), 격려인(激勵人)'이었다. 사람을 존중하고 이해하며 능력을 개발하고 관심을 가져 격려한다는 인본주의 철학. 그에 바탕한 인간과 인간의 진심 어린 감정의 나눔, 존경과 신뢰가 저절로 쌓여지는 그런 탁월한 인간 경영이라면 아마 최소한 동아시아 문명권에서는 그 어떤 난관도, 불가능마저도 극복할 수 있지 않을까, 고개가 저절로 끄덕여진다. 그런 뜻에서 사회주의 체제를 뛰어넘은 리수민의 행적은 우리에게도 많은 교훈이 될 수 있으리라.

창안 대로의 경이, 둥팡광창(東方廣場)

960만 제곱킬로미터. 선뜻 감이 잡히지 않는 면적이다. 그럼 대략 한반도 전체 면적의 43배라면? 우리 중산층 아파트 33평형의 실평수인 약 25평을 기준으로 대략 1억 1천6백만 가구를 지을 수 있는 29억여 평이라면?

러시아, 캐나다, 미국에 이어 세계 네 번째로 큰 땅덩이를 가진 중국이다. 그런데 이 대책 없이 큰 나라 중국의 수도인 베이징(北京)이 또 자존심을 확 구겨 놓는다. 1만 7천8백 제곱킬로미터. 대한민국 통치권이 미치는 남한 땅덩어리의 약 5분의 1에 조금 못 미치는 면적이다.

익히 보아 온 중국 지도에서 감은 잡고 있었으니 기분은 뭣하지만 그쯤은 넘어가자. 하지만 큼지막한 마오쩌둥(毛澤東)의 사진이 걸려 있어 우리의 눈에 익숙한 톈안먼(天安門) 근처에서 난 자존심이 아니라 진짜 섬뜩한 공포에 질려 버렸다. 그 까닭은 베이징에서도 가장 중심 도로인 창안 대로(長安大路), 서울의 명동에 해당하는 왕푸징(王府井)으로 들어가는 입구에 자리한 둥팡광창이라는 이름의 건물 때문이었다.

그 건물을 처음 보았을 때 설마 이게 단일 건물은 아니겠지 생각했다. 그런데 자세히 살펴보니 이게 단일 건물군인 것이다. 주차는 물론이고 그 어떤 차량도 잠깐 정차조차 할 수 없는 그 삼엄한 창안 대로변에 우뚝 자리 잡은 건물의 길이는 자그마치 5백 미터, 그 폭은 2백 미터. 쉽사리 보아 넘길 일이 아니다. 한번 잘 생각해 보자. 한 나라의 수도 중심 도로변에 있는 단일 건물의 길이가 5백 미터라면? 세계 어느 나라를 가보더라도 쉽사리 접할 수 없는 그야말로 위용이다. 박물관이나 미술관, 또는 국회 의사당 같은 공용 건물이라면 또 모를까. 아무튼 잔뜩 멋을 부려 대리석 치장까지 한 둥팡광창의 1층과 지하는 상업용 판매 시설이고, 지상 2층부터 20여 층에 이르는 나머지는 모두 사무실, 호텔 등의 용도로 쓰이는 초현대식 빌딩이다.

어떤가? 그래도 두렵지 않다면 당신은 심장이 철판이거나 중국과의 깊은 인연은 영원히 닿지 않을 사람이다. 뒤에 이야기하겠지만 상하이(上海) 사람들과는 그 성향이 다른 베이징 사람들은 이 둥팡광창 건물에 무한한 자부심을 느낀다. 그들은 이렇게 건물에서조차 섬뜩한 위용을 부리며 그것을 자신들의 대륙적 기질로 여겨 만족해하는 것이다. 혹 베이징에 갈 기회가 있다면 근년 들어 다시 건축되었거나 건축 중인 여러 건물을 눈여겨보라. 인민은행 본관, 중국은행

본관은 물론 궈마오중신(國貿中心: 무역 센터)을 비롯한 수많은 오피스 빌딩군을. 그 규모와 선에서 단번에 두려울 정도의 호방함과 찌를 듯한 위용을 느낄 수 있으리라.

그것은 단지 넓은 땅덩이를 가진 이들의 턱없는 호기가 아니다. 세상 그 무엇도 두렵지 않다는, 다시 중화(中華)의 옛 영광을 되찾겠다는 감추지 않는 자신감과 야심인 것이다. 힘, 진정 한순간도 긴장을 늦출 수 없는 엄청난 힘이다. 드넓은 땅덩이, 13억에 이르는 거대한 인구, 석유에서 곡물까지 끝이 드러나지 않을 것 같은 천연자원. 그리고 무엇보다 이제 막 잠에서 깨어난 무서운 저력의 자신감. 내가 이 책의 서장에서 그냥 스쳐 넘길 수도 있는 단일 건물에 불과한 둥팡광창을 이렇게 장황하게 들먹인 것은 바로 그런 까닭이다.

팍스 아메리카나의 궁극적 상대는 누구인가? 미국의 세계적인 정치학자 사무엘 헌팅턴은 그의 저서 《문명의 충돌》에서 21세기를 미국을 중심으로 한 기독교 문명권, 또 다른 종교 이슬람 문명권, 그리고 중국을 중심으로 한 유교 문명권의 대립으로 예측했다. 반드시 그의 예견대로 '문명의 충돌'이 일어나지는 않는다 하더라도 이제 미국에 필적할 적수는 중국뿐이다. 또한 그들에게는 그만한 저력이 있으며 그들 스스로도 기꺼이 그 역할을 수긍하며 당당히 맞설 준비에 여념이 없다. 그럼 해양 세력인 미국·일본과 대륙 세력인 중국 사이에 끼인 반도 대한민국의 길은 무엇인가? 태평양 상의 미 항공모함 키티호크 전단(戰團)과 두만강을 국경으로 한 3백만 군사력의 중국. 참으로 기구한 운명의 한반도다. 그러나 위기를 기회로 삼을 줄

창안 대로의 경이, 둥팡광창 빌딩

아는 슬기로운 민족만이 역사 속에 행복한 삶을 일구어 영원토록 지켜 갈 수 있으리라. 하지만 나는 그 길을 다 알지 못한다. 다만 생존과 번영의 길을 찾기 위해서는 무엇보다 영원한 적이 될지 진정한 우방이 될지 모르는 상대를 낱낱이 파악하는 것이 우선되어야 한다는 것은 분명 알고 있다. 그래서 지레 겁을 먹자는 것이 아니라, 우쭐한 교만을 버리고 겸허한 마음으로 그들의 실체를 알아보자는 뜻에서 이 글을 쓰는 것이다.

너무 무거운 느낌을 주었던 것 같아 잠시 이야기를 돌린다. 가벼운 에피소드로 들어 넘길 수도 있는, 그러나 중국의 또 다른 이면에 대해 생각할 수 있는 둥팡광창 건축에 얽힌 미확인 이야기 한 토막이다.

2000년 9월 준공된 이 건물의 사업주는 홍콩의 세계적인 화교 재벌 창장(長江) 그룹 리자청(李嘉誠)이고, 이 건물의 사업권을 허가해 준 이는 당시 베이징 시장 천시퉁(陳希同)이었다. 그런데 이 건물의 사업권을 넘겨주는 과정에서 어떤 연유에서인지 당 중앙에 제대로 보고가 되지 않았던 모양이다. 건물이 완공되어 가며 그 위용이 드러나자 국가 주석 장쩌민(江澤民)이 천시퉁에게 전화를 걸어 다음에 톈안먼 광장 사업권을 허가해 줄 때는 미리 전화라도 한 통 해달라며 일침을 가했다는 이야기가 전해진다. 물론 천시퉁은 그 후 둥팡광창 사업권 허가와는 상관없는 다른 사건으로 구속되어 16년 형을 선고받고 현재 복역 중이다.

그러나 난 그 이야기를 흔히 듣던 단순한 부패 구조로만 들어 넘길 수 없었다. 사회주의 공산당 일당 체제의 획일성이나 우리 대통령제와 같이 어느 정점을 중심으로 한 수직 계선으로만 생각했던 그들의 권력 구조가 결코 그렇게 단순한 것이 아니라는 것과 그 틈새를 기막히게 뚫은 홍콩 재벌의 통 큰 배짱과 상술 때문이었다.

베이징에 갔을 때 그리 바쁘지 않으면 나는 둥팡광창에 들러 하릴없이 어슬렁거려 본다. 마치 무슨 큰 미련이라도 남은 사람처럼 말이다. 그것은 아쉬움 때문이다. 그야말로 번쩍거리는 독일제 폴크스바겐 스포츠카를 비롯하여 발리, 루이비통 등 세계 유명 브랜드와 함께 단돈 50위안(약 8천 원)짜리 셔츠 매장이 공존하는 개성 없는 마트. 만약, 정말 그럴 리는 없겠지만 내게 그 상업 공간의 운영권을 맡겨 준다면 나는 두 층 모두를 그야말로 세계 최고급 브랜드 매장으로만 운영해 보고 싶다. 중국의 윈난 성(雲南省), 신장웨이우얼(新疆維吾爾) 자치구가 아니라, 지구 반대편 미국·영국·프랑스에서조차 죽기 전에 둥팡광창 한 번만 구경했으면 소원이 없겠다는 아름다운 여인들의 비명이 하늘을 찌르도록 말이다. 그래서 인근에 이제 막 신장 개업한 전통과 역사의 최고급 베이징판뎬(北京飯店)부터 꽉꽉 메우고, 중국을 여행하면 반드시 들러야 한다는 자금성과 톈안먼·왕푸징부터 방문하는 그 수많은 관광객들이 침을 질질 흘리도록 만들어 놓고 싶다.

만리장성의 증인, 둥야오후이

나와 동갑인 1957년생 닭띠, 그래도 생일이 몇 개월 빠르다며 처음 만난 그 자리에서 표정 한 번 변하지 않고 자신이 형이라던 묵직한 사나이 둥야오후이(董耀會). 난 그를 처음 보는 순간 현대 그룹 정몽헌 회장을 떠올렸다. 그리고 아, 이런 관상이 귀인상인가 하며 그를 찬찬히 훑어봤다. 누구라도 그를 만나면 정몽헌 회장을 떠올리며 혹시 쌍둥이가 아닐까 하는 생각을 한 번쯤 해볼 정도이다.

그런 그의 공식 직함은 중국장성학회(中國長城學會) 서기장(書記長)이다. 우리 직함으로 따지면 단체의 사무총장쯤에 해당하는 셈이다. 자, 그러나 실질보다 외양에 비로소 고개를 끄덕이는 여러 국내외 인사들에게 장성학회와 그의 위치를 좀 더 쉽게 이해시키기 위해서는 속되지만 그 인적 구성을 살펴볼 필요가 있다.

먼저 회장은 중국 전(前) 외교부장, 국무원 부총리를 지낸 황화(黃

華)이다. 또 부회장단은 중국문물학회장, 중국박물관학회 이사장, 인민일보 사장 등 막강한 권한과 실력을 가진 인사들로 가득하며, 고문·이사진은 중앙군사위 부주석, 신화사 사장 등 기라성 같은 인물들이다. 또한 연간 수백만 명이 넘는 내외국 관광객이 몰려드는 중국의 상징 '만리장성'에 대한 중국 문화부 산하 유일의 공식 단체이다. 둥야오후이는 그런 대단한 단체의 실권자다. 그것도 나이 40도 되기 전인 1995년부터 말이다. 연중 대부분을 친황다오(秦皇島) 자택에 머물거나 전국 장성 유지(遺址)를 찾아 헤매는 그를 대신해, 베이징 외곽의 바다링(八達嶺) 만리장성 전시관에 있는 학회 사무실을 지키는 부서기장 중 한 사람은 벌써 60의 나이를 훨씬 넘긴 중국 사학계의 석학이다. 도대체 젊은 그의 어디에서 그런 대단한 권위가 나오는 것인가?

둥야오후이는 만리장성의 동쪽 관문 산하이 관(山海關)이 있는 허베이 성(河北省) 친황다오 출생으로, 문화혁명의 소용돌이 속에서 대학을 다니지 못하고 공장 노동자로 일한 조금은 불운했던 사내였다. 하지만 그는 열정의 소유자였으며, 뜨거운 가슴을 지닌 사나이였다.

그런 그가 스스로의 인생을 바꾼 것은 스물일곱 살이 되던 1984년이었다. 1980년대 초, 어느 외국인이 만리장성을 도보로 종주하고 싶다며 중국 당국에 허가를 신청한 것이 계기가 되었다. 소식을 들은 그의 가슴은 '무슨 소리, 중국 만리장성의 첫 도보 종주는 그야말로 화샤쯔(華夏子: 중국의 아들)의 몫이다!'라는 격정으로 들끓었다. 어쩌면 날마다 눈을 뜨면 마주하던 산하이 관이 진작부터 그의 젊은 가슴에 불씨를 던져 놓았는지 모르는 일이다. 그리고 그는 뒤늦게, 그동안의 삶과는 전혀 다른 새로운 삶의 준비를 시작하였다. 힘겨운 만리장성 종주를 위한 체력 단련, 엄청난 양의 장성 관련 사료 섭렵, 해당 지역의 지리 정보 파악 등.

아무튼 오랜 준비를 마친 그는 1984년 5월 4일, 중국 신민주주의 혁명의 출발점으로 평가되는 5·4운동을 기념한 뜻깊은 '청년절'에 드디어 역사적 대장정을 시작한다. 그날 그의 복장은 중국 해방군 군장이었으며, 명대의 장성 밍창청(明長城)이 시작되는 랴오닝 성(遼寧省) 라오룽더우허(老龍斗喝) 아래에서 무사 종주를 기원하는 술잔을 비웠다. 1984년의 중국, 진정 무모하기까지 한 그 대장정의 안전과 성공을 보장할 과학적 뒷받침은 기대하기 어려운 시절이었으니, 결코 그의 심정도 들뜨고 격정적이지만은 않았으리. 믿는 것은 오직 신념과 용기뿐, 그나마 다행인 것은 그사이 함께 걸어 줄 장위안화(張元華), 우더위(吳德玉) 두 친구가 생겼다는 것이었다.

여기서 잠깐 만리장성을 조금 더 자세히 알아보자. 일설에는 달에서도 보이는 유일한 지구의 건축물이 만리장성이라지만 그건 아무래도 과장된 듯싶고 인공위성에서 육안으로 식별되는 유일한 건축물이 아닐까 생각된다. 그런 만리장성의 역사는 멀리 기원전 657년 초나라 역사 기록에 나타나는 추팡청(楚方城)을 시작으로 근대 명나라에 이르기까지 현재 13차의 장성 유지가 발견되어 있다. 그 13차의 장성 유지에는 약 2년 전 발견된 남쪽 후난 성(湖南省) 평황 현(鳳凰縣)의 먀오창창청(苗彊長城)도 포함되니, 만리장성은 베이징은 물

만리장성 밍창청 유지

론 북으로는 멀리 네이멍구(內蒙古)를 지나 몽골과 러시아 국경 안쪽까지, 동으로는 랴오닝 성 압록강 인근, 서로는 간쑤 성(甘肅省)의 자위 관(嘉峪關)까지 가히 중국 남서쪽 일부 지역을 제외한 거의 모든 성에 걸쳐 펼쳐진다. 그뿐이 아니다. 금년 초 베이징에서 둥야오후이를 만났을 때 그는 요즘 수나라 역사 기록에 남아 있는 수대(隨代)의 장성 유지를 찾는 데 골몰하고 있다고 말했다. 아니, 불과 38년 그 짧은 역사에 양쯔 강 하류 항저우(杭州)에서 황허를 지나 톈진(天津)에까지 다다른 대운하의 건설은 물론, 우리 고구려와의 오랜 전쟁까지 치렀던 그들이 무슨 여력으로 장성까지? 그러니 도대체 앞으로도 얼마나 많은 장성 유지가 발견되어 세상을 놀라게 할 것인가. 또 얼마 전에는 허베이 성(河北省) 쳰안 현(遷安縣)의 따주이쯔 산(大嘴子山)과 쟝쥔마우 산(將軍帽山) 1.5킬로미터 구간에서 번쩍이는 대리석으로 쌓은 명대 장성 유지가 공개되어 세상을 다시 한 번 놀라게 했다. 아마 나와 만나던 그때 이미 둥야오후이는 그 대리석 장성의 구체적인 내용을 알고 있었을 것이다. 그러나 그는 전혀 내색이 없었고 다만 앞으로 더욱 연구해 보자는 말뿐이었으니 그는 역시 중국인이었다.

1984년 5월 4일에 시작된 그들의 만리장성 도보 종주는 그 후 꼬박 508일간의 대장정으로 이어진다. 밍창청을 중심으로 동쪽 랴오닝 성에서 서쪽 간쑤 성 자위 관까지 장장 6천여 킬로미터에 이르는 멀고도 고단한 길이었다. 어느 때는 전인미답의 태산준령이 걸음을 막고, 때로는 앞도 뒤도 없는 막막한 사막이 당장 발길을 돌리라고 위협도 했으리라. 그러나 그는 굴하지 않았다. 비가 내리면 비를 맞고, 눈보라 치면 그대로 가슴에 안으며 그저 걷고 또 걸었다.

「기억에 남는 에피소드로는 어떤 일이 있었어요?」

하필이면 첫 질문이라고 한다는 것이 기껏 에피소드라니. 그래도 그는 덤덤했다.

「글쎄, 밤이 되어 산속에서 잠이 들었다가 이상한 느낌에 눈을 뜨면 배 위로 살벌하게 생긴 독사가 슬금슬금 기어간다거나 방울뱀, 전갈, 지네, 그런 것들이 올라앉아 있다거나 뭐 그런 일이 많았죠.」

기가 막혔다. 목숨이 위태로웠던 일이 에피소드라니. 그러고도 그는 처음 그대로의 무표정이었다.

「그럼 제일 힘든 건 뭐였어요?」

그나마 좀 인간적인 질문이었다.

「그건 고독이었죠. 우리 세 사람이 함께 걷기는 했지만 오직 우리들뿐이어서 그들이 친구나 사람이 아니라 하나의 부속품처럼 여겨졌죠. 그리고 몹시 힘겹고 지쳐 있을 땐 누구든 숨소리만 크게 내도 당장 죽여 버리고 싶을 만큼 날카로웠던 기억, 그건 지금 생각해도 악몽 같은 고통이었어요.」

「그럴 땐 어떻게 했어요?」

「묘하게도 내가 그럴 때 그들도 마찬가지였나 봐요. 모두 서로 눈빛조차 마주치지 않도록 조심했죠. 하지만 그런 시간이 하루 이틀도 아니고 여러 날 계속될 때엔 정말, 정말 힘들었어요.」

인간의 감정은 모두 같은 모양이다. 충분히 고개가 끄덕여지는 말이었다. 결국 그도 나와 다르지 않은 평범한 인간일 뿐이었다. 그런데도 그는 기어이 해냈다.

「처음 그 일을 생각할 때 그에 따른 어떤 보상을 염두에 두지는 않았던가요?」

「그게 무슨 대단한 일이라고요. 마음만 먹으면 누구나 할 수 있는 일인데.」

「그런데 왜……?」

「좋았으니까요. 만리장성이 좋고, 조국을 사랑하니까요. 그리고 난 화샤쯔니까요.」

나는 동갑인 그에게서 나보다 더 뜨거운 열정과 용기, 그리고 사랑을 배웠다. 자신의 조국, 유산에 대한 더할 수 없는 긍지와 사랑. 아무런 보상이 없어도 오직 그 사랑과 긍지를 지키고 싶은 순박한 열정. 목숨을 잃어도 후회하지 않겠다는 뜨거운 용기. 그것은 결코 젊음의 치기가 아니었다. 아직도 변함없이 장성 유지를 찾아 발길을 옮기는 그를 보면 그것은 진정 사랑이며 열정이며 용기였다. 그런데 나는? 벌써 20년 전부터 백두 대간 단독 종주를 꿈꾸고 떠들기는 하면서도 언제나 바쁘다는 핑계로, 그리고 이제는 남북 통일이 되면 반쪽 종주가 아니라 완전한 등정을 하기 위해서라는 코미디 같은 변명을 늘어놓고 있으니.

그는 그 힘겨운 여정 속에서도 날마다 자신의 걸음을 빠짐없이 기록했다. 맑고 뜨거운 젊음의 눈으로 본 장성과 그 땅과 산과 강과 길은 물론 역사의 작은 파편까지. 그리고 마침내 1985년 9월 24일 장

클린턴의 만리장성 방문시 공식 수행한 둥야오후이(가운데)

장 508일간에 걸친 만리장성 도보 종주를 끝내자 중국은 그를 화려하게 조명했다. 당시 국무원 부총리였던 황화는 피와 땀으로 일궈온 그 대장정의 결과가 제대로 결실을 이루도록 그를 베이징 대학에 추천하기도 했다. 그가 그때 베이징 대학 지리계(학과)와 사학계에서 뒤늦게나마 체계적인 공부로 익힌 지식이 오늘 중국장성학회를 이끌어 가는 그에게 넉넉한 밑거름이 되고 있음은 물론이다. 참고로 공식적인 중국장성학회 창립일은 1987년 6월 25일이다.

둥야오후이 서기장은 1998년 6월 28일, 당시 중국을 방문한 미국 대통령 클린턴이 베이징 외곽 바다링 만리장성을 관람할 때 수행했다. 그 자리에서 이토록 장대한 장성의 축조 이유가 무엇이냐는 클린턴의 질문에 그는 '인류는 평화를 희망한다. 그렇듯 우리도 전쟁을 원하지 않았기에 그 전쟁을 막기 위한 울타리를 쌓은 것이다'라고 답변하여 이튿날 전세계 대부분 신문의 1면을 화려하게 장식했다. 난 그의 답변을 진심으로 수긍한다. 과연 그것은 역사의 궤적과는 상관없는 가장 진실하고 절실한 인류의 바람이었으며 앞으로도 변하지 않을 영원한 희망이 아닐까?

자, 이제는 다시 우리를 곰곰이 생각해 볼 시간이다. 과연 우리 주변에 둥야오후이, 그처럼 내 조국 내 유산을 순정으로 사랑하며 그것에 뿌듯한 긍지를 느끼는 사람이 얼마나 되는가? 또 아무런 바람 없이, 오직 그 사랑과 긍지만을 위해 청춘을 내던질 열정의 사내는? 그리고 그 사랑과 열정으로 기꺼이 목숨을 내놓고 무엇인가에 도전할 사람은?

그래, 모두가 아니어도 좋다. 아니, 세상은 급변하고 삶 또한 절실한데 모두가 다 그와 같은 길을 걷는다면 오히려 낭패스러운 일이 될 것이다. 그러나 젊은 영혼 몇몇쯤은 반만년 장구한 내 민족 역사에, 거대하고 화려하지는 않지만 맑은 기품의 우아한 돌조각 하나에 인생과 영혼을 바쳤으면. 그리고 그런 그들을 이끌어 줄 엄격하고 따스한 큰스승이 있었으면. 또한 그런 이들에게 베풀어지는 특별한 수혜도 있었으면.

만약 당신에게 내일이라도 그곳을 찾을 기회가 있거든 굳이 둥야오후이 서기장이 아니라도 인산인해를 이루는 휴일은 물론이요, 추적거리는 빗줄기 속에서도 묵묵히 장성 돌계단을 한 발씩 걸어 오르는 그들 중국인의 눈빛을 고요히 살펴볼 일이다. 분명 내 것에 대한 가슴 뭉클한 애정과 영원히 사라지지 않을 굳건한 긍지를 배워 올 수 있으리라.

펑유(朋友)를 위해 죽을 수 있다면

얼마 전 중국 전국인민대표회의 상무위원장 리펑(李鵬)이 한국을 방문해 당시 전국 극장가를 문전성시로 만들던 영화 〈친구〉의 제작 및 출연진을 초청해 만찬을 가진 적이 있었다. 매우 인상적이고 특별한 경우였다. 난 그 기사를 읽으며 '친구를 위해 죽을 수 있다면 그것은 사내의 삶에 가장 큰 영광이다. 그리고 다시 10년 내에 죽은 친구의 복수를 한다면 그 또한 사내다'라던 중국 어떤 지인(知人)의 말이 생각났다.

중국 무협 영화나 홍콩 갱 영화에서 보았던 장면이 떠오르지 않는가. 칙칙한 푸른빛의 조명에 비장한 음악을 배경으로, 금방이라도 터져 나올 것 같은 울음을 이빨 부서져라 악물고 억누르며, 잔뜩 힘이 들어간 음성으로 음울하게 내뱉는 리롄제(李連杰)이나 저우룬파(周潤發)의 대사. '친구여, 나 반드시 그대의 복수를, 크윽…….' 그러나 아무리 세상이 바뀌었어도 중국인들에게 그것은 단지 영화 속의 폼 나는 대사만이 아니었다. 아직도 그들의 삶에 있어 평유는 목숨과도 같은 귀중한 존재였다. 그래서인지 그들은 우리처럼 쉽사리 호형호제나 평유를 말하지 않는다. 아마 중국인을 친구로 사귀려면 족히 10년의 세월은 걸릴 거라던 까닭도 바로 그 때문일 것이다.

내가 아는 P라는 이도 그랬다. 계속되던 폭설이 잠깐 멈춘 사이, 잔뜩 찌푸린 한낮의 회색빛 어스름을 뚫고 두꺼운 코트 깃을 잔뜩 세운, 말로만 들었던 그가 나타났다. 5척 단구, 그러나 한눈에 드러나는 운동으로 다져진 탄탄한 몸매. 나보다 한 살 위였지만 10년 전의 내가 지금의 그와 맞붙어도 결코 녹록지 않을 것 같은 긴장감이 느껴졌다. 그러나 눈빛은 푸근했고 웃음은 해맑았다.

「형님, 정말 오랜만에 뵙습니다.」

물론 내게가 아니라 동행한 이에게 하는 인사였다. 온화하지만 장중한 목소리, 아마 드라마 〈모래시계〉에서 듣던 최민수의 음성이 그랬던가. 하지만 결코 조직 폭력배의 회동은 아니었다. 우선 최소한 내가 폭력배가 아니며 동행한 이는 더구나 폭력과는 인연이 없는 순수한 학자였으니. 또한 나와 인사를 나누며 그가 건네준 명함에는 분명 '○○대학교 ○○대학원 원장. 행정학 박사 P○○'라는 번듯한 직책이 또렷했다. 중국에서 학사를 마치고 석사 학위는 미국에서, 박사 학위는 대한민국 S대학에서 취득한, 그 넓은 중국 어디에서도 기죽지 않을 엘리트 중의 엘리트인 P.

「눈길인데 혹시 운전기사가 술이라도 먹을까 봐, 형님이 걱정돼서

나왔습니다. 허허.」

당초 그와의 약속은 저녁에 있었고, 오전에는 잠깐 자동차나 쓰겠다고 전날 전화 통화를 했는데도 그렇게 직접 나타난 이유는 그것이었다. 아무튼 난 그가 운전하는 포텐샤 뒷자리에 느긋하게 등을 기대고 앉아 앞자리 두 사람의 이야기를 어쩔 수 없이 듣게 되었다.

「모두들 잘 있니?」

「예, 그럼요. 형님은 아무 염려 마십시오.」

「그래, 그런데 얼마 전에 A의 좋지 않은 소식이 들리던데?」

「죄송합니다, 형님. 끝까지 지켜 주고 싶었는데 갑자기 공안(公安: 경찰)에게 잡혀 손쓸 틈이 없었습니다. 할 수 없이 변호사를 사서 최선은 다하고 있습니다.」

「그럼 식구들은?」

「염려 마십시오. 제가 돌보고 있습니다.」

「잘 좀 돌봐 줘라.」

「예, 몇십 년이 걸리더라도 제수씨와 조카들은 제가 돌봐야죠.」

「B는 요즘 어떻게 지내니?」

「허허, 그놈은 요즘 장사에 맛을 들여 아주 잘 지내고 있습니다. 사는 것도 넉넉하고요.」

「그래, 잘됐구나.」

「하지만 저나 형님을 위해서라면 당장에라도 목숨 걸고 뛰어올 겁니다, 허허.」

이쯤 되면 이건 완전히 〈친구〉에도 없는 진짜 폼 나는 조폭 영화의 한 장면이다. 그러나 다시 한 번 강조하지만 그들은 결코 '흑사회(黑社會: 중국 마피아)'와는 아무 관련 없는 평범한 시민이며 학자일 뿐이다.

사연은 이랬다. 그들의 만남은 고향도 달랐고 나이도 제각각인, 태생의 인연이라고는 조금도 찾아낼 수 없는 스쳐 지나면 그뿐인 그저 그런 만남이었다. 다만 회오리처럼 몰아친 문화혁명의 광풍에 쫓겨가는 부모를 따라, 낯설고 물 선 생면부지의 땅에서 어린 시절을 함께했다는 것이 인연이라면 인연일 뿐. 그런 그들의 낯선 땅에서의 생활 또한 저마다의 사연과 나이에 따라 제각각. 그러나 반동의 자식이라는 설움과 구박의 공통점이 인연이 되어 정을 쌓다 보니 어느덧 호형호제에 친구가 된 것이다. 물론 한때 아우뻘인 아이가 까닭 없는 구박에 시달리면 지켜주기도 했지만, 저마다 성장하며 걸어가는 길은 당연히 달랐다. 그래도 그들은 한번 맺은 평유의 정을 내내 지켰다. 그들 중 누군가가 멀리 베이징으로 만학의 길을 떠났을 땐 남은 평유가 입맛 다른 음식에 고생될 거라며 때마다 잊지 않고 쌀이며 양념 따위를 부쳐 주었다. 또한 험한 시절 뼈저린 가난 속에도 가끔은 용돈을 모아 인편에 들려보내기도 하였다. 그래도 조건은 없었다. 출세하면 잘 봐주겠지 하는 작은 기대도 그들은 하지 않았다. 그 길이 무슨 출세의 보장도 아니었고, 돈이야 오히려 제가 더 잘 벌 자신이 있었단다. 그저 평유이기에 잘되었으면 하고 바랐을 뿐.

그 후로도 벌써 많은 세월이 흘렀지만 그들은 하나 다르지 않다. 오늘도 그저 저마다 제 할 일을 하며 묵묵히 살아갈 뿐이다. 멀리 떨어진 펑유가 그립긴 해도 선뜻 나서서 찾아보지 못하는 그런 삶은 오늘도 여전하지만, 1년이 흐르건 10년이 흐르건, 그들의 마음속엔 변함없이 서로가 살아 있다. 그러다 문득 걸음이 닿아 찾아오면 마치 아침에 헤어졌다 저녁에 다시 만난 것처럼 세월의 격은 까맣게 잊는다. 경박스러운 과장도 서먹함도 없이, 그저 먼 옛날 그때와 조금도 다르지 않게 또 정을 쌓을 뿐이다. 그리고 정말 펑유에게 자신의 목숨을 던져야 할 어려움이 생기면 결코 마다하지 않는다. 아니, 오히려 기쁨으로까지 생각하는 그들이다. 그인들 왜 부모형제처자가 염려되지 않겠는가. 그러나 펑유는 부모형제처자에 다름 아니었고, 또한 그가 내 부모형제처자를 자신의 그들처럼 생각해 줄 터이니. 그리고 살아 있는 사람은 자신을 위해 목숨을 던진 펑유의 복수를 위해 10년 세월이라도 칼을 벼리며 때를 기다린단다.

도대체 그들 어디에서 그런 '의(義)'의 의식이 탄생한 것일까? 불민한 내가 그 명확한 해답을 찾을 길이야 있을 리 없고, 다만 중국을 누비는 가운데 그들을 만나며 느낀 어렴풋한 생각만 조금 있을 뿐이다. 거기에는 우선 반만년 장구한 세월을 이어 내려오며 전해진 누구도 거부할 수 없는 피의 유전도 있으리라. 또한 역사라는 이름으로 전해져 내려온 수많은 기록들을 배우고 익히며 그 안에 담겨진 혼과 정신이 슬며시 뼛속에 사무쳤을 수도 있으리라. 아니면 의리가 폼 나고 멋있어서, 아니 폼 나고 멋있게 보이도록 보이지 않는 손에 의해 포장되고 과장되어 그들의 의식을 뿌리에서부터 마비시킨 것인지도 모른다. 그러나 난 그런 무엇보다도, 어쩌면 중국인에게 맞아 죽을 망발이 될지는 모르지만 통상 '만만디(慢慢的)'로 알려진 느 긋한 의식과 더불어 그들의 의리 또한 감당하기 버거울 정도로 많은 인구에 그 근거가 있지 않을까 생각한다.

자, 그럼 기왕 말이 나온 김에 한번 생각이나 해보자. 우리 대한민국 인구가 5천만이 된 것이 얼마나 되는가. 그런데도 벌써 인간이 지겹다는 한탄을 쉽사리 듣게 된다. 그럼 겨우 5천만에 이러한데 장장 13억 인구의 중국은? 물론 인구 밀도를 따져야 한다는 것도 당연히 옳은 말씀이다. 더구나 중국도 지난 1949년까지는 겨우 5억 인구에 불과하지 않았던가. 그러니 오늘의 혼잡을 고대 역사와 연결해 인구의 과다로 어떤 결론을 도출하려 함은 말도 안 되는 억지라고? 그래, 하지만 생각을 조금만 바꿔 보자.

사람이 늘어난다고 무조건 사용 공간이 줄어드는 것만은 아니라는 이야기다. 인구가 늘면 그만큼 버려 두었던 땅을 끌어들일 수도 있으니. 아무튼 그렇게 인간의 과학 발전과 비례하여 개발 면적도 늘어났을 테니, 고대 수많은 전쟁으로 죽은 무수한 인명을 제외하고라도 느낌 지수로 따지는 밀도야 비슷하지 않을까. 그리고 무엇보다 절대수(絶對數)는 역시 절대수라는 단호한 사실. 밀도니 뭐니 따질 것도 없이 아무리 큰 고을이라도 1만 명이 모여 살면, 작은 고을의 1천 명보다는 어쨌든 복잡하다. 그러니 어느 나라 1천만 국민 중의 한 사람보다는 1억 명 국민 중의 한 사람이 더 왜소해 보이는 것이 당연지사 아닐까.

중국을 다니며 듣는 많은 이야기들 중 하나가 오랜 세월과 관련된 이야기다. 이 조각품은 어느 시대 누가 황제에게 바치기 위해 3대에 걸쳐 만들어, 역시 3대 아래의 황제에게 바친 것이라는 등. 어떤가, 이런 이야기에서 인간의 왜소함이 느껴지지 않는가? 그럼 일단 '만만디'에 대한 내 엉뚱한 상상은 조금 이해가 됐을 테고, '펑유'에 대한 의식 역시 그런 배경의 삶을 바탕으로 생겨난 집단의식의 한 유형은 아닐까. 나 하나는 너무 작아 두셋의 펑유까지 모두 아울러 내가 되고 너가 되는 '우리'라는 생각.

아무튼 폼 난다. 많은 인간들 속의 왜소한 하나라 할지라도, 친구를 위해 죽을 수 있고, 날 위해 죽어 줄 친구가 있다면. 내가 P와 펑유가 되는 건 아직도 요원한 일인 듯싶다. 불 같은 성정의 내 가슴은 벌써 이렇게 뜨거운데도 말이다. 그러나 이제 나도 한번 긴 세월 기다려 볼 생각이다. 머리가 호호백발이 되면 또 어떤가. 그저 날마다 만나도 10년 만에 만난 듯하고, 10년 만에 만나도 날마다 만난 듯한 그런 벗 하나 곁에 두고 눈을 감으면 행복할 것 같아서인데. 아니, 그런 벗 먼저 보내는 느낌도 그만큼 행복할 듯싶어서인데.

젊은 그대들이여! 혹 중국에 가거든 무엇보다 당신과 함께 평생을 걸을 소중한 벗 하나 얻으시게. 지치고 고단할 때에는 따스한 가슴을 펴 위로해 줄 터이고, 기쁘고 즐거울 때에는 함께 웃음 나누어 더욱 행복해질 터이다. 하지만 그보다 누군가 그리워할 벗이 있다는 것만으로도 그대 삶 결코 외롭거나 두렵지 않을지니.

베이징 사람, 상하이 사람

지역성. 말만 들어도 머리가 지끈거린다. 이 좁은 땅덩이에서도 서울 사람, 호남 사람, 영남 사람, 충청도 사람……. 그러니 저 대책 없이 넓은 땅에 생김새도, 복장도, 언어도, 사고마저 각양각색인 56개나 되는 다민족〔한족(漢族) 포함〕이 뒤엉켜 살아가는 중국에 이르러서야. 당장 귀에 익숙한 소수 민족 아닌 몇몇 지역인만 들어 봐도 베이징 인, 상하이 인, 산둥 인, 광둥(廣東) 인, 둥베이(東北) 인, 쓰촨(四川) 인……. 이 책 한 권으로는커녕 백과사전도 수십 권을 만들어야 하는 것이 그들의 이야기다. 그러니 여기서는 대표적인 베이징과 상하이 두 지역 사람만을 간단히 비교해 보려 한다.

이미 앞에서 말했듯이 베이징 사람은 자신들의 대륙적 기질을 중화(中華)의 전통으로 생각하며 그것에 무한한 긍지를 느낀다. 그래서인가, 베이징 직할시에 포함된 10구(區) 10현(縣) 중 외곽의 대부분은 아직도 우리의 1970년대 말 농촌을 떠올리게 한다. 더구나 베이징 시 북쪽 끝 화이러우 현(懷柔縣) 터우다우쉐(頭道穴)에서, 남쪽 끝 다싱 현(大興縣) 석불사(石佛寺)까지 가자면 한가한 시간에도 자동차로 두 시간은 족히 걸려야 할 것이다. 그러니 바글거리는 도심과 한가한 농촌 분위기의 외곽은 사람들 삶의 방식이나 추구하는 이상까지도 도무지 같은 시(市)라는 실감이 나지 않는다. 그런데도 어울리지 않는 커다란 덩어리를 모두 베이징 시라며 기어이 묶어 둔다. 하긴 누가 분할하자고 주장하지도 않지만.

하여간 우선 그런 베이징의 도시 계획이나 건축 양식을 대략 훑어보면, 크고 넓고 길다는 것으로 요약할 수 있다. 속된 말로 통이 커도 여간 큰 게 아니라는 것이다. 그렇다고 베이징에 고층 건물이 전혀 없다는 것은 아니다. 그러나 대개 좁은 면적에 위로만 높이 솟은 것보다는 널찍한 면적에 적당한 높이로 장엄한 위용을 자아내는 것이 대부분이다. 당장 자금성(紫禁城), 톈안먼 광장만 해도 그 규모에 입부터 벌어지니 말이다.

베이징 대학 출신인 어떤 이와 그의 모교를 찾은 적이 있었다. 그런데 아직 30대의 그가 졸업한 지 얼마나 됐다고 벌써 여기가 어딘가 두리번거리는 것이었다. 그토록 머리 나쁜 베이징 대학 출신도 있었던가? 그런데 한참 동안 주변을 둘러보던 그가 하는 말이 그사이 없던 산이 생겼단다. 뭐, 없던 산이 생기다니? 알고 보니 새 건물을 짓느라 지하를 파면서 나온 흙을 한쪽 공터에 차곡차곡 쌓아 올려 결국 그게 산처럼 된 것이다. 그래서 몇 년 만에 온 자신도 헷갈린 것이라니. 하긴 그게 그들의 역사 아니던가. 바로 베이징 대학에서 그리 멀지 않은 이허위안(頤和園)의 쿤밍 호(昆明湖)가 그 증거인데, 둘레가 자그마치 8킬로미터나 되는 그 인공 호수를 만드느라 파낸 흙을 옆에 쌓아 만든 것이 완서우 산(萬壽山)이다. 우공이산(愚公移山)이라더니, 좌우간 우리의 상식으로는 도무지 대책 안 서는 그들이다.

그럼 상하이는 어떤가. 그 역시 명색이 중국 제2의 대도시이니 베이징에는 미치지 못하지만 14구 4현에 우리 충청북도보다 조금 작은 면적의 만만찮은 규모이다. 하지만 상하이는 베이징과는 확연히 구분되는 뚜렷한 특색이 있다. 우선 당장 상하이 시내 황푸(黃浦) 강변의 와이탄 로(外灘路)를 둘러보면, 격동의 근대사를 그대로 드러내는 전통과 이국적 정취의 혼재를 한눈에 볼 수 있다. 아편전쟁의 패전으로 맺어진 난징(南京) 조약의 결과로 유럽 열강의 조차구가 되면서 들어서기 시작한 고딕식, 바로크식 등 다양한 서구 양식의 화려한 건축물들. 그리고 촘촘한 서양식 건물 사이로 드러나는 옛 전통의 낡은 건물과 좁은 거리. 상하이의 운명은 그렇게 진작부터 전통과 개방이 공존하는 활기찬 미래로 예정되었는지 모른다.

증권과 금융의 도시, 공업과 무역의 도시, 패션과 관광의 도시, 그리고 이제는 중국 IT산업의 중심 도시. 그 상하이에서는 1990년부터 황푸 강 건너편 522제곱킬로미터(서울의 0.86배 크기)의 넓은 땅을 푸둥신취(浦東新區)로 개발, 바야흐로 세계를 휘어잡을 막강 중국 경제의 허파로 만들어 나가고 있다. 아시아 최고인 468미터 높이를 자랑하며 황푸 강변 푸둥신취에 세워진 둥팡밍주(東方明珠) TV 수신

탑. 그 거대하고 화려한 위용을 뽐내느라 밤바다 번뜩이는 휘황한 야경을 바라보면, 그것은 단순한 불빛이 아니라 바로 야심찬 중국의 미래, 세계 제1의 번성을 구가하려는 상하이 인들의 꿈의 상징임을 알 수 있다.

아무튼 주야로 아무리 멋진 스카이라인을 자랑하는 도시라 할지라도 낯선 이방인, 하릴없는 방랑자의 눈에 비친 상하이는 역시 그저 높고 조밀하고 복잡하다는 느낌이 우선 든다. 더구나 베이징을 거쳐 상하이를 찾아가면 가슴까지 답답한 듯 느껴지니, 뻔질나게 베이징이며 중국 천지를 헤매고 다니던 내가 드디어 대책 없는 대륙병에 전염되었나 보다.

「상하이 사람들은 대륙적인 호방함이 없죠. 중국 사람이라기보다는 서방 사람들의 사고를 더 닮은 것 같고, 돈에만 아주 민감해서……. 도시를 봐도 그래요. 우리 베이징은 건물부터 웅장하지만 상하이는 오밀조밀 그저 높기만 하고, 도로도 좁고…….」
상하이 사람들에 대한 베이징 사람들의 일반적인 평가이다.
「베이징 사람들은 상하이 사람들을 별로 좋아하지 않아요. 돈이야 조금 더 많겠지만 중국인으로서의 자긍심도 떨어지고, 유럽 열강의 조차 지구가 되어 그들에게 물들어 그저 자기 이익만 생각하는 교활한 인간들이라는 경멸도 서슴지 않는데…….」
다른 성에서 태어나 베이징에서 살고 있는 사람이 그들의 심경을 직설적으로 표현한 것이다.
그럼 상하이 사람들의 베이징 사람에 대한 평가는?

푸둥 시가지와 둥팡밍주 TV수신탑 야경

「호방하기는 무슨 호방, 괜히 실속도 없이 허풍만 커서 대륙성이
니 뭐니 말로만 떠들지. 당장 도시 계획만 봐도 그렇잖아요. 이 많
은 인구에 텅 빈 허공을 적절히 이용할 생각은 하지 않고 그저 크
게만 지으려 드니. 반면 우리 상하이는 높으면서도 우아함까지 갖
췄으니 얼마나 실속 있고 아름답습니까. 그러니 경제 발전도 베이
징과는 비교도 할 수 없죠…….」

역시 갈등을 숨기지 않는다.

그러나 그들은 서로를 무작정 배척하는 것만은 아니었다. 간혹 수
도(首都)라는 것과 막강한 부에 대한 서로의 선망과 질투도 섞여 있
기는 했지만, 그들에게서는 자신의 부족함을 선의의 경쟁으로 승화
시킬 마음의 자세를 읽을 수 있었다. 질투를 자신의 발견으로, 선망
을 공존의 경쟁으로 한층 더 진전시키려는 그들의 자세, 그것이야말
로 다양함의 혼란을 극복하는 지혜가 아닐까. 내가 중국을 누비며
가장 의아해했던 신비는 정보 통신조차 미미했던 그 아득한 고대부
터 어떻게 그처럼 큰 땅덩이를 수천 년 동안이나 한 덩어리, 한 국가
로 유지해 올 수 있었을까 하는 것이었다. 물론 아직도 그 의문이 완
전히 풀린 것은 아니다. 그러나 오히려 다양함 속에 더 많은 긍정적,
희망적 요소들이 있다는 것을 절실히 깨달았다.

내가 베이징과 상하이를 두고 앞으로 관심 깊게 지켜보고픈 것은
규모의 경제 베이징과 짜임새의 경제 상하이가 이뤄 낼 경쟁과 결실
의 미래이다. 그리고 분명 경쟁으로 인한 분열이 아니라 더 큰 하나
로 승화시켜 낼 그들의 의식과 앞날도 흥미 있는 주목거리이다.

쿤밍(昆明)의 보석 시장

미얀마, 태국 등과 국경을 접하고 있는 중국 남쪽 윈난 성(雲南省)의 성도가 쿤밍이다. 이곳은 연중 15~28도에 이르는 온화한 아열대성 기후로 사시사철 만발한 꽃을 볼 수 있어 매년 세계꽃박람회가 열리는 곳이기도 하다. 그런데 이 쿤밍에서 또 하나 유명한 것이 바로 보석 시장이다. 윈난 성과 접경한 미얀마 등지에서 생산되는 양질의 경옥(硬玉 : 비취), 사파이어, 루비 등의 보석이 비교적 안정된 치안과 발달된 가공 기술을 갖춘 이곳에서 상당량 거래되는 까닭이다. 물론 그 보석 거래의 큰손은 대부분 타이완이나 홍콩 등지의 보석상이다.

내가 그곳 쿤밍을 찾은 것은 지난 1999년 1월 무렵 국경 지역 취재차였다. 보석에는 별 흥미가 없었지만 동행한 분의 대만인 친구가 그곳에서 보석상을 한다기에 함께 들르게 되었던 것이다. 그런데 그

보석상이 자리한 시내 중심가 한 도로는 온통 비슷한 보석상들로 일가(一街)를 이루고 있었다. 영국 런던에서도 티파니를 비롯한 세계적인 보석상이 밀집한 지역을 구경한 일이 있었지만 실속은 접어 두고 규모면에서는 쿤밍이 단연 우위였다.

아무튼 난 번뜩이는 눈빛에 어깨에는 공안 휘장까지 단 사설 경비원의 삼엄한 눈빛을 한 몸에 받으며 보석상으로 들어갔다. 먼저 차 한잔 얻어 마시고, 동행한 분이 그곳 사장과 이야기를 나누는 사이 그야말로 무료한 시간을 죽이느라 제법 널찍한 매장의 진열장들을 힐끔거리기 시작했다. 하지만 보석이라면 그저 다이아몬드, 루비, 사파이어, 진주 따위나 귀동냥했던 내게 푸른빛의 옥이 뭐 그리 대단하게 여겨졌겠는가. 그쯤이야 서울에서는 어지간한 사우나에만 가도 언제나 풍족하게 즐길 수 있는 게 아니던가.

그런데 이게 웬 말인가? 진열장 안, 그 푸른빛 비취로 다듬은 나비 모양의 브로치 앞에 놓여진 가격표가 내 눈을 의심케 했으니. 놀라지 마시라, 자그마치 1백만 위안. 물론 장식으로 다이아몬드와 루비도 얼마간 박혀 있기는 했지만 그래도 1백만 위안이면 당시 한국 원과 중국 위안(元)의 시세가 대략 1대 130 정도였으니 1억 3천만 원. 일단 여기서는 흥정으로 값을 깎는다는 계산 따위는 접어두기로 하자.

아니, 귀부인들 블라우스나 드레스의 가슴 부분에 액세서리로 장식하는 브로치 한 개의 값이 1억 3천만 원이라니. 그것도 겨우 폭 6센티, 길이 5센티가량에 디자인조차 그저 그런 정도인데 말이다. 눈이 휘둥그레지는 정도가 아니라 말문이 다 막혔지만 그래도 체통을

3천만 원대를 호가하는 비취 반지

지키려 심호흡으로 정신을 가다듬고 곁에 다가온 아리따운 중국인 지배인에게 물었다.

「이런 종류의 보석은 주로 유럽 사람이 고객이겠군요?」

그래도 런던의 티파니 앞을 지나친 경험이 있다고 점잖게 아는 체를 했더니, 그 미모의 여자 지배인이 빙그레 의미심장한 미소를 지으며 일단은 고개를 끄덕였다.

「하지만 아무래도 옥은 유럽 사람보다는 중국 사람들이 훨씬 좋아하죠.」

그건 나도 들은 적이 있다. 옥은 확실히 중국의 보석이었다. 심지어는 중국 고대 황제나 제후의 무덤에서 옥으로 만들어진 수의나 갑옷까지 발굴된 적이 있다니 말이다.

「아, 예. 그럼 이런 건 주로 대만이나 홍콩에 사는…….」

아뿔싸, 뭔가 잘못되었구나. 그 지배인의 눈빛에서 조소의 빛이 스치는 순간 나는 슬그머니 입을 다물었다.

「김 선생님이 중국을 잘못 알고 있나 봅니다. 이 정도의 보석을 애인이나 아내에게 선물할 수 있는 사람은 중국에도 많습니다. 그들을 상류층이라 부른다면 아마 중국 상류층은 약 삼 프로 정도 될 겁니다.」

「전체 인구의……?」

「물론이죠.」

약 13억, 아니 12억 몇천 인구의 끝자리를 떼고 12억의 3프로만 잡아도 일단 3천6백만 명이다. 대한민국 인구 약 70퍼센트가량이

아내나 애인에게 1억 3천만 원짜리 브로치를 선물할 수 있다는 계산
이었다. 좋다. 도저히 그냥 인정하기는 억울하니 그 3천6백만 명을
가족 단위로 나누어 계산하면 한 가구 평균 4인으로 잡을 때 9백만
가구라는 계산이 나온다. 그리고 그 가구마다의 가장만 대상에 해당
된다고 보아도 역시…….

그때쯤 매장으로 나온 사장이 아주 호방한 웃음을 머금으며 결정
타를 휘둘렀다.

「김 선생, 보석 거래의 진수는 진열장의 상품이 아니라 제 사무실
에서 이뤄지는 거래죠.」

「예? 그럼……?」

「허허, 단골 고객들이 찾는 진짜 명품들은 제 금고 속에 따로 있죠.
진열장에 그 정도 값의 보석들이 전시되어 있다면 금고 속에는 어
느 정도의 보석이 있을지 한번 상상해 보십시오.」

이야기가 이렇게 진행되면 중국인의 허풍이니, 정가 그대로 주고
사는 보석이 어디 있냐 따위는 그야말로 하나마나 한 이야기다.

비슷한 경험을 하나 더 전하면 중국 땅에서 기업을 한다는 누군가
의 명함을 받았는데, 그와 헤어진 뒤 일반 명함 두 장 크기의 면을 반
으로 접은 그 안의 내용이 또 기가 막혔다. 소위 말해 그룹 회장으로
자신의 계열 회사들을 하나씩 열거해 놓았는데 그 숫자가 자그마치
열여덟 개에, 별 볼일 없다고 맨 마지막에 서열을 둔 회사가 5성급
특급호텔이었다. 거기다가 그가 베이징이나 상하이도 아닌 지방 성
어느 곳의 그저 그런 중류의 기업인에 불과하다니…….

　자, 속없는 한국인들이여! 이래도 달러 몇 푼 바꿔 들고 무슨 큰 거부나 되는 양 거드름을 피우며 함부로 그들을 얕잡아 볼 텐가?

　결코 우리 스스로를 비하하자고 하는 이야기가 아니다. 또한 그런 힘과 부가 중국의 전부는 아니다. 공식 집계된 2000년 기준 1인당 GDP는 약 845달러 내외, 그러나 이마저도 정확한 집계라 보기 어렵다. 미국을 비롯한 다른 일각에서는 같은 해 중국 1인당 GDP를 1천5백 달러까지 추정하고 있을 정도로 중국은 통계마저 들쭉날쭉한 나라이다. 아무튼 어느 쪽이든 같은 기간 우리의 1인당 GDP 9,628 달러와는 비교도 되지 않는 미미한 액수이다. 또한 당장 중국 최고의 부자 도시라는 경제개방특구 선전(深圳)도 4천5백 달러에 불과하며, 마오타이주(茅臺酒)로 유명한 구이저우 성(貴州省)이나 간쑤 성(甘肅省)의 경우는 1인당 GDP가 불과 5백 달러에도 미치지 못하는 실정이니 말이다. 그러나 국내총생산액(GDP)은 1조 7천9백억 달러로 우리의 4574억 달러의 네 배에 가깝다. 또 최근 발표에 따르면 2015년이면 일본을 넘어서 약 12조 달러에 이를 것이라는 전망이다. 또 외화 보유액은 얼마나 되는가? 당장 중국 본토만 하더라도 2000년 12월 기준 1654억 달러로 우리 962억 달러의 두 배에 가까운, 일본에 이어 세계 2위의 외화 보유 국가이다. 거기다가 같은 기간 홍콩의 약 8백억 달러와, 그리 많은 액수는 아니겠지만 마카오까지 합한다면 약 2천7백억 달러로 일본과도 대등한 정도이다. 거기다가 타이완의 약 1천억 달러까지 합한다면 그야말로 일본을 능가하는 세계 1위의 외화 보유국으로, 우리와는 비교할 수 없는 엄청난 부국이다. 그뿐인가, 영원한 중국인임을 잊지 않으며 세계 곳곳에서 자신들의 문자와 문화를 온전히 지켜 나가는 수많은 화교들까지 감안한다면…….

결국 하고 싶은 이야기는 우리 마음에 젖어 있는 천민자본주의의 섣부른 교만을 버리고 이제 그들을 겸허한 마음으로, 두려운 시선으로 제대로 살펴보자는 것이다. 그래야만 지나온 5천 년은 물론 앞으로도 영원히 함께 가야 할 운명의 벗인 그들을 제대로 알 수 있고, 상생(相生)의 길을 찾을 수 있을 테니 말이다.

시장 가는 남자

먼저 대부분의 한국인이 중국에서 맛있는 요리를 앞에 놓고 인상을 찌푸리는 그 유명한 샹차이(香菜) 이야기부터 하고 시작하자. 샹차이는 우리가 알고 있는 파슬리와 모양새와 향이 비슷한데, 그보다도 향은 훨씬 더 강하니 아무래도 우리 입맛에는 거북할 것이다. 그러나 그 샹차이는 중국인에게는 없어서는 안 될 약방에 감초 같은 향신료이자 채소이다. 이를테면 모든 국이나 볶음 요리마다 잘게 썬 샹차이를 우리의 깨처럼 뿌려서 먹는데, 대부분의 중국인은 그게 없으면 맛이 없다고 말할 정도이다. 그런데 한국인에게 거북한 그 샹차이가 난 처음부터 입맛에 맞았다. 톡 쏘며 입 안을 맴도는 그 향기로움며 느글거리는 기름기의 역겨움을 단번에 가셔 주는 상큼함이라니. 지금도 여행 중에 입 안이 느끼하면 식당에서 그것부터 찾아 개운함을 되찾거나 가끔은 쌈으로 포식을 하기도 한다. 물론 나도 그런 내가 좀 이상했다. 혹시 전생에 중국인이 아니었을까 생각하기도 하며. 그런데 가만히 기억을 더듬어 보니 우리나라에서도 그것을 먹은 적이 있었다. 처음에는 역겨워 엄청 고생도 했었고.

강원도 어느 암자에서 노스님과 며칠을 보내며 맛을 들였던 것이다. 스님은 그걸 '고수'라 부르며 주로 절집에서 많이 길러 먹는다고 하였다. 나중에 백과사전을 찾아보니 고수가 정확한 이름이었다. 그 고수와 샹차이가 동일한 것인지는 아직 확인하지 못했지만 같거나 최소한 동일과인 듯 여겨진다. 그런데 난 중국에서 샹차이를 보며 그런 생각을 했다. 과연 동부 유럽이 원산지이고 동남아의 미얀마·태국 등지에서 함께 애용되는 이 풀이 어떻게 우리나라의, 그것도 절집에만 퍼지게 되었을까. 혹시 이 풀이 《왕오천축국전》을 쓴 혜초 스님이 기나긴 여정에 맛을 들여 귀국길에 가져와 불가에서만 이어져 내려온 건 아닐까. 어쨌든 근거 없는 상상이지만, 내가 절집에서 고수를 만난 것은 이처럼 중국과 동남아를 다니며 샹차이에서 상큼함을 느끼게 하려는 인연이 아니었을까.

베이징에 갔을 때, 우연한 기회에 가까운 중국 지인의 퇴근길을 따라 시장에 들렀다가 가장 먼저 샹차이부터 골라 들던 그의 모습이 생각나 적어 본 이야기다. 난 취미가 요리이기도 하지만 어느 도시를 가나 그곳 사람들의 생생한 삶의 현장을 느껴 보기 위해서라도 반드시 허름한 시장통을 둘러보는데, 중국에서는 시장을 보는 남자들이 아주 흔할 뿐 아니라 너무나 자연스러워 보이기까지 한다. 물론 우리도 이제는 시장을 보는 남자들이 제법 많아졌다. 독신도 많고 맞벌이도 많으니 당연한 일이지만, 어찌 익숙해지지 않는 것는 여전하다. 그러나 중국에서는 시장보기가 거의 남자의 일로 굳어졌더라고 뻥을 쳐도 될 정도이다. 그런 연유를 알아보기 위해서는 그들의 식사 습관부터 먼저 살펴보는 것도 괜찮을 듯싶다.

중국에서는 아침에 집에서 식사하는 이가 거의 없다. 그래서인지 아침이면 번개 시장처럼 도심 여기저기에 간단한 주방 도구들만 가지고 나와 장을 펼치는 장사꾼도 있고, 어지간한 고급 식당들도 오전에 두세 시간가량은 문을 열어 반짝 영업을 한다. 그런 그들의 아침 먹거리로는, 민물새우로 맛을 낸 국물에 작은 만두를 넣어 끓인 만두국과 같은 훈둔(餛飩), 그야말로 만두인 만터우(饅頭), 콩국인 더우장(豆漿), 순두부의 일종인 더우푸나오(豆腐腦), 꽈배기처럼 생긴 달지 않은 도넛 유탸오(油條) 등이 있는데, 주로 만터우나 유탸오 한두 개에 국물이 있는 훈둔·더우장·더우푸나오 등으로 요기를 한다. 값도 엄청 싸다. 특급 호텔 옆의 턱없이 비싼 식당이 아니면 대개는 1인당 1위안(한화 약 160원) 미만으로 5각(角 : 10각＝1위안) 내외이다. 그리고 점심은 직장인은 직장이나 식당에서, 학생은 학교에서 먹는데 그것도 비교적 간단한 편이다. 요즘은 5위안에서 20위안까지 하는 도시락을 먹는 이들도 있지만 아직도 많은 사람들이 손잡이와 뚜껑이 있는 둥그런 밥그릇에 밥과 반찬 한두 가지를 한꺼번에 넣고 대충 먹는 편이다. 길거리의 상인들은 자신의 좌판을 지키며 앉아 식사를 하거나, 심지어 제법 큰 상점에서도 그런 그릇을 들고 그 자리에서 식사를 하는 종업원의 모습을 쉽게 접할 수 있다. 그러니 결국 집에서 하는 식사는 공휴일을 제외하고는 저녁 한 끼가 전부인 셈이다.

이미 이야기했지만 중국에서는 대부분 맞벌이이며 여권(女權)이 강하다. 그렇지만 퇴근 시간이 모두 같으니, 나로서야 타고난 요리 능력이나 무거운 장보기의 분담이 아닐까라고 생각할 수밖에 없는 데, 많은 경우 남자들이 장을 봐서 집으로 돌아간다. 그리고 그날 저녁 메뉴에 해당하는 요리를 더 맛있게 만들 수 있는 사람이면 아내이건 남편이건 상관없이 요리를 한다는데, 대개 밥이나 아무런 속도 넣지 않고 만든 밀가루빵과 함께 야채와 고기볶음 같은 한두 가지 요리로 식사를 하는 게 그들의 풍습이다. 어쨌거나 밥, 국에다 또 찌개, 그리고 김치는 기본으로 거기에 하다못해 나물에 생선구이라도 더 곁들여야 하는 우리에 비하면 무지 간편한 식사다.

그래서 그런 것일까? 이런 일이 있었다. 중국에 들어간 김에 어떤 이가 생각나 불쑥 전화를 해 저녁이나 같이하자고 했더니 오늘은 곤란하단다. 그런데 그게 매번 그런 식이었다. 나중에 알고 보니 평범한 직장 생활을 하는 그들 대부분에게 미리 약속을 하지 않은 우리 식의 '오늘 저녁 당장'이라는 약속은 거의 이루어지지 않는다는 것이었다. 상대가 싫어서가 아니라 미리 말해 두지 않은 한 그날 저녁의 식사는 가족과 약속이 된 것이기 때문이었다. 그것은 그만큼 가족이 소중하다는 의미와 함께 가사 분담의 질서를 함부로 깨뜨려서는 안 된다는 의미이기도 할 것이다.

어떤가, 우리도 한번 일상의 틀을 바꿔 보는 게? 사실은 마음만 먹으면 아주 간단할 수도 있는 일이다. 세상에 남자와 여자의 할 일이 애초부터 각각 나뉘어 있었던 것은 아니지 않은가. 남편이 귀찮으면 아내도 귀찮은 법. 남편도 아내도 똑같은 감정을 가진 인간이다. 더구나 전업 주부도 아닌 함께 일하는 생활인에 이르러서야.

멱살잡이당하는 공안

몇 년 전 투먼(圖們)에 갔을 때의 일이다. 지린 성 두만강변의 작은 국경 도시 투먼. 한참 탈북자가 많았던 그 시절의 국경 도시이니 나도 지레 겁먹어 조심스러운 걸음이 되고 말았다. 장소는 투먼 역에서 가까운 그리 크지 않은 규모의 길거리 시장터였다. 갑작스레 어디선가 고함 소리가 요란하게 들려왔다. 가뜩이나 목소리 큰 그들인데 다투는 소리야 짐작할 수 있으리라. 그런데 세상 구경거리 중에서 싸움 구경처럼 흥미를 끄는 것도 없지 않은가. 더구나 이국 땅에서 보는 싸움이니.

그런데 가까이 다가간 나는 두 눈을 의심하지 않을 수 없었다. 바로 싸움의 당사자들은 잔뜩 때에 전 반바지에 러닝셔츠 차림인 사내와 조금 후줄근하기는 했지만 어쨌든 제복 차림의 공안이었던 것이다. 그것도 공안이 멱살잡이를 당한 채 말이다. 세상에나, 시장 한복판에서, 그것도 벌건 대낮에 공안이 멱살을 잡히다니. 더구나 술을 마신 취객도 아닌 멀쩡한 사람에게.

눈치로 살피고 주위들은 사건의 경과는 대강 이런 것이었다. 손수레에 야채를 올려놓고 파는 셔츠 차림의 사내와 옆에서 같은 장사를 하는 다른 장사꾼이 사소한 자리 문제로 다투고 있었다. 그런데 우연히 지나가던 공안이 아마 낯익은 옆의 장사꾼을 편들었던 모양이다. 그럴 수도 있는 일 아닌가, 언제나 그 자리에 나와 장사를 하던 사람이면 기득권을 주장할 수도. 하지만 셔츠 차림 사내의 주장은 우리가 흔히 듣는 '너 이놈하고 얼마나 결탁되어 있기에 편을 드느냐' 하는 막가파식 억지가 아니라, '도로에 주인이 어디 있냐. 오늘은 내가 먼저 나왔으니 내 자리다. 그런데 너는 공안이 되어서 왜 부당한 편을 드느냐' 하는 거의 법리 논쟁에 가까운 항의였던 것이다. 그리고 끝내는 공안의 멱살까지 잡는 거친 싸움으로 번졌던 것인데, 동행했던 다른 공안이 웃으며 두 사람을 뜯어말리는 것으로 소란은 끝이 났다. 물론 공안에게 연행된 사람은 없었다.

나도 한때는 법의 집행자 노릇을 한 적이 있었는데, 도저히 내 상식으로는 이해가 안 되는 것이었다. 공권력의 상징인 공안이, 그것도 개인적인 잘못이 아니라 사소한 불만이나 오류가 있었다 할지라도 원칙적인 논쟁의 일로 멱살을 잡히다니. 그건 분명히 공무 집행 방해였고 공권력에 대한 도전이었다. 여기서 내가 대한민국을 말할 수는 없고, 당장 북한 땅만 상상해 봐도 그렇지 않은가. 가본 적은 없지만 과연 그 땅에서 사회안전부원의 멱살을 그보다 더 높은 국가보

위부나 중앙당 간부 아닌 다른 누군가가 잡았다면 어떻게 되었을까.

그 후로도 중국 땅을 다니면서 내 상식은 많은 부분에서 산산이 조각나기 시작했다. 그때만 해도 톈안먼 사건의 수배자가 많이 남아 있었는데도, 기차역에서건 버스 정류장에서건, 어디서도 우리의 불심 검문과 같은 일제 소탕식 뒤지기가 이뤄지는 것은 한 번도 본 적이 없다. 국제적인 마약 관리 지대라 할 수 있는 라오스·미얀마 국경 지역에서도 삼엄하게 바리케이드를 내리고, 지나가는 차량과 인원에 대해 무조건적으로 검색하는 일은 없었다. 그저 우두커니 통과 차량을 지켜보며 서 있다가 정히 의심스러우면 그때 세워서 뒤져 보는데, 그것도 먼저 짐을 뒤져 이상이 있을 경우에 사람을 검색하는 것이었다. 얼마 전 그들 TV 뉴스에서 트럭 적재함에 밀렵한 뱀을 잔뜩 싣고 운반하던 사람을 검거하는 장면이 방영되었는데 역시 방법은 마찬가지였다. 그야말로 '의심할 만한 상당한 사유가 있는 경우에'만 위엄 있는 공권력이 제대로 발휘되는 것이었다.

물론 그들의 인권 상황이 그것이 전부는 아니다. 당장 우리 탈북자 문제는 제외하고라도 파룬궁(法輪功) 문제를 비롯하여, 살인·강도 등의 흉악범이나 밀수 같은 심각한 반사회적 사범에 대한 처벌은 매우 엄격하다. 또한 가끔씩 그들 뉴스에서 볼 수 있는 일이지만, 이미 사형 선고를 받은 사람을 그 집행 전에 많은 사람이 동원된 공개 석상에 끌어내어, 목에는 죄상을 적은 팻말을 걸게 하고 인민재판식 규탄 대회를 열거나 심하면 차량에 태워 도심을 순회하게 하는 것에서는 심각한 인권의 사각을 느끼지 않을 수 없다. 그러나 그 대부분은 정치적 필요와 결정에 의한 별도의 경우이고, 일상생활에서의 법 집행은 우리의 상식을 깰 만큼 다른 모습이었다. 그것은 죄인에게만 지극히 엄격할 뿐, 사람은 모두 평등하다는 사회주의적 기본 원칙에 지극히 철저한 사고방식에서 비롯된 듯하다.

사실 우리처럼 행정편의주의의 일방적인 공권력 행사가 흔한 나라는 거의 없었다. 무작정 길을 막고 바리케이드를 친 채, 그것도 의무적인 복무 기간을 채우는 데 불과한 의무 경찰로 하여금 무조건적이고 무작위적인 신분증 검사를 하게 하는 불심 검문, 음주 운전 단속을 명목으로 교통이 복잡한 도심의 대로를 가로막고 누구에게나 입김을 불도록 하는 일 따위는 도무지 세계 어느 나라에서도 볼 수 없고, 그들은 상상조차 하지 못하는 발상이다. 물론 그것이 더 많은 사람의 안전을 위하고, 작은 불편을 감수해 큰 위험을 방지하자는 애민(愛民)의 발상이라는 것도 모르지는 않는다. 그러나 뭔가 이상하지 않은가. 그게 순전한 애민의 뜻이라면 우리보다 더 선진적인 여러 나라들도 당연히 그래야 할 것이 아닌가. 그런데 현실은 선진국뿐만 아니라 우리가 인권 실태를 비난하는 후진의 여러 나라에서마저 그런 모습들은 찾아볼 수 없으니.

문제의 핵심은 이런 것이 아닐까. 일단은 무엇이건 할 수 있는 자유로움이 우선이다, 설령 조금 더 어려움이 있고 그로 인해 불거지는 큰 손해가 예상된다 할지라도 먼저 기본권인 자유권은 지켜 줘야 한다, 그리고 그 후 발생하는 문제에 대해서는 그 당사자가 철저히 책임져야 한다, 하는 의식 말이다. 평등이란 일단 모두를 동일 선상에서 보는 것이다. 그가 경찰이든 장사꾼이든 전과자든, 과거의 흔적이나 지위 형편 따위와는 상관없이 일단 오늘의 시작은 모두가 같은 선상에서이다. 설령 그렇게 동일 선상에 두고 봐서 문제가 발생하더라도 그 만약의 위험을 우려해 미리 구분을 하는 것이 더 심각한 것이라는 인식, 그것이 우리와 다른 그들의 의식이 아닐까.

반면 우리의 의식은 어떤가. 일단 누군가가 이것이 최선이라는 원칙을 먼저 결정한다. 그게 국가든 지도자든 말이다. 그리고 그 최선이라고 정해진 원칙과 결정에는 무조건 따라야 하는 것이다. 이게 최선이니 거기에 따라 조금의 차질이라도 일어나면 안 된다. 그러니 예방해야 한다 하는 의식. 과연 그런다고 차질이 없을까? 결국 '사농공상'의 완고한 사고가 여태도 그대로인 셈이다. 국가와 관리가 결정하면 그것으로 그만이다. 따라오지 않거나 반발하면 오직 가혹한 처벌과 배제가 있을 뿐이다. 그러니 점점 규제만 늘어날 수밖에. 조그만 일만 일어나도 법과 제도부터 만들어야 한단다. 물론 그 충정과 염려의 마음을 모르지 않는다. 그러나 나는 그 제도에만 의지하려는 발상이 두려운 것이다.

중국 상하이에서는 투자를 하겠다는 회사가 나타나면 담당 공무원이 일일이 따라다니며 공장 설립 허가까지 2~3일이면 족하다는데……. 말이 나온 김에 우리의 이해할 수 없는 애민을 몇 가지 더 들어 본다.

길거리 쓰레기통 부근에 담배꽁초가 많이 버려지니 도로의 쓰레기통을 없애 아예 근원을 제거하겠단다. 그러고도 그 자치 단체는 여전히 담배 판매에서 지방세는 거둬 간다. '우리 구민은 우리 지역에서 담배를 삽시다' 하는 현수막까지 뻔뻔하게 걸어 놓고. 그래서 과연 담배꽁초가 사라졌던가? 차라리 전 흡연자에게 담배꽁초를 쓰레기통에 골인시키는 합숙 훈련을 시키시지. 또 목욕탕과 여관에서 일회용품이 남발한다고 비치하는 것을 금지했다. 일회용품 억제로 환경을 보호한다는 명분이다. 그렇다고 과연 필요한 사람이 사용하지 않을까? 또 국민 건강을 생각해서 식당을 비롯한 모든 업소에서 담배 판매를 금지한단다. 참, 과연 그런다고 술 한잔 마신 사람이 담배를 안 피우게 될까? 아마 그 안(案)을 생각해 낸 번쩍이는 아이디어의 공무원은 중요 업무 기획으로 인사 고과 몇 점은 더 받았을 것이다. 하지만 그토록 국민 건강이 걱정스러웠으면 차라리 금연법을 만들고 전매청을 폐쇄하지.

내가 소용없는 줄 알면서도 이렇게 거론하는 것은, 다만 그런 모든 발상의 밑바닥, 즉 무엇이 우선인가에 대한 기본적인 의식을 다시 한번 생각해 보자는 것이다. 국가가 우선인지 국민이 우선인지, 이익과 기본권 중 어느 것이 더 우선되어야 하는지. 이런 편의주의적 의식이 바뀌지 않는다면 우리에게 진정한 휴머니즘은 영원히 기대하기 어려울 것이다. 생각이 바뀌어야 행동이 바뀐다. 내가 전부 옳고 우선이라 고집하는 한, 규제 철폐와 행정 서비스는 영원히 헛소리다. 그저 깊이 생각해 보지도 않고 덜렁 장난치듯 내놓는 말도 안 되는 안(案)들은 규제를 위한 규제만 늘려 놓을 뿐이다.

영국 이야기 하나만 하고 마무리하자. 영국 사회에는 여권을 제외하고는 사진이 붙은 신분증이 거의 없다. 그래서 일부 몰지각한 사람들은 한 사람의 운전면허증을 여러 사람이 공동으로 사용하기도 한다. 왜? 걸려 봐야 도로의 순경은 얼굴 확인할 길이 없고, 법원에는 원래 소지인이 나가면 그만이니까. 물론 영국 정부도 그런 사실을 모르지 않는다. 그러나 그들은 끝내 사진 한 장 없는 얇은 종이쪽지의 운전면허증을 고집한다. 바로 그게 그들의 자존심이라는 것이다. 우리는 서로 믿는 사회라는 자존심. 그리고 정부가 내 국민을 믿어 주지 않으면 어떻게 국민이 정부를 믿겠느냐는 신뢰감. 그뿐인가. 무인 단속기도 우리처럼 정면을 찍지 않는다. 그들은 뒤쪽을 찍는다. 즉 뒤늦게 발견하더라도 서두르지 말고 좀 더 천천히 안전하게 조치를 취하고 되도록 걸려들지 말라고.

당돌함인가 분방함인가, 중국인의 성(性)

산둥 성 칭다오(青島)에서의 일이다. 내가 탄 승용차 운전사는 칭다오가 초행길이었고, 지도를 펼쳐 들었는데도 일방통행에 갈 길이 막혀 차에서 내려섰다. 운전사는 누군가를 붙잡고 길을 묻고, 나는 주변 도로명과 주요 지형지물을 확인하며 지도상의 위치를 찾느라 두리번거렸다. 그리고 이내 그곳이 칭다오에서도 가장 번잡한 중산잔루(中山站路) 성 미카엘 성당 앞임을 알게 됐다. 시간은 오후 네시 무렵, 한여름의 햇살은 뜨거웠고 넓은 도로에는 자동차가, 인도에는 사람들이 무리를 지어 갔다. 그런데 이미 약속 시간을 넘겨 바쁘게 운전사에게 향하던 나는 걸음을 우뚝 멈추었다.

차도와 인도에 걸쳐 주차된 빨간색 소형 승용차. 빨간색이라니까 무슨 영화에 나오는 그럴듯한 스포츠카로 오해는 마시길. 그냥 중국 어디에서나 볼 수 있는 흔한 빨간색에 낡고 지저분한 승용차였으니.

참고로 중국에서는 대부분의 승용차가 짙은 썬팅을 하고 있는데 이 차는 투명한 유리창의 나신을 그대로 드러낸 채였다. 그리고 승용차 안의 두 사람. 운전석의 남자나 그 옆의 여자나 대략 20대 중반쯤? 그런데 여자의 양손이 남자의 목을 껴안았으니 키스를 하는 건 피할 수 없는 현상이지만, 남자의 한 손은 여자 가슴속으로, 나머지 한 손은 여자의 짧은 치마 속으로. 난 그 모습에 낯이 뜨거워 재빨리 고개를 돌렸다.

황급히 우리 일행의 승용차로 돌아왔지만 괜스레 힐끔거려지는 건 어쩔 수 없었으니 용서하시고, 좌우간 우리 운전사가 완전히 길을 알아 돌아올 때까지 5분 정도가 더 흐르도록 그들의 자세에는 도무지 변함이 없었다. 하지만 그보다 더욱 놀라운 건 지나치는 사람들 누구도 그들에게는 전혀 관심이 없었다는 것이다.

베이징의 중관춘(中關村). 이곳은 서울의 용산 전자상가와 비견할 만한 베이징 최대의 컴퓨터 관련 구역이기도 하지만 인근에 베이징·칭화(淸華)·인민 대학 등 내로라하는 명문 대학들이 즐비한 젊은이들의 구역이기도 하다. 일요일 한낮, 중관춘 인근을 어슬렁거리다 출출한 배를 채우기 위해 골목 안 작은 식당을 찾아 자리를 잡았다. 역시 젊은이의 거리답게 식당을 가득 메운 이들은 대부분 인근 대학의 학생들로 보이는 새파란 청춘들.

그저 만만한 마포어더우푸(麻婆豆腐 : 마파두부)와 미판(米飯 : 쌀밥)을 시켜 놓고 주변을 두리번거리자니, 그래도 전부 서너 개씩의 요리를 시켜 놓고 맥주잔을 기울인다. 그럴 수도 있으리라. 나도 그 나이 때는 낮술 정도에 겁먹지는 않았으니. 그런데 등잔 밑이 어둡다더니 창가 바로 내 옆자리에 이건 또 무엇인가.

작달막한 키의 청춘 남녀가 4인용 탁자의 한쪽에 나란히 붙어 앉아—하긴 그거야 우리 커피숍에서도 자연스러운 일이지만—두 볼을 맞댄 채 하염없이 고민에 빠져 있다. 이 무슨 베이징의 가여운 로미오와 줄리엣인가. 이미 거나하게 취한 두 사람에게 자꾸만 눈길이 가는 건 어쩔 수 없고, 주문한 음식이 나오고 수저를 들었는데 기어이 여학생이 탁자 아래 남학생 무릎 위로 쓰러진다. 그쯤 되면 안쓰러운 건 당연지사, 곧 남학생은 조금이라도 더 편하도록 정부(情婦: 우리말의 애인, 중국에서 애인은 아내나 약혼자에 가까운 개념이다)의 자세를 고쳐 준 후 그 위에 포개듯 자신도 쓰러진다. 정작 내가 관심을 두었던 건 이번에도 역시 주변 사람들의 반응이었다. 이미 식당 안은 손님으로 가득하고, 문 앞에는 빈자리가 나기를 기다리는 사람들이 줄을 서 있었다. 그런데도 도무지 그 많은 종업원도 손님도, 심지어는 문밖 찬바람 속에서 기다리는 사람조차 창문으로 빤히 보이는 그들에게 인상 한 번 찌푸리지 않더라는 것이다. 아, 위대한 베이징의 사랑이여!

더 이상은 내가 핑크빛 구석이나 흘끔거리는 사람으로 비칠까 염려스러워 생략한다. 더구나 내가 굳이 한밤중 대학 구내를 어슬렁거릴 일도 없었으니 그 화려하다는 캠퍼스 안에서의 장면들을 녹화 중

계하기는 불가능하다. 그러나 지금 그곳에서 공부를 하고 있는 아들 놈이 묻지도 않았는데 한다는 말, ‘밤만 되면 그림이 생겨. 그것도 너무 환상적이라 도대체 눈길 둘 곳이 없으니, 나 미쳐!’

처음에는 이것도 혹시 너무 인간이 많다 보니 언제 다시 볼 사람인가 하여 신경 쓰지 않는 똥배짱이 아닐까 생각했다. 더구나 나는 여태 그 유명하다는 《소녀경》, 《홍루몽》 한 번 읽지 않았고, 멍청하게도 ‘사회주의’ 하면 아직도 그저 ‘엄혹’이라는 단어가 먼저 떠오르는 인간이다. 그러니 그런 장면들에 그저 엉뚱하고 황당한 생각만 해낼 수밖에. 그런데 곰곰 생각해 보니 내가 조선 유교의 엄숙주의에 지독히 길들여져 있는 면도 있지만 무엇보다 우리의 성 의식이 너무 은폐되고 왜곡되어 있지 않나 싶었다.

성이란 결국 사랑하는 사람끼리 자신들의 감정을 신체로 표현하는 것이라 생각하면 옳은 대답이 되지 않겠는가. 거기에 무슨 복잡한 예의와 도덕이 개입되어야 하는가 말이다. 일단 ‘문란’이라는 단어는 접어 두고 생각하자. 사랑의 감정은 가슴에만 담아 두고, 드러내는 표현은 그 반대의 엉뚱한 몸짓이라면? 어쩌면 지금 우리 사회 이면에서 보이지 않는 파문을 일으키고 있는 사랑과 가정의 위기도 그 가장 밑바닥에는 바로 성에 관한 그런 의식이 자리한 탓은 아닐까? 입맞춤, 포옹, 더하여 섹스까지. 그것들 모두도 결국 사랑의 눈빛과 다르지 않은 하나의 감정을 드러내는 방식이라 생각하면 어떨까?

물론 중국도 우리보다는 못하지만 역시 만만찮은 이혼율을 보이고 있다. 그렇지만 그들 사회에서 이혼은 곧 가정의 파괴나 자식의 방기와 같은 심각한 사회 문제로 연결되어 큰 이슈가 되지는 않는다. 지금 이러한 그들의 성 의식과 삶의 모습은 우리에게 시사하는 바가 적지 않다. 그렇다고 당장 '프리섹스'의 주창자가 되자는 게 아니라 다만 내 눈에 어색하다고 무작정 손가락질하며 매도하지는 않았으면 하는 것이다.

그러나 여기서 이것 하나는 제대로 짚고 넘어가자. 지금 중국의 모습과는 전혀 다른 지난날의 엄혹함을 말이다. 옛 고대의 모습이야 그저 전해 오는 기록에 의지한 추측일 뿐이지만 불과 20년쯤 전의 모습은 아직 살아 있는 이의 기억으로도 또렷하다. 그때 중국민들은 요즘 우리가 북쪽 사람들의 정보를 접하며 듣게 된 '부화' 사건이라는 그것과 조금도 다르지 않은 엄격한 성의 통제를 당했었다. 지금과 같은 분방함은커녕 작은 추문의 성관계에도 지위 고하를 불문하고 당장 당직(黨職)은 물론 모든 것을 박탈당하는 엄청난 불이익을 겪었다니 충분히 짐작할 수 있으리라. 그러던 그들이 어느 날 갑자기 통제를 벗어나며 마치 억눌렸던 용수철의 반응처럼 지금과 같은 풍요(?)를 누리는 것이다. 물론 그것으로 인해 더욱 분방해진 것이라 단정 지을 수는 없는 일이다.

그러나 결국 모든 것은 자연스러운 순리가 최선이 아닐까. 한번 우리도 돌아볼 일이다. 혹시 오늘의 혼란스러운 기존 모럴의 붕괴가 우리 '엄숙주의'의 반동은 아닌지. 그리고 지금도 또 다른 억압이 성뿐만 아니라 다른 여러 곳에서, 위압과 더불어 선정적 상업주의의 교묘한 포장과 함께 저질러지고 있지는 않은지.

지평선, 지난에서 칭다오까지

산둥 성은 인천항이나 평택항에서 그리 멀지 않은 우리와 가장 가까운 중국 땅이다. 그래서 예로부터 수많은 인연을 맺어 와 지금도 해상왕 장보고의 얼을 느낄 수 있는 신라방 등 수많은 유적이 그곳에 남아 있다. 그 산둥 성의 성도가 지난(濟南)이다. 그리고 칭다오는 산둥 성 동쪽에 있는 항구 도시로 진작부터 수많은 한국계 기업이 뿌리를 내려 이제는 마치 미국 LA의 코리아 타운처럼 도시 곳곳에서 한국을 접할 수 있는 정겨운 곳이기도 하다.

지난여름 나는 지난에 거주하는 중국 당 간부 한 분과 함께 칭다오까지 고속도로 여행을 할 기회를 가졌다. 양 도시 간의 거리는 고속도로 기준 392킬로미터, 서울에서 부산까지의 거리에 조금 못 미치는 정도이다. 열국지는 물론 특히 공자를 통해 우리 귀에 익숙한 옛 중국 노(魯)나라의 땅 산둥 성이어서 그랬는지, 난 제법 느긋한 기분에 젖어 그와 이런저런 이야기를 나누었다.

한반도 1.5배가량의 땅덩이에 약 9천3백만 명의 인구를 가진 산둥성은 경제 규모면에서도 중국 성별(省別) 순위로만 따져서는 다섯 손가락 안에 드는 곳이다. 그러나 정작 개발 특수를 누리는 칭다오는 중앙정부 직할 경제권으로 편입되어 있고, 성도인 지난은 개발이 뒤처져 있어 경제 활성화가 시급한 당면 과제라는 것이었다.

그는 몹시 아쉬워했다. 거칠 것 없는 넓은 평원에 황허 강까지 인근에 흘러 공업용수는 물론이고, 황해의 항구 도시까지 서너 시간이면 연결되는 거미줄 같은 교통망, 값싼 임금의 수많은 유휴 인력 등 엄청 매력적인 요인들을 갖추고 있지만 외국 기업의 투자가 너무나 미미하다는 것이었다. 그러면서 그는, 중소 규모의 한국계 기업들이 칭다오 · 웨이하이(威海) 등 해안 도시에 몰려 있는데 이젠 큰 규모의 기업들이 눈을 돌려 목마른 내륙 도시와 손을 잡는다면 보다 장기적이고 유리한 조건에서 얻는 것이 많을 거라고 하였다.

이런저런 이야기를 하며 한 시간을 넘게 달렸지만 일직선으로 쭉 뻗은 한가로운 고속도로변 풍광은 도무지 변할 기미가 안 보였다.

「도무지 산은 보이지 않네요?」

몇몇 나라를 돌며 지평선을 볼 때마다 부러운 한숨을 내쉰 적이 있었지만 우리 땅처럼 푸르기만 한 그곳 지평선은 내게 별다른 감흥을 주지 않았다. 그래서 생각 없이 불쑥 내뱉은 내 질문에 그의 대답도 수월했다.

「산둥 성에는 거의 산이 없습니다. 지난 남쪽으로 있는 타이산 산

(泰山山)과 칭다오에 있는 라오 산(崂山)이 전부죠.」

그 유명한 태산도 태산이지만 이게 또 환장할 노릇이다. 한반도 1.5배의 땅에 변변한 산이라고는 그 두 개가 전부라니. 벌써 중국에 수십 번 왔는데도 또 한 번 놀라지 않을 수 없었다. 그러나 그는 덤덤히 한가한 휴양 타령까지 더하는 것이었다.

「바다와 높은 산을 함께 갖춘 도시는 그렇게 흔치 않죠. 그래서 칭다오는 중국의 부산이라고도 합니다. 그리고 이제는 그 아름다운 경치로 인해 아시아의 손꼽히는 휴양 도시로 자리 잡았습니다.」

그런데 그렇게 네 시간가량을 달리는 고속도로 주변이 한창 익어가는 옥수수밭 일색이었다.

「온통 옥수수밭뿐이네요?」

「예, 지금은 옥수수 철이죠. 연 이모작을 합니다. 먼저 밀을 심어 베고 나면 옥수수를 심죠. 산둥 성은 황허 지류가 곳곳에 흘러 어딜 가도 농업용수로 곤란을 겪지는 않습니다. 그래서 농산물 작황도 괜찮은 편이구요.」

식당마다 푸짐하게 넘쳐 나던 야채와 곡물 등 그들 음식 문화의 일단이 비로소 이해되는 순간이었다. 하지만 지금 13억 인구의 먹거리를 이처럼 풍족하게 해결하는 그들이 십수 년 전에는 10억에도 못 미치는 인구였는데 왜 수많은 이들이 굶어 죽었을까 새삼 의아했다.

중국 토지 제도의 기본은 국유제라서 단 한 뼘의 땅도 개인의 소유는 인정되지 않는다. 다만 그 땅의 사용권만을 국가로부터 허가받는 것이다. 물론 그 사용권에 대한 매매도 가능하다. 그것이 최근 일고 있는 중국 도시 부동산 붐의 실체이다. 그렇다면 그런 토지 제도 하에서 농민들의 삶은 어떠할까? 중국 인구의 73퍼센트가 농민이기 때문에 한번 알아볼 필요가 있다.

아무튼 중국의 농민들도 일단 개인 소유의 땅에서 농사를 짓기는 한다. 사회주의 체제에 걸맞게 공평하게 나눠진 사용권 소유의 토지로 말이다. 그리고 그 농사의 수익에서 세금을 내고 나머지로 먹고 살며 부를 꿈꾸는 것이다. 하지만 단위 면적당 생산량은 우리에 비해 현격히 떨어져 단지 먹고 사는 문제를 해결할 뿐 부는커녕 아직도 궁색함을 면하지 못하는 실정이다. 그래서 호적상 등재는 농촌으로 되어 있어 농지를 배당받고서도 젊은이들은 보다 나은 수입을 찾아 도시로 떠나 버려 그곳 역시 우리와 다를 바 없는 노인들만의 세상이다.

연 이모작까지 한다면서 왜? 그것은 넘쳐 나는 생산 과잉으로 인한 농산물 가격 폭락과 영농 기술의 낙후를 들 수 있으리라. 질(質)의 차이는 있겠지만 근원적으로는 우리와 별반 다를 바 없는 내용이다. 그런데 생산성 저하의 큰 이유 중 하나는 땅의 지력을 높이기 위한 노력과 생산성 향상을 위한 장기적이고 집중적인 투자가 전체적으로 이루어지지 않기 때문이라는 것이다. 비록 누구도 침범할 수 없는 분명한 내 소유는 아닐지라도 사용권에 대해서는 매매까지 가능한 그들 자신의 땅에 왜? 단순히 만만디의 중국인이 게을러서? 천만에, 그건 엄청난 착각이다. 게으르기는커녕 양쯔 강 이남 일부 지역의 농민은 농사를 지으면서도 마을에 들어선 공장에 취업해 이중

수입으로 별장 같은 집을 짓고 오히려 도시인이 부러워하는 생활을 누리기도 하는데.

그럼? 결국 문제는 체제였다. 이를테면 오늘 배분 받은 토지가 내일 바로 다른 이의 토지가 될 수도 있는 게 그들의 체제이다. 즉 분배된 토지의 구획선이 수시로 바뀐다는 것이다. 예를 들어 경지 정리를 새로 한다거나 도시 계획 변경에 따른 농지의 변경이 있을 때, 그에 따른 전체적인 경작 구역 변경이 따르니 빠르면 3~4년, 길어도 10년을 넘지 못하는 기간에 자신의 토지가 다른 사람의 것이 되어 버리는 것이다. 그러니 도무지 그 땅에 애정을 갖지 못하고 언제 남의 것이 될지 모른다는 소작인의 심정으로 농사를 짓게 된다. 벌써 50년이 넘은 사회주의 체제 속에서도 결국 농민의 마음은 땅에 대한 애정과 집착에서 비롯된다는 사실이 저절로 입증된 셈이다. 그렇다고 내가 이 글에서 주제넘게 어떤 체제와 주의를 비평하자는 생각은 추호도 없다. 다만 동서고금을 불문한 농민의 심정이, 이 좁은 땅덩이에서 그토록 땅에 매달려 울고 웃던 내 할아버지와 이웃들이 다시금 생각나더라는 이야기다.

그런데 여기서 잠시 우리의 현실을 생각해 한 걸음 더 나아가 중국의 농업 현황을 살펴보자. 시기별 특정 농산물의 생산 집중으로 인한 가격 폭락, 심지어 세계 1위의 곡물 생산국이면서도 상등품은 외국에서 수입하는 풍요 속 빈곤, 영농 기술의 낙후 등. 그래서 지금 중국 정부는 과잉 생산 농산물 조절, 특정 농산물 사계절 균등 생산을 위한 비닐하우스 설치 등 기술 영농, 일부 지역 농지의 유실수 식목 등 임야화, 유기 농법·우량 종자 개발 등의 농업 기술 발전에 골 몰하고 있다.

어떤가. 비슷한 처지이기는 하지만 그래도 한발 앞선 기술의 우리 젊은 영농인이건 새마을 지도자이건 4H 회원이건 그들 중 누군가가 자신의 경험과 기술에 우리 농협의 자금을 지원 받아 산둥 성 혹은 중국 내륙 곳곳의 그 드넓은 벌판에 진출한다면? 그래서 그 광활한 땅 한가운데에 큼지막한 농장과 가공 공장을 마련하고, 앞선 기술로 그들을 지도하며 특수 작물을 재배하고, 월등히 낮은 생산 단가의 대규모 축산을 시작한다면. 그리고 그 생산품과 가공품을 중국은 물 론 해외 여러 나라에 수출한다면. 참고로 베이징 시내 육류 소비자 가격을 알아보면 최상등품 기준 쇠고기 1킬로그램은 16위안(약 2천 6백 원), 돼지고기는 14위안가량이다. 그리고 지금 산둥 성에서 젖소 73마리로 축산업을 하고 있는 한 농민의 경우 연간 젖소 한 두당 순 수입이 약 8천~1만 위안에 이르는 것으로 전해진다. 또한 중국의 경우 방대한 내수 시장 덕분인지 우리의 경우와 같은 농축산물 가격 파동도 거의 없다.

중국은 지금 현대화·계량화에 힘쓰고 있고, 특히 농산물 가공 문 제에 대해서는 비상한 관심을 기울이고 있으니 아직은 어떤 일이든 가능할 듯도 싶은데, 과연 이게 소설가의 상상이기만 한 것일까?

888에 얽힌 그들의 의식과 돈

1만 원, 2만 원, 3만 원, 5만 원, 10만 원……. 요즘 1만 원의 경우는 거의 없지만 내가 결혼식장이나 상가에 가서 부조금으로 내는 금액은 대개 그중의 하나이다. 아마 이 땅에 살고 있는 대부분의 이들 역시 나와 별반 다르지 않으리라.

지난 설날 무렵, 중국 어느 지인의 어머니에게 세배를 드리러 갔다. 그래도 명색이 대한민국 영남 유림의 자손인데 호형호제의 그분 노모에게 드릴 세뱃돈 준비야 당연지사. 빳빳한 신권으로 바꾼 1백 위안짜리 열 장, 1천 위안을 봉투에 넣는데 지켜보고 있던 그 지인이 얼마를 넣었냐고 대놓고 물어 왔다. 어색하기는 했지만 특별한 생각이 있는 것 같아 사실대로 말하자 역시 그럴 줄 알았다는 듯 슬며시 웃으며 8백 위안만 넣으라는 것이다. 중국을 잘 모르는 대개의 사람들이 흔히 겪을 수 있는 일이다.

여기서 이야기를 잠깐 돌려 가자. '코카콜라(Coca Cola)'의 중국어 표기는 '可口可樂(커커우커러)'이다. 물론 발음으로 하면 중국 한자에서 영어에 가장 근접한 말이다. 그렇지만 우리의 한글 코카콜라처럼 별다른 뜻은 없다. 굳이 해석하자면 '입에 맞아 즐겁다'는 정도일까. 그럼 '맥도날드'는? 이 경우 뜻은 전혀 해석 불가능으로 '麥當勞(마이당라우)', 마치 일본에서 들었던 '마그도나르도'같이 어색하다. 하긴, 우리 한글처럼 다양한 음을 근접하게 표현할 수 있는 글은 세상에 없으니. 그런데 일본어나 중국어의 언어 체계상 정확한 음의 표현 불가능은 어쩔 수 없다 하더라도 중국의 경우 그 표기에 있어 자신들의 표의 문자의 특성이 더욱 독특하다. 몇 가지 더 예를 살펴보자. '켄터키 프라이드 치킨'의 '켄터키'는 '肯德基(컨더지)', 자랑스러운 대한민국 상표 '롯데리아'는 '樂天利(러톈리)', 자동차 '포드'는 '福特(푸터)', 시계 '오메가'는 '歐米迦(어우미자)', 스포츠 용품 '나이키'는 '耐克(나이커)' 등등.

　자, 그럼 과연 그런 표기가 가장 정확한 발음만을 염두에 둔 표기일까? 아니다. 예를 들어 '켄터키'의 경우 '肯德鷄'라 표기해도 발음은 그대로 '컨더지'이다. 한번 생각해 보자. 비슷한 발음의 글자를 찾더라도 기왕이면 닭고기집에서 닭을 뜻하는 계(鷄)의 '지'를 쓰지 왜 엉뚱한 기(基)의 '지'를 쓰는가 말이다. 까닭을 알아보니 중국에서 계(鷄)에는 몸을 파는 창녀라는 나쁜 의미가 숨어 있다는 것이다. 결국 글자 한 자 한 자까지 그 뜻을 생각해 가능한 한 나쁜 의미를 포함하는 글자는 회피하자는 것이 그들의 의식이다.

그렇듯 그들이 굳이 액수가 많은 1천 위안보다 8백 위안을 좋아하는 데도 까닭이 있다. 다름 아닌 그 8의 발음 '파'가 파차이(發財 : 재물이 생기다)의 '파'와 비슷하다는 까닭이다. 그래서 8백 위안보다는 888위안을 더 좋아한다. 혹 중국인 누군가의 결혼식에 부조를 하려거든 기왕이면 그 숫자에 맞춰 888위안을 하도록 하라. 아마 몹시 기뻐하며 오랫동안 잊지 않을 것이다. 또 그 밖에도 그들이 좋아하는 숫자로는 순조롭다는 의미의 '流(류)'와 비슷한 발음의 6, 오랫동안 유지된다는 의미의 '久(주)'와 비슷한 발음의 9 등이 있다. 그런데 이런 그들의 관념에서 내가 도무지 이해할 수 없는, 아니, 두려운 것은 세월의 공백을 무색하게 하는 피의 유전이다.

내가 세상에 태어나 중국인에 대해서 들은 첫번째 문장이 아마 어린 시절 라디오에서 흘러나오던 '비단이 장수 왕 서방……' 하던 유행가 가사가 아니었나 싶다. 그때 우리 집 앞에 포목점이 있어 더욱 그랬나, 비단장수는 부자라는 개념이 금방 머리에 잡혀, 나는 꽤 철이 들도록 한참 동안 중국인은 부자라는 막연한 생각에 젖어 있었다. 그런데 문제는 다름 아닌 공산당, 그리고 사회주의다. 이건 반드시 우리의 편향된 반공 교육의 잘못만은 아니다. 생각해 보라. 공식적인 사회주의 중화인민공화국이 건국된 것이 1949년이니, 덩샤오핑(鄧小平)의 개혁 개방까지만 해도 꼬박 28년, 일단 한 세대가 바뀌는 세월이다. 또 그 기간 동안 사회주의의 원칙인 '평등' 아래 얼마나 많은 사람들이 희생되었으며 그 '엄혹함'은 얼마나 두려웠던가. 당장 함부로 숨쉬기도 어려웠다는 문화대혁명의 기간만도 10년이니. 그럼에도 그들의 머릿속을 떠나지 않았던 돈에 대한 강한 의식, 이건 확실히 피의 유전으로밖에는 달리 설명할 길이 없다.

《사기열전》에 나오는 중국 전국 시대의 거부 여불위(呂不韋)가 누구인가. 그는 이야기 속 허구 인물이 아니라 역사 속 실존 인물이었다. 제 자식을 임신한 여인을 돈을 이용해 황실에 보내고 기어이 그 자식을 중국 최초의 통일 왕조 진(秦)의 시황제로까지 만든 인물. 그리고 황제인 아들 밑에서 재상을 지낸 이. 그렇게 그들은 이미 기원전의 고대부터 한 개인이 수만 금을 축적하리만치 상술에 밝았고, 또 그런 거부가 다수 존재했다. 그런데 우리는? 물론 고려의 태조 왕건도 송악 거부의 아들이기는 했다. 그러나 언제부터인가 그 '사농공상(士農工商)'의 왜곡된 발상이 우리들 의식을 피폐하게 만들었다. 사람이 살아가는 데는 무엇 하나 소중하지 않은 것이 없다. 그것들에 우선 순위를 둔다는 발상 자체가 기만스럽지만 그것은 기득권을 유지하려는 소아적 욕구에서 기인했을 수도 있다. 물론 내 이야기가 과격하다는 것을 모르는 바 아니다. 하지만 굳이 '사농공상'의 우선 순위를 매긴다면 차라리 '사'가 그중 맨 마지막이어야 했다. 단, '사'에서 인간 정신을 살찌우고 바른길을 인도하는 학문이나 도리의 탐구는 제외하고 말이다. 그것을 제외한 '사'에는 결국 '관리'만 남을 테니 하는 말이다. '관리'는 무엇인가. 민(民)이 낸 세금을 근간으로 그들의 삶을 더 윤택하게 하는 것이 본래 임무이다. 하지만 역사 속의 그들은 입으로는 '국민의 공복', '민심이 천심' 운운해도, 실상은 제왕에 가까운 권력으로 가렴주구에 몰두하지 않았던가. 또한 그 역사는 오늘에 이르러서도 하나 나아진 것이 없는 듯싶으니 말이다.

　이야기가 엉뚱한 곳으로 흘렀다. 아무튼 그렇게 가장 천한 짓으로 치부된 상업은 최근 수십 년 세월에 이르러서야 조금 자리를 잡아가는 듯싶다. 절대 평등도 나름대로 의미는 있겠지만, 나는 비록 내가 가난하더라도 부는 존재해야 한다고 믿는 사람이다. 꼭 부가 아니더라도 추구할 무엇이 없다면 무슨 재미가 있겠는가. 그런 의미에서 부는 마땅히 존경받아야 하지 않을까.

　영국에서 들은 이야기이다. 그곳 몇몇 부자들은 매일 아침 맛있는 빵을 먹기 위해 프랑스에서 직접 비행기로 수송해 오기까지 한다는 것이었다. 아마 우리나라 같았으면 난리가 나도 크게 났을 일이다. 그런데도 그들은 개의치 않으며 대부분 상대의 부를 긍정하고 존경하는 눈치였다. 물론 그들에게는 '노블리스 오블리제'로 일컬어지는 그만한 도덕적 의무의 완성도 있었고, 부의 축적도 투명했으리라. 반면 우리의 일부 못된 축은 '사'와 결탁해 독식을 일삼으며 일반의 삶에 적지 않은 해악을 끼친 것이 사실이다. 하지만 여기에서 그것까지 논할 수는 없으니 일단 조건만 갖추어진다면 부는 존중받아야 한다는 전제 조건만 결정짓자. 그리고 중국인 그들을 살펴보자.

　베이징의 명동 왕푸징(王府井)에 가면 좌우간 그럴듯한 백화점이나 쇼핑센터가 즐비하다. 어느 날 한 쇼핑센터의 보석 코너에 '다이아몬드 30퍼센트 세일'이라는 글귀가 적혀 있었다. 근처 호텔이 숙소였고 잠이 오지 않아 어슬렁거리던 길이었으니 예의 장난기가 발동해 천천히 진열장을 둘러보기 시작했다. 반바지에 티셔츠 차림이 없는데 딴에는 돈이 있어 보였는지 종업원이 말을 걸어왔다. 까짓 반바지 차림에도 다이아몬드를 살 넉넉한 사람으로 봐주는데 기분이야 나쁠 것 없고, 속내를 숨긴 채 진지한 표정으로 흥정을 시작했다. 그날 내가 고른 다이아몬드는 1.5캐럿의 크기로 정가는 홍콩 달러로 2천 달러, 세일가는 1천4백 달러. 장난기도 프로는 달라야지, 나는 짐짓 다이아몬드를 불빛에 비춰 이리저리 살펴보며 뭘 좀 아는 척 능청을 떨었다. 아니나 다를까, 종업원이 돋보기까지 꺼내 주며 열심히 설명하는데 무려 한 시간 만에 8백 달러까지 떨어졌다. 그런데 상황이 그쯤 되면 나로서도 그냥 돌아서기는 민망할 수밖에. 이제는 도망칠 핑계를 만들어야 했다. 결국 난 당장에라도 살 것같이 지갑도 없는 반바지 뒷주머니를 두드리며 6백 달러를 제의했다. 어떻게 됐을까? 뭘 어떻게 되긴, 당연히 내 계획대로 이뤄졌다. 종업원은 두말없이 꺼내 놓았던 다이아몬드를 진열장 안에 다시 집어넣으며 머리를 흔들었다. 그리고 이틀인가 뒤였다. 캠코더의 테이프와 배터리가 필요해 쇼핑센터에 들렀는데, 그날 보석 코너의 친구가 날 알아보고 반갑게 부르더니 650달러만 달란다. 그 많은 사람들 중에, 이미 옷차림도 바뀐, 한 번밖에 본 적이 없는 날 알아보며 그날의 금액에 맞춰 붙잡다니. 난 여유 있게 지금 몹시 바쁘다며 자리를 피했지만 안도의 한숨을 내쉬며 고개를 저어야 했다.

정찰제를 지키지 않는 그들을 무시해서는 결국 영원히 기름과 물이 된다. 그들도 정찰제를 하는 곳이 있다. 대부분 서점, 슈퍼마켓, 음반 기기 상점 등 전산 시설이 갖춰지고 계산대에는 종업원만 있는 큰 매장 등이 그런 곳이다. 하지만 여전히 흥정으로 거래가 이뤄지는 곳에서는 가히 혀를 내두르게 만드는 수완을 가진 사람들이 바로 중국인이다. 그것은 그들의 유전적인 면도 있지만 엄청난 뒷심을 바탕으로 한 든든한 자신감의 발로이다. 원래 노름판에서도 최후의 승자는 밑천 든든한 놈이 되지 않던가.

그렇다면 우리는 그들을 이길 수 없는 것인가. 아니다. 난 그 이긴다는 관념보다 공존과 상생의 의식을 먼저 가져야 한다는 생각이다. 그것은 정직을 바탕으로 한 신의에 뿌리를 둘 때 가능한 일이다. 그런데 우리는 그들을 무조건 엉큼하다든가 만만디라고 여긴다. 그러나 자세히 들여다보면 결코 그렇지 않다. 우리가 '엉큼'하다고 생각하는 그것은 흥정에 대비한 그들의 상술이다. 그걸 미리 간파하지 못하고 바가지를 쓰는 것은 당하는 이의 우매함 때문이다. 그리고 그들은 결코 '만만디'가 아니다. 생각해 보라. 뼛속까지 돈의 관념이 뿌리박인 민족인데, 확실한 이익이 된다는 믿음만 있다면 오히려 우리보다 열 배, 백 배 더 빠르고 긍정적일 수 있다. 또한 만만디도 조급한 상대에게는 아주 마땅한 흥정의 수단이 될 수 있다.

우선 그들에 대한 우리의 섣부른 우월 의식이나 사시(斜視)를 바로잡아야 할 것이다. 그리고 그들을 진정한 파트너로, 그리고 우리보다 훨씬 뛰어난 상술을 가진 사람들로 인정하며 상대해야 공존의 길과 이길 수 있는 길이 나오지 않을까. 그래서 지피지기면 백전백승이라 하였던가.

일본 여자, 중국 여자, 한국 여자

'일본 여자는 겉은 뜨겁지만 속이 차고, 중국 여자는 겉은 차지만 속은 뜨겁다. 그리고 한국 여자는 겉도 속도 모두 뜨뜻미지근한 중탕이다.' 한·중·일 3국 모두에 정통한 어느 학자의 말이다. 그렇다고 그가 여자에 정통하다는 것이 아니라 문화에 정통하다는 말이니 제발 오해 없기를. 아무튼 그의 그런 3국 여자 평에 대한 까닭을 들어 보면 일면 수긍이 가는 면이 없지 않다.

'일본 여자와 함께 중국 음식을 먹으며 살면 제일 행복한 삶'이라는 말이 있듯 일본 여자는 함께 가정을 꾸려 가는 동안은 남편에게 더없이 잘한다. 물론 지금이야 세상이 바뀌었으니 예전처럼 입 안의 혀 같지는 않겠지만, 그래도 아직 3국 가정주부들 중에서는 제일로 생각하는 것 같다. 그런데 그런 현모양처의 여인들이 남편의 정년퇴직과 함께 곧바로 이혼 소송을 제기, 퇴직금의 절반을 빼앗아 새 삶을 시작한다.

중국 여자들은 보통 냉랭하다. 우선 대부분 직장 생활을 하며 바쁘게 살아가니 실없는 헛소리에 눈길 줄 시간이 없는 것은 당연한 일. 더구나 경제 관념에 있어서는 피로 물려받은 그들이니 실속 없는 사랑놀음에 왜 아까운 시간과 정력을 낭비하겠는가. 하지만 그건 모두 착각이다. 그들도 사랑을 그리워하기는 마찬가지다. 결국 중국인과 펑유가 되기 어렵다는 원칙이 사랑에서도 적용될 소지가 많은 듯싶다. 물론 사랑은 한눈에 뿅 가는 거라지만 그게 어디 그리 흔한 일인가. 한번 펑유가 되면 영원하듯 그녀들도 일단 사랑에 빠지면 완전히 차원이 다르단다.

예를 들면, 한 여자가 직장 동료인 남자에게 사랑을 느끼게 되었는데 그 남자는 유부남이고 자신은 처녀이다. 이런 경우 중국 여자는 우리 상식의 틀을 깬다. '당신 집이 어디지? 맞아, 강남이지. 그럼 우리 직장은 광화문이니까 내가 약수동이나 한남대교 건너 신사동 어디에 집을 얻을 거야. 그러니까 당신은 집에 가는 길이나 출근하는 길에 들러 줘. 생각나지 않으면 말고. 당신 아내와 잘 지내다가 생각나면 찾아 줘. 생활비? 웃겨, 나도 돈 벌어. 중요한 건 사랑이야. 내가 널 사랑하는 만큼 너도 날 사랑해 줘.' 이렇게 나오는 그림이 중국 여자란다. 한번 사랑에 젖어 들면 도무지 주체할 수 없는 열정을 가진 가슴. 조건은 중요하지 않고 오직 느낌과 감정에 충실하는 것. 이래서 중국 여자는 겉은 차도 속은 뜨겁다는 것이란다.

그가 든 또 하나의 비유는 그 시대 민중의 애환과 심정을 대변하

는 가장 확실한 증거인 유행가 노랫말이다. 일본은 그야말로 제목 그대로인 '기미다케가 와가이노치(君だけが我が命: 너만이 나의 생명)'이다. 즉 그들의 사랑은 생명, 바로 죽음 아니면 삶이다. 그만큼 뜨거움과 차가움의 극단적인 교차를 드러낸다는 것이다. 우리의 노랫말은? 설명할 필요도 없이 '사랑은 눈물의 씨앗, 울며불며 사랑해'이다. 그럼 중국의 노랫말은? '웨량다이뱌오워더신(月亮代表我的心: 저 달이 내 마음을 알고 있다).' 바로 쉽사리 속내를 드러내지 않는다는 비유이다. 겉으로 표현하지는 않아도 진심은 영원하다는 것이다.

어쨌든 이쯤에서 내가 이 이야기를 꺼낸 본론으로 들어간다. 중국에서 느끼는 가장 무서운 저력은 바로 인구다. 13억 그 많은 사람들 중에서 어디의 누가 어떤 비상한 재주를 감추고 있는지 도무지 알 길이 없으니 더욱 그렇다. 그런데 더 무서운 것은 바로 그런 인구의 절반을 차지하는 그 많은 여성이 모두 제 할 일을 찾아 능력을 발휘하고 있다는 것이다. 멀리는 윈난 성 남쪽에서 집안의 경제를 통째로 책임져 등골이 휘도록 일하는 다이(傣) 족 여성에서부터, 이미 말한 샤오야 그룹의 당서기 리수민에 이르기까지 말이다. 그 밖에, 얼마 전 정년퇴직한 지린 성 당간부 J씨의 딸은 조선족으로 올해 스물여덟 살인데 베이징 대학을 나와 무려 7개 국어를 구사하며 지금 중국 경제부처에서 맹활약 중이고, 미국 무역 대표부 칼라 힐스와 지적 소유권 협상 중 '지금 우리는 도둑과 협상하고 있다'는 상대의 공격에, '우리는 강도와 협상 중이다. 당신들의 박물관에 진열된 전시품 중 중국에서 빼앗아 간 유물이 얼마나 많은가' 하고 되받아쳐 유명해진 중국 국무원 국무위원 우이(吳儀), 국무원 교육부 부장(장관) 천즈리(陳至立) 등 내가 듣거나 만난 여자만 해도 부지기수이다.

도대체 그처럼 여성이 활동할 수 있는 기반은 무엇인가. 우선 우리 여성의 경우 가장 난제로 제기되는 것이 육아 문제인데, 그것은 중국도 별반 다르지 않은 실정이다. 탁아소도 거의 유료화되어 소시민들에게는 만만찮은 부담이다. 그래서 많은 이들이 퇴직한 부모에게 의지하거나 자신의 월급보다 조금 적은 금액의 보모를 구해 해결한다. 다만 우리와 다른 점이 있다면 그들 대부분이 비슷한 실정이어서 어머니의 직장 생활로 아이들이 외로움이나 열등 의식은 거의 느끼지 않는다는 것이다.

또 노부모를 모셔야 하는 등의 가족 문제는 지난 50여 년의 사회주의 체제 동안 기본적인 의식의 변화가 있어 문제가 되지 않고 있다. 한 예로 부모와 자식이 바로 이웃에 살면서도 특별한 경우가 아니면 식사는 물론이고 모든 생활을 제각각 꾸려 간다거나, 형편이 나아져 새집을 장만하더라도 부모에게는 그저 살던 옛집을 주는 정도이지, 이제 집이 넓어졌으니 함께 살자거나 하는 의식은 거의 찾아볼 수 없다. 그 밖에 중요한 것은 직장에서의 지위 문제인데, 중국은 이 문제 역시 진작부터 비교적 자유스러웠던 것으로 볼 수 있다. 그것은 공산 혁명과 더불어 남녀평등을 강력히 주창한 마오쩌둥의 덕택인데, 보다 나은 생활을 위해 맞벌이한다는 의식은 거의 찾아볼 수 없고 여성 역시 한 사람의 인간으로 당연히 자신의 능력에 따라 일할 뿐이라는 생각이 굳어져 있다. 그러니 우리의 의식으로 그들의 여성 문제를 들여다보는 것은 아무래도 무리가 있다.

하지만 취업이라는 당장의 관문은 중국 역시 난제이다. 폭발적인 인구 증가로 인한 구직난은 우리보다 몇 배나 심각한 사정이다. 그러다 보니 일각에서는 한때 여성 취업에 대한 재고까지 깊이 생각했던 모양이었다. 즉 가장이 되는 남성의 월급을 인상하고 여성은 자녀 양육과 가사를 책임지도록 하자는 지난 시대로의 회귀. 그러나 그 발상은 엄청난 반발을 우려해 발의는커녕 그야말로 생각에 그치고 말았다고 전해진다. 사실 지금 중국의 임금이 그토록 낮은 까닭에는 경제 사정과 더불어 부부 공동 취업에 따른 직장의 분배도 한몫하는 눈치이다. 그러니 한편 생각하면 이중고를 스스로 자청하는 면도 있지만, 중국 여성들의 의식은 안락한 가정의 가사 운운하며 개인의 삶이나 발전을 포기하기에는 이미 너무 확고하게 굳어져 있는 상태이다.

우리가 여기에서 주목해야 할 것은 직업의 귀천에 대한 그들의 자유로운 시각이다. 극단적인 표현을 하자면 비록 매춘부라 할지라도 직업으로서의 매춘 행위에 대해 조금도 수치감을 갖지 않을 뿐 아니라, 직장을 떠난 그 밖의 시간이나 장소에서는 조금도 매춘의 근성을 드러내지 않는 그들의 자유로운 직업관인 것이다. 지금껏 내가 중국을 다니며 만났던 이들 누구에게서도 보다 나은 직장에 대한 희망은 있어도, 현재 자기 직업에 대한 비하는 전혀 찾아볼 수 없었다.

결국, 문제는 의식이다. 남과 여를 구별하는 남성 우월적 봉건 의식은 이제 중국에서는 거의 사라진 전통이다. 그들에게 남과 여는 오직 동반자이며 꼭 같은 한 사람의 인간일 뿐이다. 마치 지저분한 밥그릇 싸움처럼 유치하게 남과 여를 나누는 우리로서는 확실히 배워야 할 무서운 교훈이다. 여성이 남성과 다를 것도 없지만 특성상 여성이 남성보다 더 뛰어난 능력을 발휘할 수 있는 부분도 얼마든지 많다. 예를 들어 베이징에서는 버스를 운전하는 여성을 흔히 볼 수 있는데 그 많은 사람과 자전거와 차량이 뒤엉킨 도로에서도 별반 사고를 목격하지 못한 것이 바로 그런 여성 운전자의 섬세함 때문이 아닌가 하는 생각이 들기도 한다. 그 밖에도 덤벙거리지 않는 차분함이라든가, 조리 있게 요약할 수 있는 정리 능력, 상대를 배려하는 따스함 등 여러 면에서 여성은 남성보다 뛰어난 능력을 가지고 태어났다. 그런 여성의 능력을 무시하고 억제한다면 그것은 21세기를 살아가는 우리에게 커다란 손실이 될 뿐이다.

2장

5천 년 황허 역사의 유산

살아 있는 마오쩌둥

마오쩌둥이 살아 있다. 죽었다던, 그래서 톈안먼 광장 마오주석기념당에 시신까지 안치되어 있는 그가 아직도 버젓이 살아 있다. 당장 그 기념당에서 몇 걸음 떨어지지 않은 유리창(琉璃廠) 거리에만 가도 살아 있는 그를 만날 수 있다. 어록집, 배지, 사진첩, 인형 등. 그 종류만도 수십 가지가 넘는 마오의 흔적이 오늘도 많은 사람들의 손길을 기다리며 공산당의 상징 붉은빛을 화려하게 번뜩이고 있는 것이다.

옛 시절의 물건을 파는 건데 그걸 가지고 뭘, 하고 가볍게 여겨 넘길 수도 있다. 그러나 그것은 단순한 기념품의 차원이 아니다. 물건이 시장에 나오는 것은 사는 사람도 있다는 이야기이다. 그리움과 아쉬움의 대상이어야 기념품으로 남는 것이다. 미워하고 증오하는 대상과 관련된 물품을 간직할 리는 만무하다. 아니, 도대체 개혁 개방에 자본주의 방식의 경제 체제, 더해서 당장 내년부터는 마오이즘의 적이었던 자본주의의 상징인 기업에까지 공산당을 개방하겠다는 지금의 세상에 아직도 그가 살아 있다니.

그뿐만이 아니다. 얼마 전 중국에서 보았던 한 신문에는 꿈에 나타난 마오가 교통사고 위험을 미리 알려줘 사고를 피했다는 어느 지방 택시 운전사의 기사도 있었다. 완전히 심마니 산삼 캐기 전날 산신령의 계시가 따로 없다. 그래서인지 베이징 시내에서도 마오의 사진을 부적처럼 자동차에 붙이고 다니는 운전사를 심심찮게 만날 수 있다. 그들도 멋쩍게 웃기는 하지만 한결같이 마오가 사고를 예방해 준단다. 기가 막힌 일이다. 종교는 미신이라던 그 마오가 종교보다 더한 미신의 상징인 부적으로 환생한 것이다. 도대체 이게 말이나 되는 일인가. 개방경제 체제로 자본주의 뺨치는 상술의 그들이 때 아닌 사회주의 상징, 마오 숭배에 빠져 있다니.

덩샤오핑이 마오를 부정하지 않은 건 충분히 이해할 수 있다. 일단 그는 정치인이다. 또한 혼란에 빠질 국민을 위해서라면 구심점을 남겨 둬야 할 필요도 있다. 혹은 앞선 누군가의 부정이 자신의 부정으로 이어질 수 있다는 염려 때문이라도 좋다. 그의 액션은 어쨌든 이해될 수 있다. 그러나 민초의 입장은 다르다. 지금의 삶이 조금이라도 나으면 당장 지난 시절을 비난하며 속았다고 억울해할 수도 있다. 그것이 누리지 않은 국민이 누린 정치인보다 자유롭게 가질 수 있는 유일한 특권이다. 그런데 그들이 그런 특권을 스스로 부정한다. 분명 지금의 삶이 나쁘지 않은데도 말이다. 왜? 더구나 그들은

톈안먼 중앙에 걸린 마오쩌둥 사진

긴 세월을 목말라 했다. 보다 더 잘살 수 있는 어떤 기회와 계기가 주어지기를. 그런 그들에게 개혁 개방은 분명 기다리던 기회였다. 또한 그들의 대부분은 그 기회에 만족하며 잘 적응해 나가고 있다. 그리고 지금 마오를 부적으로 삼고 있는 그들 역시 여전히 잘 적응해 나가고 있는 중이다.

중국인이 사회주의적 타성에 젖어 생산성이 떨어지고 잘 적응하지 못한다는 것은 큰 착각이다. 만약 착각이 아니라면 그가 중국인들을 대하는 방식에 무엇인가 문제가 있다고 봐야 할 것이다. 내가 윈난 성에서 만났던 어떤 운전사를 소개하자. 그때 나는 《전야》라는 소설을 쓰기 위해 라오스와 미얀마로 연결되는 국경 지역에 취재차 여행을 하던 중이었다. 그런데 여정이 길어져 가져간 경비에 커다란 문제가 생겼다. 하루라도 일정을 줄이지 않으면 도중에 여행을 중단해야 할 상황이었다. 그때까지 서너 개국의 취재가 더 남은 상태에서 다시 서울로 돌아왔다 가기에는 너무 먼 거리였다. 결국 무리를 할 수밖에.

그를 만난 것은 국경과 가까운 중간 기착지 시솽반나(西雙版納)에서였다. 그곳은 지금도 그렇지만 당시에는 더욱 한국 관광객이 없는 곳이어서 미리 여행사를 통해 여정의 편의를 준비하기가 어려웠다. 결국 일단 부딪쳐 보자는 심정으로 비행기에서 내린 우리는 곧장 택시를 타고 호텔로 향했다. 그리고 미처 체크인도 하기 전에 호텔 로비에서 그를 만났다. 우리는 여행 코스를 말해 주며 조금이라도 빨리 여행을 끝낼 수 있기를 원했다. 그러나 사실 큰 기대는 없었다.

그도 한 번도 가본 적이 없었을뿐더러 길도 무척 험한 곳이었다. 그런데 그가 그렇게 많지 않은 금액에 당장 출발하자는 것이었다. 그는 매일 새벽 다섯시에서 밤 열한시까지 쉬지 않고 운전했다. 오히려 아득한 낭떠러지의 산길을 달릴 때면 내가 위험하다고 천천히 가자고 사정할 정도였다.

하지만 그는 성실하고 친절했다. 성격이 과묵했고, 눈치를 보지도 않았으며, 염치도 있었다. 다음날 새벽 다섯시에 출발이라고 하면 벌써 네시에 일어나 세수까지 마치고 나를 깨워 줄 정도였다. 헤어질 때 고맙다며 언제나 그렇게 일하느냐고 물었더니, 기회가 없었을 뿐 언제든 할 수 있다는 그였다. 특히 그때는 춘절을 며칠 앞두고 있을 때였는데, 이 돈으로 아들에게 선물할 수 있어 기쁘다며 빙그레 웃었다. 그런 그들이 왜 지금 마오를? 어쩌면 그 젊은 친구도 마오를 부적으로 삼고 있을 것 같은 생각이다.

내 분석은 이렇다. 지금의 조건이 마음에 들지 않는 것은 아니지만 너무 공평하지 못하다는 느낌이 아닐까. 즉 벌써 분배의 문제가 일어나고 있다는 것이다. 똑같은, 아니, 오히려 더 많은 노력을 하는데도 삶의 빈부 격차는 점점 벌어지니 딜레마에 빠지기 시작한 것이다. 그들이 마오를 부적으로 삼는 마음에는 분명 그런 심정이 깃들어 있을 것이다. 조금 어렵기는 했지만 그렇게 불쾌하지는 않았던 시절에 대한 그리움. 차라리 조금 배가 고프더라도 억울한 심정은 없었던, 눈꼴신 행태에 기막혀하지 않았던 그때가 더 나았다는 심정 말이다. 그렇다고 다시 돌아가지는 않을 것이다. 이미 루비콘 강을 건넌 그들이다. 그러나 조금씩 쌓여 화약고가 되어 가고 있는 건 아닐까.

그러나 내가 환생하는 마오를 부정적인 시선으로 바라본 것처럼 그를 우리의 편견으로만 보는 것 또한 커다란 오류이다. 중국인에게 있어 마오쩌둥은 분명 특별한 의미가 있는 영원한 우상이다. 내가 만난 대부분의 중국인들이 그랬다. 우선 마오는 나라의 통일을 이뤄 낸 사람이다. 그것은 단순한 인민공화국 수립 그 자체만이 아니라 부패한 정권 국민당에 대한 뿌리 깊은 거부감도 함께하는 것으로 보여졌다. 물론 마오 정권도 많은 과오를 범한 여느 정권과 다르지 않은 전철을 밟았다. 그럼에도 그에 대해 비판하고 전체적으로 부정하기보다는 건국이라는 가장 중요한 사실에 중점을 둔 긍정적인 시각으로 평가한다. 그것은 바로 오늘의 중국을 살아가는 이들의 가슴에 자리 잡고 있는 애국심과 13억 중국인 모두가 하나라는 자긍심의 시작이며 뿌리이다. 그 밖에도 마오는 노동자와 농민을 해방시킨 인민의 지도자, 미·소의 압력으로부터 나라의 독립을 지켜 낸 영웅으로 각인되어 있다. 특히 건국 초 한국전쟁 직후 핵우산으로 중국을 보호해 주겠다며 다롄 시(大連市) 뤼순(旅山) 항을 핵기지화하려는 소련의 제의를 마오쩌둥은 단호히 거절했다고 한다. 결국 그로 인해 오랫동안 소련과 불화를 겪기는 했지만, 오늘날 핵보유국으로서의 중국의 위상을 생각하면 그에게 붙여진 독립 영웅이라는 단어가 결코 무색하지만은 않다. 아무튼 오늘의 중국인에게는 '마오쩌둥에 의해 해방되고, 덩샤오핑에 의해 부유해졌다'라는 인식이 확고하게 자리 잡고 있음을 우리는 알아야 할 것이다.

하늘에서 땅속까지, 중국 요리의 진수

다리 네 개 달린 것 중에서는 탁자, 물속에서는 잠수함, 하늘에선 비행기. 과연 이게 무엇을 말하는 것일까? 바로 중국에서 요리해 먹지 못하는 유일한 것들이란다. 물론 그만큼 먹거리 재료가 다양하다는 뜻이다.

우선 우리가 흔히 듣는 중국 4대 요리부터 살펴보면 베이징 요리, 상하이 요리, 쓰촨 요리, 광둥 요리가 그것이다. 그러나 중국 요리는 그것뿐이 아니다. 일반적으로 중국에서는 차이(菜)라는 이름으로 요리를 나타내는데 그 밖에도 둥베이차이(東北菜), 산둥차이(山東菜), 후베이차이(湖北菜) 등, 지역 이름을 딴 특색 있는 음식들이 그야말로 부지기수이다.

역시 수도 베이징 이름을 그대로 붙인 베이징 요리는 청조(清朝) 전성기의 궁정 요리를 기반으로 발달한 것인데, 세상의 좋다는 건 모

두 끌어다 쓰던 궁정 요리여서 그런지 특별한 개성은 느껴지지 않는
다. 그저 튀김 요리인 자차이(炸菜), 볶음 요리인 차오차이(炒菜), 끓
인 녹말 소스를 붓는 류차이(溜菜), 된장으로 간을 맞추는 장웨이(醬
味) 등이 특색이라면 특색이랄까. 또한 쌀보다는 밀을 이용한 음식
을 주식으로 삼는데 역시 음식이란 자연 환경에 맞춰 발달하는 모양
이다. 베이징 인근 지역은 쌀보다 밀의 생산이 많을 뿐 아니라, 겨울
에는 기온이 많이 떨어져 높은 칼로리를 필요로 할 테니 말이다. 그
러니 돼지고기, 오리고기 등과 함께 튀김, 볶음 등 기름을 많이 사용
할 수밖에. 아무튼 중국 일반 사람들은 베이징 요리라는 단어에 별로
익숙지 않아한다. 그만큼 일반적이고 개성 없다는 의미가 아닐까. 특
히 우리가 베이징 요리의 대명사로 알고 있는 베이징카오야까지 산
둥 성에서 전래된 것으로 알려지니 말이다.

여기서 하나 알아 두고 넘어갈 게 있다. 중국인의 식사 습관은 우
리와 기본적으로 차이가 난다. 그들은 우리처럼 한꺼번에 주식과 부
식을 차려 놓고 먹는 것이 아니라, 먼저 요리를 먹고 주식은 마지막
에 간단하게 먹는다. 이를테면 양장피, 탕수육, 깐풍기, 팔보채 등을
주문해 술이나 차와 함께 먹은 뒤 마지막에 자장면이나 공기밥을 시
켜 짬뽕 국물과 함께 먹는다고 생각하면 정답이다. 그러니 한국을 방
문하는 중국인들은 점심에 달랑 설렁탕 한 그릇 사주는 한국인을 보
면 인색하다 느끼고 배가 고파 쩔쩔맬 수밖에 없다.

다음은 상하이 요리. 물산 풍부한 양쯔 강 하류 상하이, 난징, 쑤저
우(蘇州), 양저우(揚州) 등지에서 발달한 요리의 총칭으로, 일반적인

106

특색은 달고 기름지다는 것이다. 특히 상하이 요리는 쌀과 게, 새우, 물새 등을 재료로 한 요리가 유명한데, 양념으로는 그 지방 특산의 장유(醬油)와 설탕을 주로 쓴다. 대표적인 요리는 돼지고기를 진간장으로 요리한 훙사오러우(紅燒肉), 바닷게로 만든 푸룽칭시(芙蓉靑奚) 등이 있다. 그러나 역시 내 입맛에는 너무 느글거리고 달다.

쓰촨 요리. 양쯔 강 상류 지역에서 발달한 촨차이(川菜)라고도 하는 이 요리야말로 한국인을 위한 특별한 별식이다. 아마 중국을 여행해 본 사람이면 누구라도 여독에 지친 몸에 거뜬한 힘을 불어 넣어 주고, 잃었던 입맛까지 돋게 해주던 쓰촨 요리의 맵고 화끈한 맛을 오랫동안 잊지 못할 것이다. 양쯔 강 상류의 쓰촨은 바다와 멀고 더위와 추위가 심한 지역으로 예로부터 마늘, 파, 고추 등의 향신료를 사용하여 추위와 더위를 이겨 냈을 뿐 아니라 채소를 이용한 절임 식품과 건조 식품도 발달한 우리 식문화와 비슷한 지역이다. 가장 유명한 쓰촨 요리로는 마포더우푸가 있다. 우리 중국 요릿집에도 흔히 있는 마파두부가 그것인데 간장, 고추장, 참기름, 마늘 등을 기름에 볶다가 잘게 썬 두부를 넣고 마지막에 전분을 넣어 걸쭉하게 만드는 요리로 그 맵고 화끈한 맛이 밥 한 그릇을 거뜬히 비우게 만든다. 그 밖에도 얇고 작게 토막 낸 닭고기를 매운 홍고추와 함께 튀겨 낸 충칭라쯔지(重慶辣子鷄), 양고기 요리의 일종인 양러우궈쯔(羊肉鍋子), 새우고추장볶음인 간사오밍샤(干燒明蝦) 등이 유명하고, 우리가 먹는 샤브샤브라 할 수 있는 훠궈(火鍋)도 중국 전역에서 인기를 얻고 있다. 특히 훠궈 중 전통 쓰촨 식에 따르면, 육수를 끓이는 그릇을 절반으로 나눠 한쪽엔 맑은 육수를, 다른 한쪽엔 매운 육수를 끓여 두 가지 맛을 동시에 즐길 수 있게 한다. 익혀서 먹는 재료로는 얇게 썬 쇠고기, 양고기를 비롯하여 양쯔 강변에서 생산되는 장어 등 각종 민물고기, 야채 등 다양한데 한국인의 입맛에는 그 국물 맛도 그런대로 준수하다.

　광둥 요리. 중국 요리의 진수로, 특징은 신선도와 재료의 다양함이다. 생선 요리를 할 때는 다른 재료를 모두 준비한 뒤 마지막에 그물을 넣어 고기를 잡는다는 말이 있을 정도로 신선도를 중요시 여긴다. 그리고 재료의 다양함에 있어서는 가히 〈몬도카네〉가 따로 없는데, 앞에서 말한 네 발 달린 식탁 운운의 이야기가 바로 이 광둥 요리에서 비롯된 말이다. 뱀, 자라, 거북 등이야 기본이고 심지어는 지네, 전갈, 고양이에 쥐까지. 윈난 성 지방을 여행하다 보면 식당의 식탁 한가운데에 동그란 구멍이 뚫려 있는 것을 많이 보게 된다. 난 처음에 그것이 우리의 숯불 구이처럼 불을 피운 화덕을 가져다 놓는 자리인 줄 알았는데 그게 바로 그 악명 높은 원숭이 요리를 위한 것이었다. 즉 살아 있는 원숭이의 온몸을 묶어 머리만 구멍으로 내놓은 뒤 그 골을 파먹는……. 하지만 지금은 법으로 금지되어 원숭이 요리를 절대 팔지 않는다는데 신장개업한 식당의 탁자에도 구멍은 마찬가지로 나 있으니, 알 수 없는 노릇이다.

　내가 정통 광둥 요리를 처음 맛본 것은 창춘(長春)에서였다. 긴 여행을 끝낸 귀국 전날이기도 했지만 동북성의 여행에서 날마다 먹은 조선 음식에 질려 창춘의 지인 K씨에게 감히 정통 중국 요리를 요청했다. 그러자 그가 안내한 곳이 광둥 요리 전문점이었다. 입구부터 똬리를 튼 구렁이 술병이 일렬로 줄 맞춰 서 있는데 분위기가 영 심상치 않았다. 그러나 어찌하랴, 도무지 아는 것이라고는 없었으니 모든 주문은 K씨에게 맡길 수밖에. 잠시 뒤 들어온 주방장의 손에 들린 것은 직경 5센티 이상, 길이 2미터가량의 뱀이었다. 광둥 요리는 원래 신선도를 중시해 그렇게 직접 재료를 손님에게 보여 준단다.

K씨가 확인했다며 고개를 끄덕이자 주방장은 단칼에 뱀의 목을 따 피를 받더니 술에 섞어 한 잔씩 나눠 주었다. 그러고는 쓸개주. 다음에 들고 들어온 건 큼지막한 자라, 방법은 뱀과 동일. 그 다음엔 토막 낸 자라와 굵직한 뱀 뼈를 넣고 푹 곤 육수에 얇게 저민 뱀고기를 익혀 먹는 샤브샤브. 정말 취하지 않고는 K씨의 성의를 모독하게 될 것 같아 정신없이 술을 마셨는데 국물이 어찌나 구수했던지 아직도 기억이 선연하다. 다음날 아침 K씨는 그런 우리의 심정을 알았는지 빙그레 웃으며 그곳의 요리 중 그나마 우리가 먹을 수 있는 게 그것뿐이었단다. 나머지는 쥐, 지네, 전갈 따위였다니.

그 후로도 윈난 성을 비롯한 남쪽 여러 곳에서 만난 광둥 요리를 소개하면 낙타족발, 날개까지 그대로 요리된 벌튀김, 비둘기탕, 전갈튀김 등 가히 엽기적인 수준이다. 그러나 그것도 광둥 요릿집에서 신중히 엄선한 것들이었음을 정중히 밝혀 둔다.

그런데 중국인이 손꼽는 전통 4대, 8대 요리는 우리가 흔히 알고 있는 것과는 전혀 딴판이다. 4대 요리로는 루차이(魯菜)라는 산둥 요리 · 쓰촨 요리 · 광둥 요리 · 화이양(淮陽) 요리를 들고, 여기에 푸

왕푸징샤오츠청의 저녁 풍경

왕푸징 포장마차촌의 저녁 풍경

젠(福建) 요리 · 저장(浙江) 요리 · 후난(湖南) 요리 · 안후이(安徽) 요리를 추가한 것이 8대 요리다.

아무튼 모든 음식은 제 고장에 가서 먹어야 제 맛을 볼 수 있다는 데 그 넓은 중국 땅 많은 요리를 모두 현지에서 맛볼 수는 없을 테고, 손쉽고 아주 싸게 다양한 요리를 한자리에서 맛볼 수 있는 곳이 바로 왕푸징에 있는 포장마차 거리와 왕푸징샤오츠청(王府井小吃城)이다. 이곳에서는 대개 현지에서 온 사람들이 그 지역의 음식을 조리해 판매한다. 왕푸징샤오츠청은 둥팡광창 빌딩에서 왕푸징으로 들어가다 맥도날드 매장을 지나 바라보이는 둥안 시장(東安市場) 건물 건너편 골목 안에 있으며, 그대로 둥안 시장을 지나쳐 신둥안 시장 건물 앞 사거리에 이르러 왼편을 바라보면 즐비하게 늘어선 포장마차촌을 찾을 수 있는데 이곳은 공휴일과 밤에만 영업을 한다. 그 밖에 또 하나 추천할 만한 특이한 곳은 베이징 시청 구(西城區) 연화지(蓮花池)에 있는 파미얼 식부(帕米爾食府)로, 이곳은 베이징 사람들조차 잘 알지 못하는 제대로 된 신장(新疆) 요릿집이다. 특히 큼지막하게 썬 양갈비를 우리의 프라이드 치킨처럼 바싹 튀긴 파미얼 샹쑤양파이(香酥羊排)는 양고기를 처음 접하는 사람들도 큰 거부감 없이 즐길 수 있으며, 기다란 쇠젓가락에 양고기를 끼워 꼬치로 만든 파미얼 카오양러우촨(串羊肉烤)도 별미이다. 이 책이 중국 음식 기행문은 아니니 더 이상의 음식 이야기는 이쯤에서 줄이자.

모든 문화는 그 나라 역사와 함께 계승되고 발전된다. 더구나 5천 년의 장구한 절대 왕정에, 드넓은 땅과 풍부한 물산을 배경으로 한 그들이니 단지 종류만 다양하지는 않을 터이다. 그러니 혹시 비즈니스가 있어 중국 상류의 그럴듯한 사람들과 식사할 일이 있다면 그들이 주문하는 방법을 자세히 살펴보라. 그것만 배워도 그들 마음에 묘한 매력을 심어 줄 수 있을 테니.

간단히 요약하면 이렇다. 중국 상류 사회의 사람들이 음식을 주문하며 고려하는 조건 중 첫번째는 맛이다. 즉 단맛, 매운맛, 신맛, 담백한 맛이 한 식탁에 골고루 섞여야 한다. 두 번째는 하늘과 땅과 바다의 재료가 골고루 섞여야 하며, 그 다음은 두 발과 네 발 동물의 재료가 또 섞여야 한다는 것이다. 또한 중요한 것은 요리를 시키는 숫자인데 보통 네 명의 경우엔 4~6개, 여섯 명의 경우엔 6~8, 혹은 10개를 시키지만 무엇보다 염두에 두어야 할 것은 홀수로 주문해서는 결례가 된다는 것이다. 그들은 무엇이든 짝수인 '쌍'을 좋아한다. 그리고 주문하는 요리 숫자에 입맛을 돋우기 위한 에피타이저의 일종인 량차이(凉菜: 찬 음식)와 마지막 식사를 위한 탕 종류는 주문하는 가짓수에 포함되지 않는다는 것을 반드시 알아 둬야 한다. 만약 당신이 이런 여러 조건을 고려해 완벽한 식단의 주문을 마친다면 아마 그날 비즈니스의 절반은 성공했다고 보아도 될 것이다.

베이징의 인사동, 유리창

베이징에서 가장 쉽게, 그리고 연중 어느 때나 한국인을 만날 수 있는 곳이 아마 유리창 거리일 것이다. 그곳은 서울의 인사동에 해당된다고 말할 수 있는 베이징의 대표적인 골동품 거리로 이미 진작에 관광 명소가 되어 있기 때문이다. 하지만 그곳 거리에서 크게 만족했다는 이야기를 나는 아직 들어보지 못하였다. 차라리 서울 황학동의 벼룩 시장이 더 재미있고, 가끔은 횡재도 할 수 있지. 그래도 한 번쯤은 들러 볼 만한 곳이다. 유리창은 중국 베이징에 있으니 말이다.

유리창은 베이징의 명소 톈안먼에서 그리 멀지 않은 곳에 있다. 우리 광화문에서 인사동을 간다는 기분으로 생각해도 거리만 조금 차이 날 뿐 크게 다르지 않으리라. 택시로는 10여 분쯤 걸리지만 지도를 펴 들고 한번쯤 걸어 보는 것도 나쁘지 않다. 고궁 박물관, 즉 자금성을 한 바퀴 돌고 나와 톈안먼 광장에서 인민영웅기념탑을 향해 곧바로 걸어 마오주석기념관을 지나면 첸먼 대로(前門大路)라는 창안 대로쯤의 도로를 만날 수 있다. 그곳에서 오른쪽으로 돌아 한 블록을 걸으면 도로 건너편에 그 유명한 '취안쥐더 베이징카오야 허핑먼뎬(全聚德北京烤鴨和平門店)'이 보인다. 그리고 그 앞으로 난 길이 바로 유리창 거리의 시작인 셈이니 횡단보도를 건너면 된다.

　출출하지 않다면 취안쥐더 베이징카오야(구운 오리 요리)는 저녁으로 미루고 왼쪽 길을 따라 1백 미터가량 걸어가면 육교가 보이는 입구에 '중국서점(中國書店)'이 있다. 특별한 볼일이 없더라도 그곳은 누구나 한번쯤 둘러볼 만한 곳이다. 왕푸징의 '신화서적'이나 창안 대로의 '도서대하(圖書大廈)'처럼 최신 건물은 아니지만 그야말로 전통과 역사의 서점이다. 나도 그곳을 여러 번 찾았는데 도무지 보유하고 있는 책의 종류가 얼마나 되는지 감을 잡을 수 없을 정도이다. 이것저것 힐끔거리다가 이를테면 소수 민족 복식과 관련된 책이 눈에 띄어 한번 보자면 그때부터 진열장 아래는 물론이고 창고에서까지 꺼내오기 시작하는 관련 도서가 순식간에 산더미를 이룬다. 책 이야기는 나중에 다시 하겠지만 내가 그곳에서 구입한 도서 중 가장 흡족한 것은 《중국군사사도집(中國軍事史圖集)》이라는 책인데, 기원전에서 현대에 이르기까지 중국 전쟁과 관련된 모든 사항이 당시의 전황도(戰況圖)·유물·관련 사적의 사진들과 함께 일목요연하게 정리되어 있다. 비록 무진장 비싼 책이기는 해도 《삼국지》를 읽을 때도 그 책을 참고하면 역사가 그야말로 한눈에 그려지는 더없는 자료이다. 그런데 그 책도 서가에 버젓이 진열되어 있던 것이 아니었다.

내가 자주 들러 이것저것 고르다 보니 어느새 그들 특유의 뛰어난 상술이 발동했는지 창고에서 꺼내다 보여 주었는데 정말 필요한 책이었다. 현대 서적이야 아무 곳에서나 쉽게 구할 수 있지만, 고대 중국의 역사·문화·음악·미술·복식·유물 등 여러 부분 참고할 것이 있는 사람이라면 이곳 '중국서점'과 유리창 거리 안의 서점 한두 곳에서 만족스러운 성과를 거둘 수 있을 것이다.

서점을 나와 혹시 다리가 아프고 피곤하다면 잠시 쉬어 가는 것도 좋을 듯싶다. 유리창 안에는 우리 인사동처럼 잠시 앉아 차 한잔 할 곳이 없으니 말이다. 그때 들러 쉴 만한 찻집이 바로 눈앞에 보이는 육교 위 왼편에 자리한 '급고각다원(汲古閣茶苑)'이다. 보기 드문 기품과 운치가 느껴지는 찻집으로 여러 종류의 고급스러운 다기(茶器)와 차를 판매하기도 한다. 또한 찻집 안쪽 '방고문물(仿古文物)'에서는 연중 명망 있는 작가들의 미술 작품이 전시되고 있으니 잠시 차 향과 더불어 중국 미술의 진수를 느껴 보는 것도 괜찮으리라. 그리고 만일 그곳에서 마음에 드는 다기라도 발견해 하나 구입하려거든 일단 써놓은 정가와는 상관없이 사고 싶은 가격으로 흥정을 시작하라. 그럼 적당한 선에서 가격이 결정될 수 있을 것이다. 하지만 반드시 알아 둬라. 싸다고 사봐야 아무런 소용이 없다. 내가 필요한 걸 정당한 가격에 구입한다는 자세, 그건 구매의 원칙이기도 하지만 그런 자세가 그들에게 인식되어야만 앞으로의 거래에서 우리가 덜 피곤해질 수 있을 것이니 말이다.

아무튼 차 한잔으로 피로가 덜어졌거든 육교를 건너 중국서점 반

베이징의 인사동, 유리창 거리

대편 골목으로 들어서자. 대략 눈짐작으로 2백 미터가량 되는 그 골목길이 바로 각종 서화와 그 관련 서적·용품, 도자기, 골동품 등을 전문 취급하는 유리창 거리이다.

여기서 잠깐 유리창의 역사를 살펴보자. 본래 유리창이라는 이름은 명대 초기 자금성을 건축하며 사용한 매끄러운 기와, 즉 유리와(琉璃瓦)를 굽던 공장이라는 의미로, 1672년 이곳 유리창 자리에 명인자화(名人字畵: 유명한 작가의 글씨와 그림)·고완(古玩)·문방사우 등을 전문으로 판매하는 송죽재(松竹齋)라는 이름의 상점이 들어서며 오늘에 이르게 되었다는 것이다. 지금 길 입구 오른편 네 번째 '영보재(榮寶齋)'란 이름의 상점이 바로 그 송죽재로 오늘의 상호는 지난 1894년 개명한 것이다. 또한 '보고재(寶古齋)', '득각묵즙점(得閣墨汁店)' 등도 빠뜨릴 수 없는 전통 있는 상점인데, 특히 득각묵즙점은 1865년 과거 시험에 낙방한 사송대(謝松岱)라는 이가 차린, 먹물과 팔보인니(八寶印泥: 인주의 일종) 전문점으로 유명하다. 그 밖에 재미있는 곳으로는 입구에서 약 50미터쯤 들어가 오른편에 자리한 '영흥예랑(榮興藝廊)'이라는 상호의 상점으로, 마오쩌둥 어록집, 마오쩌둥의 초상이 그려진 배지, 옥구슬, 도자기, 각종 그림은 물론 가끔 북한에서 발행된 책이나 김일성 배지까지 만날 수 있는 그야말로 잡화상이다.

하지만 재미로 따져서 유리창의 진수는 역시 우리 인사동과 같이 길거리 그 자체이다. 한번은 유죽(油竹)이라는 대나무 잎으로 메뚜기, 매미, 나비 등 수많은 곤충을 순식간에 만들어 내는 젊은이가 나

118

타나 혀를 내두른 적이 있었다. 그런데 이걸 따뜻한 호텔 방에 가져다 놓았더니 다음날 아침에는 말라 비틀어져 있었다. 아쉽다 생각했는데 다음 기회에 유리창에 들렀더니 이 친구가 이제는 어느 가게 앞에 버젓이 파라솔까지 치고 자리를 잡고 있는 게 아닌가. 거기다 그새 항의라도 들었는지 대나무 잎의 습기가 말라도 형태가 보존되도록 무슨 기름까지 발라 가면서 말이다. 바로 그게 중국의 모습이며 유리창의 재미이다.

그런데 여기서 한 가지 더욱 흥미로운 것은 처음 들어선 송죽재에서부터 이미 목판수인화복제술(木版水印畵複製術)이 유명했다 하니 유리창의 가짜는 태생부터 타고난 운명이 아니었나 생각된다. 그래서인가, 유리창을 둘러보다 보면 골동품 비슷하게 생긴 건 모두 믿거나 말거나 명·청대 유물이라는데, 난 아직 그곳에서 진품을 보았다는 이야기는 한 번도 들어본 적이 없다.

언젠가 서점을 둘러보러 유리창을 어슬렁거리다 겪은 일이다. 매번 그렇기는 했지만, 그날도 내게 다가와 귀한 진품이 있다며 사진을 내보이는 사내들을 따라 으슥한 뒷골목으로 들어섰다. 뻔한 수작인 줄 모르지 않았지만 마침 시간도 있던 터라 장난기가 발동한 것이었다. 사내들은 혹시 횡재라도 할까 싶었던지 잔뜩 기대에 찬 표정으로 이 가방 저 가방에서 물건들을 잔뜩 풀어 내는데, 그야말로 문외한인 내 눈에도 너무 티가 나는 가짜였다. 하지만 기왕 시작한 장난, 모르는 척 시침을 떼고 이것저것 뒤적이니 전부가 명·청대 진품이란다. 그렇다고 그쯤에서 물러서기는 아쉽고 도무지 흡족하지 않다는 표정을 지었더니 드디어 비장의 무기라며 내놓은 것이 당대(唐代)의 진품이라는 제법 금빛까지 찬란한 주병이었다. 송(宋)·원(元)도 거치지 않고 벌써 당대라면 그 이상 나올 게 없을 건 뻔한 일, 능청스레 관심을 보였더니 갈수록 가관이다. 자신이 직접 저수지 공사 도중에 발견한 금도금의 은주병이라는 설명까지 해가며 딱 2만 8천 위안, 우리 돈 450만 원만 달란다. 기가 막혀 고개를 저었더니 금방 2만 2천 위안. 그러나 어차피 실정이나 알아보려던 속셈에 으슥한 뒷골목도 마음에 걸려 더 이상의 흥정 없이 돌아섰더니, 그들은 내가 단지 가격 때문에 돌아선 것으로 생각한 모양이었다. 서점에 한 시간쯤 들렀다가 나오는데, 기다리고 있던 그들이 다시 다가서며 단번에 8천 위안으로 가격을 낮추는 것이었다. 그래도 고개를 젓고 걸음을 옮기니 기어이는 2천 위안……. 결국 난 큰 힘 들이지 않고 그날 유리창의 진수를 제대로 맛본 셈이었다. 그러니 그저 중국적인 작은 기념품 정도나 산다면 모를까, 살아 있는 그들의 모습을 보기 위한 발길로 유리창을 찾아야 할 것이다.

그리고 하나 잊지 말아야 할 것은 이곳 유리창에 서려 있는 우리 옛 선인들의 발자취이니, 작게는 어느 선비의 하인에서부터 상인은 물론 조정의 사신에 이르기까지 연경(燕京 : 베이징의 옛 이름)을 찾은 모두가 귀중한 서책과 문방사우를 찾아 이곳 집집을 기웃거렸으리라. 그들이 서글픈 약소국 신하의 무거운 발걸음이었건 천금의 부를 좇는 상인의 힘찬 걸음이었건, 어쨌든 이곳을 찾는 그 순간만은 가슴 설레었을 것이다.

자, 이제 유리창을 한 바퀴 둘러보았으면 건너편 중국서점을 바라보며 왼편 길을 걸어 첸먼 대로 쪽으로 나가 보자. 도로변에는 각종 옥이나 여러 재질의 재료들로 도장을 파는 곳과 몇몇 화상(畵商)들이 자리를 잡고 있다. 도장도 그렇거니와 미술에는 당최 조예가 없어 뭐라 말할 수는 없지만 액자까지 포함해 우리 돈 3만~4만 원대에 구입할 수 있는 서양화들도 제법 괜찮아 보이기는 했다. 내 눈에 보기 좋으면 그게 명품이라는 게 내 원칙이니 말이다.

이제 유리창 구경은 끝났다. 끼니때가 되었고 시장하거든 건너편 취안쥐더 베이징카오야에서 식사를 하든지. 지친 여행객 세 사람이 든든히 먹을 오리 반 마리가 84위안이니 이럭저럭 1백 위안 내외면 충분하다. 맛이야 당연히 오랜 역사만큼 최고이고, 흠이라면 그저 시간이 늦으면 자리가 없어 한두 시간은 족히 기다려야 한다는 것뿐.

아! 원명원(圓明園)

　베이징 서북쪽 이화원(頤和園) 가는 길목, 베이징 대학과 칭화 대학을 ㄱ자로 껴안은 곳에 원명원이 자리 잡고 있다. 여행사의 일반적인 관광 코스에는 거의 없는, 진작에 잊혀져 버린 폐허의 궁전이며 공원이다. 하지만 몇 년쯤 뒤, 아마 베이징 올림픽이 열릴 때쯤이면 다시 이화원에 버금가는 관광 명소가 되어 잔뜩 줄을 선 채 엄청 비싼 입장료를 물어야 할 것이다. 어떤가, 싸게 먹힐 때 일찌감치 한번 찾아가 그날의 참상을 기억해 두는 게. 특히 서구를 깊게, 그리고 제대로 알고 싶은 젊은 학도라면 말이다.

　청(淸) 황실의 별궁으로 사용되던 원명원은 정원이 특히 아름다운 곳으로, 1709년 강희제가 처음 정원을 조성하여 훗날 옹정제가 되는 넷째 아들 윤진(胤禛)에게 하사한 것이 역사의 시작이었다. 그 뒤 근처에 장춘원(長春園)과 기춘원(綺春園) 등이 만들어져 현재는 이

3원 모두를 총칭하여 원명원이라 부르는데, 원래 원명원만 해도 동서로 1.6킬로미터, 남북으로 1.3킬로미터에 이르는 방대한 규모이다. 특히 건륭제에 이르러서는 당시 외국에 관심이 많았던 황제가 직접 외국인 선교사에게 명하여 프랑스 베르사유 궁전을 모방한 해안당(海晏堂)을 건축하게 하는 등 많은 정성을 기울인 곳이다. 또 이런 원명원을 몹시 사랑했던 건륭제는 자신의 필생의 업적이었던 사고전서(四庫全書)를 비롯하여 각종 서화, 골동품, 금은보화 등을 이곳 문원각(文源閣) 등에 보관하여 한때는 세계 최대의 미술관 겸 도서관이 되기도 했던 곳이다. 하지만 이제 원명원에는 아무것도 남아 있지 않다. 오직 불 타고 부서진 앙상한 파편만이 옛 영광의 흔적을 기억하며 여기저기 나뒹굴 뿐. 아마 당신도 직접 그 현장을 찾아 폐허의 잔상을 보게 된다면 그들의 만행에 전율을 금치 못할 것이다.

그럼 사건의 진상을 알아보자. 1840년 청과 영국 간에 일어난 1차 아편전쟁은, 당시 은을 결제 수단으로 하던 중국과의 무역에서 적자를 면치 못하던 영국 동인도회사가 무역 수지 개선을 위해 중국에 아편을 대량 밀수출한 데서 비롯되었다. 이에 청국 정부는 아편 밀수 근절을 위해 강경론자인 임칙서(林則徐)를 흠차(欽差 : 全權) 대신으로 광저우(廣州)에 파견했는데, 그의 무력 위협을 포함한 강경 수단에 의한 아편 몰수를 빌미로 영국 정부가 일으킨 전쟁이었다. 결국 이 전쟁에서 2만여 명의 사상자를 내고 패배한 청국은 1842년 굴욕의 난징 조약을 체결하게 되었는데 홍콩을 영국에 할양한 것도 바로 이때의 일이었다.

그러나 전쟁의 승리로 기세 등등하던 영국도 난징 조약만으로는 아편 수출을 합법화할 수 없자, 또 다른 기회를 노리고 있던 중 일어난 사건이 소위 '애로 호 사건'이다. 이 사건은 1856년 10월 영국 국적의 애로 호를 청국 관료가 무단 수색, 중국 상인을 체포하며 게양되어 있던 영국 국기를 끌어내려 국기의 명예를 손상시켰다는 이유에서 일어났는데, 애로 호는 사실상 중국인의 소유였으니 그것은 오직 빌미였을 뿐이다. 한편 이에 앞선 그해 2월, 프랑스 국적의 가톨릭 신부 샤프들레이네가 허가 없이 내지(內地) 선교를 하다 체포되어 남쪽 광시 성(廣西省)에서 사형에 처해진 사건이 있었는데, 이로 인해 양국 간에 교전이 진행 중이었다. 영국은 이런 사정의 프랑스를 부추겨 양국군의 중국 파병을 단행, 애로 전쟁이라고도 불리는 2차 아편전쟁을 일으켰던 것이다.

전쟁의 결과는 예상했던 대로 영·프 양국군의 승리였고, 마침내 1858년 6월 텐진 조약을 체결하니 영국은 사실상 합법적인 아편 수출의 길을 열게 되었다. 그러나 1860년 그때까지 텐진 조약의 비준을 미루고 있던 청국을 압박하기 위해 영·프 두 나라는 다시 원정군을 보내는데, 이때의 영국군 병력이 함대 173척에 병사 1만 8천여 명, 프랑스 군 병력이 함대 33척에 병사 6천3백여 명이었다. 이들 대규모 병단이 압도적인 화력으로 북상을 거듭하여 텐진을 함락하고 베이징에 입성한 것이 1858년 10월 6일.

토요일인 그날, 원명원 옆을 지나던 영·프 양국군은 호화로운 궁궐 안의 많은 귀중품과 보물들을 발견하자, 일요일까지 이틀에 걸쳐 다름 아닌 도적질을 자행했는데 그야말로 먼지 한 점 남기지 않을 정도의 철저한 약탈이었다고 전해진다. 당시 그 약탈의 주역은 주로 프랑스 군들로, 그들 모든 병사의 호주머니가 터질 듯 가득 채워졌음은 물론, 심지어는 조금이라도 더 비싼 귀중품을 담기 위해 앞서 넣었던 것들을 다시 꺼내 버리기까지 했다니 역사에 유례없는 범국가적인 강도질이었다. 그리고 다음날에는 청에 포로로 잡혔던 일부 군인이 석방되며 이전에 잡혔던 포로 중 20여 명의 연합군이 사망했다는 사실이 알려지자, 이를 빌미로 원명원을 불태울 것을 결정한다. 원명원은 사흘 동안이나 타올랐다고 하는데, 이로써 그 아름답던 건축물은 모두 잿더미가 되고 말았다. 그러나 원명원의 방화는 포로 사망에 대한 보복이라기보다는 자신들의 도둑질을 은폐하기 위한 증거 인멸이 아니었을까 여겨진다. 내가 어느 중국인에게 왜 당신들은 프랑스를 상대로 그때 도적질당한 보물의 반환을 요청하지 않느냐고 물었더니, 모든 것이 너무도 철저히 불타 버려서 어떤 것이 그곳에 있던 유물인지 근거를 제시할 아무런 증거가 없기 때문이라는 것이었다. 원명원은 그런 만행과 치욕의 역사적 흔적이며 오늘에까지 전해지는 살아 있는 증거물이다.

우리에게도 그와 같은 아픈 과거가 아직 현안으로 남아 있다. 현재 프랑스가 보관하고 있는, 구한말 병인양요 때 약탈당한 강화도 외규장각 도서의 반환 문제가 바로 그것이다. 지난 1993년, 프랑스 대통령 미테랑이 방한했을 때 그 도서 반환 문제로 세간의 관심이 집중되었다. 당시는 특히 우리 경부고속철도 차종으로 프랑스의 TGV가 채

택되어, 그와 연관해 프랑스 국립박물관에 보관되어 있는 외규장각 도서를 돌려받을 수 있을 것이라는 기대가 컸던 것이 사실이다. 그러나 당시 여러 신문의 주목을 받은 이는 미테랑을 수행하고 왔던 프랑스 국립박물관 소속 두 명의 사서였다. 그들은 가지고 온 《휘경원원소도감의궤》 상권을 부둥켜안은 채 눈물까지 흘리며, 청와대로 향하려던 미테랑 대통령을 난처하게 만들었다. 물론 인류 문화유산에 대한 그만한 애정이야 우리도 높이 사고 배워야 할 자세이지만, 마치 자신들의 보물을 약탈이라도 당하는 양 보인 애착은 우리의 입장에서는 수긍하기 어려운 일이었다. 그리고 그 후 오늘에 이르기까지 외규장각 도서 반환 문제는 그저 지루한 말장난 같은 회담만 이어질 뿐 뚜렷한 진척의 기미는 보이지 않고 있다.

속된 말로 순 도둑놈 심보이다. 쉽게 말해서 아무리 아버지가 강도질해 온 장물이라 할지라도 오랜 기간 잘만 보관하고 있으면 그것의 소유권이 넘어온다는 이야기이다. 물론 형법이나 민법의 규정에 따르자면 그럴 수도 있다. 그러나 이게 무슨 개인 간의 소유권 다툼의 문제인가. 이것은 엄연히 국가 간의 문제이며 단순한 소유권이 아닌 한 민족의 문화유산에 관한 문제이다. 대체 우리의 그 잘난 대도(大盜)분들은 다 어디에서 뭘 하고 있는지 모르겠다. 특공절도단이라도 하나 만들어 아예 루브르 박물관을 모조리 털어 가져다 놓고 제대로 흥정 한번 해봤으면 죽어도 소원이 없겠다. 도대체 전쟁에 대한, 그리고 그 전쟁을 빌미로 한 순전한 도적질에 대해서 그처럼 뻔뻔할 수 있다니. 그러면서도 세상 도덕과 철학은 죄다 저희가 최

폐허가 된 원명원 유적

고란다.

　아무리 세계화를 외치며 이제 세상이 바뀌었다, 옛날과는 달라졌다 할지라도 근본은 달라지지 않았다. 세계화는 세계화고, 우리 것은 우리 것이다. 또 진정한 세계화란 바로 우리 것의 세계화이다. 더구나 무작정 그들이 최고인 양 하다가는 아예 우리의 정신마저 약탈당하게 될지 모르는 일이다. 그들에게 배울 것은 배우더라도 과거까지 까맣게 잊어버리고 무조건 고개 숙이는 한심한 우는 범하지 말자. 그런 의미에서 베이징의 원명원은 비싼 돈 들여서라도 한 번쯤 봐둬야 할 역사의 현장이다. 그래서 구구한 소리를 늘어놓았다. 혹 이 글을 보시는 베이징 당국자가 계시다면 원명원 복구에 이 갸륵한 뜻을 참고하여 어느 한 부분은 폐허 그대로 보존해 두었으면 하는데, 어떨지? 그러면 올림픽 때 찾아오는 그들 중 양심 있는 이들은 깊이 반성하며 머리를 숙이고 중국을 다시 한 번 생각할 테니.

태산(泰山), 잠깐이면 오른다

태산이 높다 하되 하늘 아래 뫼이로다.
오르고 또 오르면 못 오를 리 없건마는…….

　나는 태산(우리가 흔히 '태산'이라 부르는 산의 중국 공식명은 '타이산 산'이다)이라 해서 엄청 높은 줄 알았는데 겨우 해발 1,532미터로 한라산은커녕 설악산 대청봉의 1,708미터에도 못 미친다. 그리고 오르고 또 오르기는 하는데, 차량으로 산 중턱의 주차장까지 올라가 그곳에서 케이블카 한 번 타고 10분 남짓 지나면 거의 정상에 도달한다. 그러나 그렇다고 섣불리 오해해선 안 된다. 타이산(泰山) 산맥의 주봉 정상에 오르고 보면 과연 듣던 대로의 장엄한 기운이 가득하다.
　우리 설악산도 바로 앞에 동해가 있어 거의 해발 제로의 상태에서 느끼는 그 높이를 더욱 실감할 수 있지만, 타이산 산도 산둥 성 넓은 평원의 바닥에서부터 시작하니 특별히 맑은 날이 아니면 언제나 구름이 걸려 정상이 보이지 않는 아득하고도 두려운 산이다. 더구나 남북으로는 거의 상하이에서 톈진, 동서로는 황해 바닷가 칭다오에서 허난 성(河南省) 정저우(鄭州)에 이르기까지 한반도의 몇 배나 되는 그 넓은 땅에 거의 유일하다시피 우뚝 솟아오른 산이니 보잘것없는 인간의 눈에 비친 그 숭고함이야 말해 더 무엇하랴.

그래서인가, 예로부터 중국의 황제들은 이 타이산 산에서 지상에서의 태평 세계 실현을 보고한다는 봉선(封禪) 의식을 거행하였는데, 산 정상에 흙을 돋워 단을 만들고 그곳에서 하늘에 제사를 올리는 것이 '봉'이요, 산기슭 '소산(小山)'에서 땅을 물리친 산천에 제사를 올리는 것을 '선'이라 했다 한다. 하지만 그마저도 진정 덕이 있는 황제만이 하늘의 허가를 받아야 했다. 유사 이래 진의 시황제, 한의 무제, 당의 현종 등 불과 일흔두 명의 황제만이 봉선을 행할 수 있었다 하니, 중국인의 가슴속에 자리한 타이산 산의 의미가 어떠한지 알 수 있다.

나는 그날 케이블카로 정상에 올랐다. 이미 등산을 접은 지도 오래였지만 예정에 없던 길인지라 그 위용의 산을 걸어 오른다는 것은 처음부터 무리였다. 그런데 허공 높이 매달려 아슬아슬한 케이블카에서 내려다본 산세는 제대로 장비를 갖추고도 오르기에 만만찮은 악산이었다. 뿐만 아니라 곧게 뻗은 나무며 뒤엉킨 넝쿨의 숲 또한 땅에서 보면 하늘이 가려질 정도로 무성했다. 하지만 정상에 오른 뒤 들으니 산기슭에서 정상까지 이르는 계단 길이 마련되어 있어 많은 이들이 그 길을 이용하기도 한다는데, 물경 7,412단에 이르는 가

타이산 산의 일출

파른 돌계단이란다.

케이블카에서 내려 정상에 오르다 문득 걸음을 멈춘 곳은 난톈먼(南天門)이었다. '모쿵거(摩空閣)'라는 현판이 걸린, 작은 암자와 같은 그곳에는 좁은 마당 한가운데에 향을 사르는 커다란 향대가 마련되어 있었다. 사람들이 향을 사르며 동서남북 사방을 향해 경건하게 절을 올리는 것이었다. 이 공손한 나그네가 어찌 그냥 지나쳐 갈 수 있으랴. 얼른 1미터에 가까운 기다란 향 하나를 사서 불을 붙인 후, 사람들이 하는 대로 덩달아 사방천지를 향해 경건하게 절을 올리는데 그것 참, 공연히 마음이 가라앉으며 경건한 기운에 가슴까지 서늘해지는 게 아닌가. 역시 성산은 성산이요, 숭엄한 자연 앞에 선 인간은 작고도 작은 티끌에 불과한가 보다.

예전에는 절집을 자주 찾았었는데 아무리 다른 나라에 왔기로 불가의 의식과는 도무지 연결이 되지 않는 행동을 하고 있으니. 누구 아는 사람 없나 두리번거리는데 일행 중 한 사람이 이곳 타이산 산은 예로부터 도교(道敎)의 성지였다고 귀띔해 주었다. 비로소 낯설었던 의식이 이해되는 듯싶었다. 그러고 보니 우리에게도 그 비슷한 의식이 있지 않은가. 보름이나 초하루 같은 특별한 날이면 태백산, 지리산, 계룡산 등지의 깊은 곳에서 정성껏 치성을 올리는 무속의 풍습들. 아마 그 뿌리는 다름 아닌 도교였으리라.

도교는 또 무엇이던가. 자세히는 황제(黃帝)와 노자(老子)를 교조로 삼은 중국 민속 종교로, 그 노자와 장자(莊子)를 중심으로 한 도가(道家)와는 구별되어야 한다지만 여기서는 어쨌든 그 뿌리가 되는 노장 사상을 중심으로 간략히 알아보자. 먼저 노장 사장의 핵심은 무위자연(無爲自然)이 아니던가. 즉 그것은 아무것도 하지 않는다는 의미의 '무위'가 아니라 과장하지 않는다는, 억지로 인공적인 힘을 가하지 않는 자연스러움을 핵심으로 하는, 원시 농경 사회와 같은 자연적인 리듬과 움직임 속에서 사심 없는 공동체 생활을 영위하는 것을 이상으로 삼는 사상이라 정리할 수 있을 것이다. 또한 그 역시 춘추 시대를 전후하여 일어난 사상으로 초기 중국 사상계에서는 유가와 함께 양대 맥을 이루었으니 그 발생의 뿌리 또한 모두 같은 것이다.

생각해 보자. 모두 민초의 아픔을 보며 발생한 사상인데, 유가가 왕도 정치를 이상으로 보다 적극적인 길을 찾아 나섰다면, 도가는 차라리 아는 것이 병이라는 듯 모든 깨우침마저 거부하는 반지주의(反知主義)를 주창하며, 방생술에 의한 장생불사의 염원에 빠지기까지 하는 허무주의로 흘렀으니. 그런데도 민초의 마음은 역시 어느 시절, 어느 성제(聖帝) 아래에서나 고달프기만 했던 모양이다. 유가 사상이 고대 봉건 통치 제도의 근간으로 자리 잡아 백성을 억제하고 위무하기 위한 온갖 달콤한 방책을 다 내놓아도 그들 마음속에 자리 잡은 도가는 영원히 사라지지 않았으니. 그리하여 고대의 오두미교(五斗米敎)나 '황건(黃巾)의 난'의 태평교(太平敎)를 비롯하여 근대의 태평천국을 거쳐 현대에 이르기까지, 그들 마음속에 자리 잡은 뿌리 깊은 도가의 영향은 오늘날 타이산 산에서도 그대로 만날 수 있는 것이었다.

발길이 닿거든 타이산 산 정상 마루 여기저기에서, 큰 욕심이 아니라 작은 평안과 자식의 안녕을 비는 간절한 어머니의 눈빛을 보라. 세상이 아무리 넓다 해도 이 땅 위에서 숨쉬고 살아가는 인간 모두가 나와 다르지 않은 보잘것없는 존재임을 알 수 있으리니.

문득 스쳐 읽었던 어느 신문의 기사가 생각난다. 미국과 유럽의 어느 대통령이 선거 전에 타이산 산에 들른 뒤 모두 당선되었으며, 우리의 어느 대통령 역시 선거 전에 이 산을 다녀간 적이 있었다. 그래서인지 다음 해가 되면 중국 최고 권좌에서 물러날 것이라는 소문이 떠돌던 중국 국가 주석 장쩌민이 어느 날 타이산 산에 올라 시 한 수를 읊고 갔는데, 그 시의 행간을 분석해 보니 아무래도 자리를 내놓을 뜻이 없는 것 같다고 추측하던 기사였다. 그저 부질없는 인간의 욕망이거니 하며 피식 웃었는데, 정말 내년에 그가 은퇴하는 것이 아니라 여전히 실권은 장악하고 있을 확률이 훨씬 높아졌으니……. 이러다 우리의 어떤 분들도 타이산 산으로 달려가는 건 아닌지 모르겠다.

아 참, 정말 중요한 정보가 하나 있다. 혹 타이산 산을 방문할 길이 있으면 도중의 식사는 반드시 이 산이 있는 도시 타이안(泰安) 시에서 할 일이다. 나도 그곳에 가서야 알았는데 타이안은 예로부터 물과 콩이 유명하여 그곳에서 만든 두부 맛은 그야말로 일품 중의 일품이다.

지금 중국에 공자는 없다?

유교 문화권의 종주국, 공자(孔子)의 나라인 중국, 그러나 지금 그곳엔 공자가 없다? 과연 그것은 진실인가? 그렇다면 그 까닭은?

먼저 공자는 누구이며, 유교는 무엇이던가. 공자는 익히 알다시피 춘추 시대 말기인 기원전 552(혹은 551)년에 태어나 기원전 479년 세상을 떠난 정치사상가이자 철학자이며 유교의 개조(開祖)이다. 그가 태어난 곳은 지금의 산둥 성 취푸(曲阜)로 당시 노(魯)나라 땅이었다. 이름은 구(丘), 자(字)는 중니(仲尼)이고, '子'는 공경의 의미가 담긴 존칭이다. 또한 그는 본디 은(殷) 왕족의 혈통을 이은 사람으로 세 살 때 아버지를 여의고 빈곤한 가정에서 자랐지만 어린 시절부터 공부에 힘썼다. 처음에는 노나라의 말단 관리였다가 나이 50에 이르러서 정공(定公)에게 중용되어 정치가로서의 탁월한 수완을 발휘하기도 했다. 평소 주(周) 왕조의 건국 공신이자 노나라를 세운 주공

(周公)을 흠모하던 그였기에 주공의 정신을 살린 질서 있는 문화 국가를 건설하고자 노력했다. 하지만 춘추 전국이 어떤 시대이던가. 그야말로 약육강식의 시대, 1백여 국이 넘는 국가들이 진시황에 의한 중원 최초의 통일이 이루어지기까지 수없는 부침을 거듭하던 살벌한 때가 아니던가. 결국 그는 56세에 노나라 조정에서 실각하고, 그때부터 14년간 그를 따르던 여러 문하생들과 함께 중원 천지를 떠돌아다니며 유세 행각을 벌였다. 하지만 끝내 자신의 이상국가 실현은 난망임을 알고 고향으로 돌아와 교육에 전념하다 74세의 나이로 세상을 떠났다.

그럼 유교는 무엇인가. 우선 유교는 종교가 아니라 공자를 시조로 하는 일종의 사상으로, 그 핵심은 '인(仁)'이다. 그러나 그 '인'은 공자 스스로도 말했듯 '이것은 이것이다'라는 명확한 한마디로 설명하기가 매우 어려운 것이다. 그저 막연하나마 공동체 생활 속에서 나와 남을 함께 생각하는 마음이 곧 '인'이라 할 수 있지 않을까 싶다. 따라서 '인'은 무차별적이고 평등한 사랑에 의한 절대적 용서나 화해가 아니라 불의와 부정에는 날카로운 비판과 배척을 포함하는 개념이라 할 것이다. 또한 당시의 시대상은 눈만 뜨면 죽음의 전쟁과 마주치던 시기였으니 인간의 존엄은 생각할 수도 없었을 뿐 아니라, 그렇게 전장의 이슬로 사라져 간 수많은 주검들로 소중한 가족 체제마저 뿌리째 위기를 맞던 시기였다. 그러니 인간과 가족, 무너져 가는 소중한 것들에 대한 인식과 함께 혼돈의 그 시대에 가장 이상향으로 생각되던 주공의 치세를 생각하며 정리한 것이 바로 공자의 유교 사상이 아닐까 생각된다.

아무튼 그런 공자의 유교 사상은 시황제에 의한 진(秦)의 천하 통일 뒤 한동안 분서갱유의 대박해로 시작되는 일대 절멸의 위기를 맞지만, 그 후 한(漢)나라에 이르러서부터는 중국은 물론 한반도와 일본 등 동아시아 통치 체제의 근본 사상으로 자리 잡아 오랫동안 화려한 꽃을 피웠다. 그러나 근대에 이르러 서구 사상에 의한 민주주의 체제가 들어와 자리를 잡으면서부터 그간의 동아시아 봉건 지배 체제의 모든 폐해가 마치 유교 사상에서 비롯되었다는 듯한 일방적인 비평으로 유교는 또 한 번 그 절멸의 위기를 맞았다.

하지만 무릇 세상의 어떤 뛰어난 사상이라 할지라도 결국은 어느 시대를 배경으로 탄생했을 것이고, 그 한계를 벗어나지 못하는 것은 어쩔 수 없는 숙명 아닐까. 다만 그것을 바탕으로 한 발전과 재해석은 후학의 몫일 뿐. 그렇다면 그간에 쌓인 유학의 공과가 위기에 직면한 것도 결국은 그것을 이용한 자들의 왜곡과 무지에 우선 그 책임이 있지 않을까. 또한 이즈음에 우리는 그동안 받아들인 여러 서구 제도에서도 적지 않은 폐해를 절감하고 있으니, 이제 지난 역사의 근간이었던 유교에 대해서도 새로운 시각으로 연구, 재평가하는 기회를 가져야 하지 않을까 싶다.

그럼 동아시아 봉건 통치의 역사와 유교는 우리에게 오직 필연적인 운명이거나, 거부하고 뛰어넘어야 할 벽이기만 한 것인가?

먼저 오늘날 중국이 겪고 있는 정신적 혼란의 실상부터 알아보자. 지금 그들에게는 네 개의 서로 다른 문화가 혼재되어 뚜렷한 정체성을 잃고 있다. 그 네 개의 다른 문화란 유교 또는 유가라고 이름하는 전통문화, 사회주의 50년 역사 속에서도 개념조차 혼미스러운 마르크시즘, 오랜 투쟁과 전쟁에서 비롯된 마오쩌둥 등 근대 중국 지도세력의 군사적 성향의 문화, 그리고 개혁 개방과 함께 한꺼번에 밀어닥친 서구 문화가 바로 그것이다. 더구나 그들 네 개의 각각 다른 문화는 일정한 시기적 순서에 따라 점진적인 교체나 공존이 이루어진 게 아니라 근대 어느 순간 거의 한꺼번에 물밀듯 들이닥쳐 때로는 격렬한 투쟁조차 마다하지 않은 극단의 혼란도 초래했다. 이를테면 문화대혁명에서 볼 수 있는 전통문화와 마르크스주의의 격렬한 충돌(혹은 일방적인 배격), 대립을 전제로 한 군사 철학에 가까운 마오쩌둥의 모순론과 흑백 논리, 그리고 억제되었던 공산 체제 획일성에 갑작스레 닥쳐 온 합리주의와 다양성의 서구 문화, 윤리와 도덕을 우선으로 하는 잠재적 관념주의와 실용주의의 갈등 등이 그것이다. 그런데 지금 중국에서 우선시되는 것은 실용주의와 다양성인 반면, 더불어 일당 체제와 '마오이즘'으로 일컬어지는 공산사회주의 체제까지 고수하려는 확고한 지도부의 의식은 쉽사리 정리될 수 없는 혼란의 실체이다.

그렇다면 그런 혼란 속 중국 문화의 미래는 어떻게 예견할 수 있을 것인가. 우선은 실패한 대약진운동이나 6·4 톈안먼 사건 등 과오와 함께 최근 정부 주도의 강력한 개발 정책으로 이룬 경제적 성과의 밑바탕인 군사적 성향의 문화는 이제 점차 그 힘을 잃어 갈 뿐 아니라 그것이 다시 거슬러 대두되기에는 역사의 물결이 너무 도도하지 않나 생각된다. 또한 '마오이즘' 역시 지도부의 확고한 의지에도 불구하고 그것이 다시 역사의 전면에 등장해 강력한 힘을 발휘하기에는 이미 돌아올 수 없는 다리를 건넌 중국이 아닌가 보여진다. 결국 남는 것은 서구 문화와 전통문화의 갈등뿐이다. 그리고 지금의 추세로는 당연히 합리주의와 다양성을 바탕으로 한 서구 문화의 우위가 예상된다. 그럼 과연 지금은 물론 미래에도 영원히 중국에 공자는 없을 것인가?

'중국 문화의 특징은 무조건적인 자기 것만의 주장이 아니라 다양하게 받아들인 외래문화의 중국화와 한 걸음 더 나아간 독창적인 발전, 그리고 거부감 없는 정착이다. 또한 그것이 중국의 힘이다. 그 가장 대표적인 사례가 불교이다. 발상지인 인도를 능가하는 불교의 중국화, 그리고 그에 대해 거부할 수 없는 긍정. 이제 중국은 밀려오는 서구 문화를 유교로 대표되는 중국 전통문화 속에 혼합시켜 새로운 중국 문화로 재창조하는 것이 과제이다.' 내가 만난 어떤 중국 노교수의 확고한 단언이었다. 또한 그간 충효를 바탕으로 한 고대 유가 사상을 그토록 배격했던 중국 교육 체제에서 윤리 교과서인 《덕육(德育)》의 '사회주의 조국 사랑'의 장(章)에 부모 공경과 이웃 사랑의 덕목을 추가하여 그 교육을 강화하고 있을 뿐 아니라, 민간에서는 다시 '좋은 며느리상'을 제정하는 등 전통문화를 복원하려는 움직임이 일고 있다는 사실도 전해 둔다.

받아들여야 할 합리주의와 다양성의 수용, 지켜야 할 농경문화 군집생활 민족의 기본적 특성. 그것은 중국이 아니라 우리가 먼저 고민하고 풀어 나가야 할 과제일 것이다. 더구나 종주국인 중국보다 더욱 잘 지켜지고 있는 유교의 학(學)과 문화는 무조건적인 거부보다는 긍정적인 시각과 이해로 재평가되어야 할 연구의 대상이자 보이지 않는 우리만의 자산일 것이다.

취푸에서 만난 유교의 그늘

위대한 스승 공자가 태어난 취푸에 가면 공부(孔府), 공묘(孔廟), 공림(孔林)의 3공(三孔)이 있다. 공부는 공자의 자손들이 살았던 집을 말하고, 공묘는 공자를 모시는 사당을, 공림은 공자와 그 자손들이 묻힌 묘소를 말한다.

공묘를 둘러보면 고대 중국에서의 공자의 위상을 한눈에 알 수 있다. 우선 그 크기만 해도 남북 1킬로미터에 이르며, 총면적 2헥타르(20제곱킬로미터)의 방대한 규모이고, 공묘의 본전격인 대성전(大成殿)은 베이징의 자금성, 타이산 산에 봉선 의식을 올리던 타이안의 대묘(岱廟)와 함께 중국 3대 궁전의 하나로 불리기도 한다. 또한 지금 공부 안에 있는 건물들은 주로 명·청 시대에 건축된 것들인데, 그중 역대 황제로부터 받은 서적과 묵적(墨跡)을 보관하는 규문각(奎文各)은 송대(宋代)인 1018년 창건되었다가 금대(金代)인 1191

년 중건된 건물이다. 그러나 특히 눈길을 끄는 것은 송대인 1103년 창건된 대성전으로, 명나라 때인 1499년 건물을 보수하며 세웠다는 화려한 용무늬 조각의 돌기둥이다. 원래 중국에서 용은 황제를 상징하는 신성한 동물로 황제 이외의 누구도 장식으로 사용할 수 없었다. 그러나 공묘에만은 특별히 그 장식이 허락되었으니 공자의 위상이 어느 정도였는지 가히 짐작할 수 있다.

공림은 취푸 시의 성(城) 북쪽 약 2킬로미터 지점에 있는데 입구에는 '지성림(至聖林)'이라는 현판이 붙어 있다. 또한 공림 안에는 많은 비석들이 숲을 이루듯 서 있는데 그로 인해 공림으로 불려지게 되었다는 이야기도 있다. 그런데 공림의 공자묘에 세워진 '대성지성문선왕묘(大成至聖文宣王墓)'라는 비명의 비석을 살펴보면 아주 뚜렷하게 금이 가 있다. 바로 문화대혁명 당시 들이닥친 홍위병에 의해 깨진 흔적이다. 소용돌이치는 한 시대의 격류에는 위대한 성인도 어쩔 수 없었던 모양이다. 그러나 소용돌이가 가라앉고 물결이 잦아들자 비석은 다시 세워지고 접합됐다. 공묘 곳곳에 세워진 수많은 칭송비 또한 같은 운명을 겪었다. 하지만 내 눈에는 아직도 온전히 물결이 잦아든 것 같지는 않아 보인다. 물론 다시 문혁의 홍위병에게서와 같은 수모를 당할 것 같지는 않지만 옛 영화를 되찾기는 어찌 영 요원해 보인다. 그것은 당장 공자의 고향 취푸에서도 그에 대한 진정한 추모나 향수는커녕, 오직 죽은 공자의 이름과 3공이 가져다 주는 적지 않은 수입에만 관심이 있는 듯 느껴지기 때문이다.

이제 중요한 공부로 넘어가 보자. 공부는 쉽게 말해 공자의 자손들

142

이 살았던 저택이지만, 일찍이 전한(前漢) 원제 시대에 공자의 13대 손인 공패(孔霸)가 관내후(關內侯)로 봉해지면서 지금의 집터와 식읍 8백 호(戶), 황금 2백 근을 받았다는 기록이 전해지니 제후의 관저와 같은 일종의 공적 시설이라 보아도 무방할 것이다. 그것은 북송(北宋) 시대인 1055년 공자의 46대 손 공종원(孔宗愿)이 연성공(衍聖公)에 봉해져 그때부터 연성공부로 불렸다는 기록에서도 알 수 있는 일이다. 아무튼 그런 공부는 크게 중로(中路), 동로(東路), 서로(西路)로 나뉘는데, 중로에는 역대 연성공이 업무를 보던 3당(大堂, 二堂, 三堂)과 함께 중앙의 6부를 축소한 6청(六廳)의 사무실이 있다. 그 밖에 동로 쪽은 가묘(家廟)와 함께 주로 처와 처가 식구 등 가족들의 사생활 장소로 쓰이던 우리의 내당과 비슷한 곳이고, 서로 쪽은 손님을 접대하거나 서화를 짓는 장소 등이 있는 우리의 사랑채와 비슷한 곳이다. 공자의 후손들로서는 가히 왕이 부럽지 않은 위세와 영화라 하겠다.

그런데 관광 안내를 하는 것도 아니면서 내가 굳이 이렇게 취푸의 이야기를 하는 까닭은 바로 이곳 공부의 한 곳에서 받은 적잖은 충격 때문인데, 그것은 바로 공부의 중로와 동로 사이에 나 있는 한 소로에서였다. 아마 공부의 중앙이라 할 수 있는 3당과 그 오른편의 모은당(慕恩堂: 72대 연성공 孔憲培에게 시집간 청 건륭제의 황녀를 위해 만든 건물) 사이였던 것으로 기억된다. 연성공부라는 한 울타리 안에 있는 건물이면서도 몇몇 건물들은 제각각 높다란 담을 쌓고 있었는데, 그 두 건물의 담 사이에 불과 50센티에도 못 미치는 아주 좁은 길이 뒤편 사가(私家) 쪽으로 이어져 있는 것이었다. 아무래도 사람이 걸어다니기에는 너무 좁았고, 또 두 건물을 연결하는 문도 있었으나 쓸데없이 호기심 많은 내가 그냥 지나칠 리 없었다. 잔뜩 어깨를 좁힌 게걸음으로 겨우 소로를 걸어 뒤편 사가로 향하면서 별 생각 없이 이 길의 용도는 무엇이었냐 물었더니, 안내인은 숨도 고르지 않은 채 뻔뻔스럽게도 아녀자나 하인들이 다니던 길이라고 대답하는 것이 아닌가.

나는 이건 누가 뭐라 해도 공부의 오류라고 소리치고 싶었다. 공자의 사상이 무엇이던가. 바로 '인'이 아닌가. 그리고 도대체 공자의 말씀 중 어디에 아녀자와 하인은 인간 대접을 해서는 안 된다는 구절이 있는가. 만약 불민한 내가 여태 그런 구절을 모르고 있었다면 앞장에서 지껄인 내 이야기는 완전히 실수다. 아니, 당장 공자는 성인의 반열에서 끌어내려져야 하며 공부와 공묘와 공림은 즉시 폐쇄되어 마땅하다.

하지만 결코 그것은 공자의 오류가 아니었으리라. 다만 그의 사상을 통치 체제에 원용하면서 저지른 야비한 조작이었으리라. 만약 그도 아니라면 아무것도 하는 일 없이 위대한 조상 덕에 권세와 영화를 누리게 된 얼빠진 자들이 조상의 얼굴에 침을 뱉고 그 비명에 먹칠을 하는 줄도 모르면서 저지른 우쭐한 교만의 결과였으리라.

이제 진정 다시 생각하자. 우리가 지금 공자에게서 배워야 할 것은 그의 사상이 나오게 된 배경에서 추론할 수 있는 인간에 대한 사랑과 가족에서부터 비롯되는 공동체에서의 공존이 아닐까 여겨진

다. 즉 서로가 상생(相生)하기 위한 질서, 작게는 효에서 시작하여
그 질서를 유지하기 위한 충(忠)까지, 그 모두가 일방적인 효와 충,
지배와 피지배의 상하가 아니라 서로가 서로를 공경하는 그런 수평
의 질서가 아니었는지 말이다.

공자를 비롯한 제자백가의 쟁명이 일어났던 춘추 전국 그 시기는
수많은 국가들의 얼치기 지도자들이 제 백성을 힘으로 억눌러 죽음
의 전장으로 내몰던 눈물과 피의 시대였다. 그랬기에 많은 뜻 있는
이들이 저마다 바른 정치와 도를 외치며 이상을 그렸고, 마침내 화
려한 사상의 르네상스를 열었던 것이다. 공자 또한 그들 중 한 사람
이었다. 그리고 그가 이렇게 오늘 성인으로 추앙받는 것도 그의 사
상이 민중의 가슴에 가장 이상적으로 그려졌기 때문일 것이다. 후
대를 살아가는 모든 이들이여, 부디 그의 이름과 그를 선택한 많은
선조의 이름을 오류로 욕되게 하지 말지어다.

세계 유산, 베이징 원인의 저우커우뎬(周口店) 유적

베이징 시내에서 산시 성(山西省) 타이위안 시(太原市)로 향하는 징위안 선(京原線) 철도를 따라 자동차로 약 한 시간가량 달리면 시의 서남쪽 마지막 구역인 팡산 구(房山區)가 나온다. 약 50만 년 전 구석기 시대 인간의 유골 등이 발견되어 유네스코에 의해 세계 유산으로 지정된 유명한 저우커우뎬 유적지가 바로 이곳에 있다.

그동안 여러 번 마음은 먹었으면서도 거리상 하루가 온통 소요될 것 같아 망설이기만 했는데 드디어 길을 나서게 되었다. 베이징 원인(原人). 나는 고고학자는 아니지만, 지금껏 발견된 인간의 유골 중 자바 원인 유골과 함께 가장 오래된 구석기 시대 인간 유골이자, 가장 완전한 형태의 유골이라는 점 때문에 호기심을 갖고 있었다. 그런데 최근 그에 관한 공부를 하다가 베이징 원인의 실물 표본이 사라진 미스터리를 접하게 되면서 내 관심은 더욱 증폭되었다. 그 미스터리를 간단히 설명하면 이렇다.

1929년에 발굴된 베이징 원인 두개골로 만든 실물 표본은 당시 미국 록펠러 재단이 운영하던 베이징 왕푸징에 자리한 협화의학원 대형 금고에 보관되어 있었다. 그런데 1941년 12월 7일, 진주만 공격으로 미국에 개전을 선언한 일본이 바로 그 다음날 협화의학원으로 들이닥쳤을 때 이미 유골 표본은 사라지고 없더라는 것이었다. 바로 일주일 전인 12월 1일까지만 해도 유골 발굴단의 일원이었던 유명한 고고학자 페이원중(裵文中)에 의해 금고 속에 보관되어 있음을 확인했는데 말이다. 그럼 협화의학원에 의해 미국 어디로 옮겨지지 않았겠느냐는 추측도 있었지만 현재까지 확인된 바로는 그것도 아니며, 당시 유골을 옮기려던 수송선이 일본의 어뢰 공격으로 침몰했다는 설은 물론, 심지어는 희귀한 약재로 생각한 누군가가 갈아 마셨다는 설까지 떠도는, 그야말로 추측만 난무하는 세계적 불가사의로 남은 사건이다.

저우커우뗸으로 향하는 차에서 나는 그런 흥미와 약간의 긴장 속에 막연한 기대로 조금은 들뜨기까지 했다. 하지만 그 유명한 세계유산의 유적지니 당연히 사람들로 붐빌 거라는 예상과는 달리 택시 운전사는 군데군데 차를 세우고 길을 묻는가 하면, 왔던 길을 되돌아가기까지 하는 것이었다. 그래도 하필 지리를 잘 모르는 운전사를 만나서 그렇겠거니 생각했다. 그런데 마침내 한 시간이 넘게 걸려 도착한 저우커우뗸 유적지는 곳곳에 시커먼 탄광의 흔적이 남아 있는, 마치 강원도 태백시 어느 산골 마을 같은 느낌이었다. 하긴 저우커우뎬 마을은 유골 발굴 당시에도 룽구 산(龍骨山)을 비롯한 작은 산들로 삼면이 둘러싸인 탄광 마을이었으니. 아무리 그래도 너무 스산했다. 마치 사람들 모두가 이주해 버린 폐광촌을 방불케 하는 고적함이 느껴졌다. 하지만 입장료를 받는 매표소는 '베이징 원인 유지(北京原人遺址)'라는 커다란 팻말이 붙은 대문 기둥 옆에 확실히 자리를 지키고 있었다. 그리고 어디서 나타났는지 우리 일행을 보고 매표원이 달려왔다.

택시가 들어선 넓은 공터 한쪽에 작은 규모의 전시관이 눈에 띄어 먼저 들렀다. 한쪽에는 여기저기에서 가져다 놓은 공룡 화석이며 복제 모형 등 몇 가지 구석기 유물들이 전시되어 있었고, 그 옆 건물에는 고대 미라 한 구가 전시되어 있었다. 관심이 가지 않은 것은 아니었지만 금방이라도 썩어 문드러질 것 같은 미라의 허술한 보존 상태가 우선 기분을 상하게 했다. 함께 발굴되었다고 전시해 놓은 다른 유물의 보관 상태도 마찬가지였다.

아무튼 내 목적은 베이징 원인 유물이었으니, 기분도 달랠 겸 서둘러 밖으로 나와 산중턱의 전람관을 향해 걸음을 옮겼다. 마치 산책로처럼 잘 다듬어진 푸른 나무들이 마음을 한결 가볍게 해 기분이 다시 들뜨기 시작했다. 특별한 까닭은 없었다. 그저 내가 보고 싶어 하던 것을 보게 되었다는 기쁨뿐. 그리고 과연 전람관 앞에 이르니 어린 시절 교과서에서 사진으로만 보아 왔던 그 베이징 원인 복제 모형 조각이 턱 하니 세워져 있는 게 아닌가. 아! 비록 유골 표본은 사라지고 없어도 이렇게 모형이라도 볼 수 있으니 얼마나 다행인가.

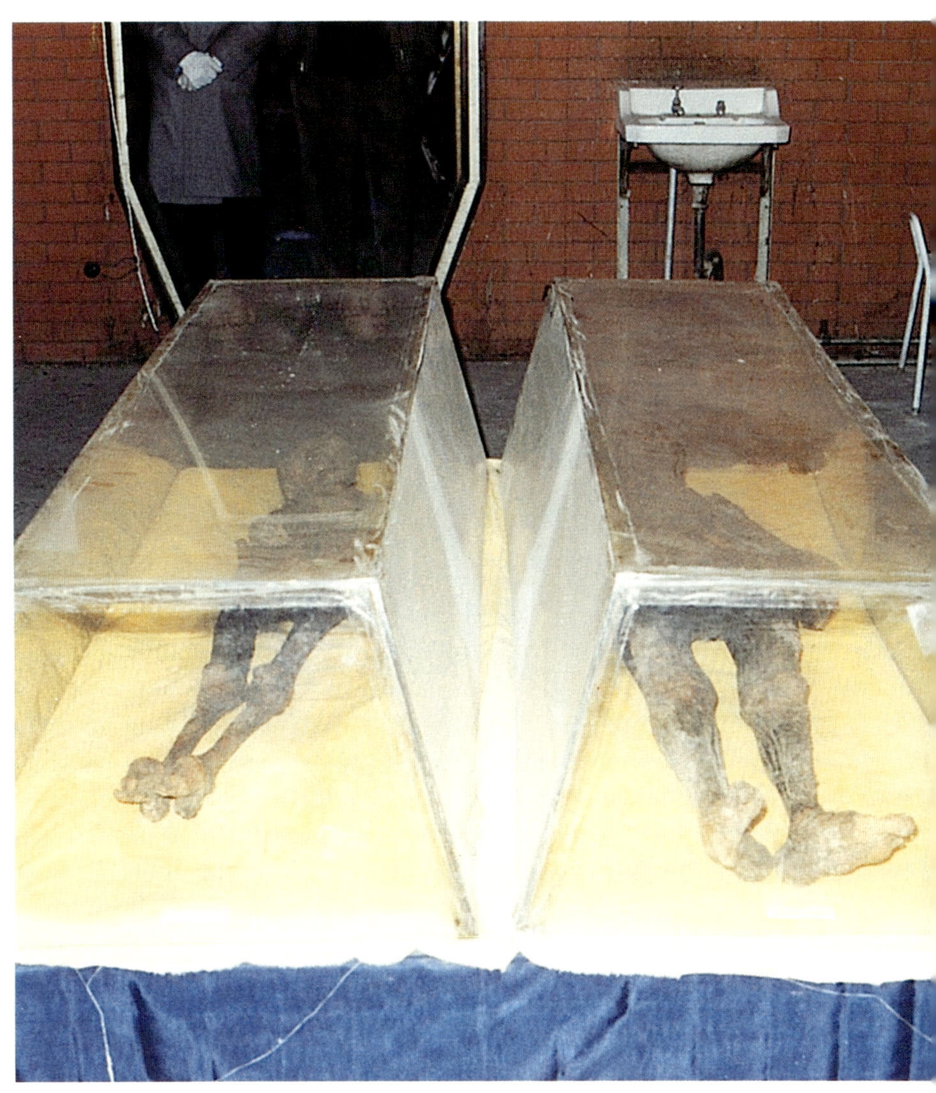

저우커우뎬 전시관의 미라

한참 동안 이리저리 모형을 둘러보다 마침내 박물관 안으로 발길을 옮겼는데, 거기에서 내가 만난 것은 유물도 무엇도 아닌 전람관 시멘트 바닥 위에 길게 드러누워 한참 오수를 즐기고 있는 한 무리의 사람들이었다.

알고 보니 전람관이 공사 중이란다. 그런데 입장료는 무슨 배짱으로 받았을까. 하지만 그건 섣부른 내 오류였다. 이미 아래에서 내가 본 것들이 전람관 유물의 대부분이었으니. 그리고 현재 진행 중인 공사도 세계 유산에 대한 관리가 너무 허술해 그 지정이 취소될 위기에 몰리자 황급히 시작한 공사라는 것이었다.

최근 우리는 지린 성(吉林省) 지안 시(集安市)에서의 고구려 삼실총 및 장천1호 고분 벽화 도굴 사건 소식을 듣고 몹시 안타까워한 적이 있다. 그것은 지금 비록 그곳이 중국 땅이어도 남아 있는 유적만은 분명 우리 조상들의 자랑스러운 유산이기 때문일 터이다. 그러니 안타까움과 드러내지 못하는 분노가 함께하는 것은 지극히 당연한 일. 하지만 흥분된 감정을 잠시 삭이고 차분히 다시 생각해 보자. 중국은 전체 인구의 93퍼센트를 차지하는 한족(漢族)을 제외하고 무려 55개의 소수 민족이 뒤엉켜 살아가는 다민족 국가이다. 까짓 겨우 7퍼센트야 하고 가볍게 생각할지 모르지만 그게 그렇지가 않다. 당장 달라이 라마로 대표되는 티베트 족의 시짱(西藏) 자치구 문제만 보아도 그렇다. 서부 고원 그 열악한 땅에 겨우 262만에 불과한 적은 인구의 그들 때문에 중국 정부는 국제적으로 얼마나 곤혹스러움을 겪으며 골치를 썩이는가. 또 위구르 족의 신장 자치구는 어떤가. 중앙아시아 터키 계가 생각나는, 한족과는 전혀 다른 외모에 종교마저 회교인 그들은 분리 독립을 줄기차게 주장하며, 가끔씩은 중국 내지(內地) 곳곳에서 과격한 무장 테러를 일으키는 것도 불사한다. 그러니 그들에게 소수 민족 문제는 언제나 예민한 주목거리일 수밖에. 더구나 언젠가 남북통일이 된다면 우리와는 압록강을 사이로 국경을 대치해야 할 중국이 아닌가. 어쭙잖은 국제 정세를 들먹이면 미국을 중심으로 한 세력이 여차 하는 순간 한반도를 교두보로 자신들과 국경을 맞대게 될지도 모른다는 우려를 떨치지 못하는 그들이다. 또한 그 압록강과 가까운 동북 3성의 지린·랴오닝·헤이룽장(黑龍江) 성에는 겨우 2백만 명에 불과하기는 하지만 우리 조선족들이 버젓이 터를 잡고 있지 않은가. 우리가 섣불리 고토(古土) 요동(遼東) 운운하며 빈말로 요란한 깡통 소리를 낼 때, 중국은 점점 문을 닫고 심지어는 뿌리째 그 근원을 없애 버리고 싶은 충동마저 느끼게 될 것이다. 그럴 때 우리가 그토록 소중하게 여기는 유산들은 더욱 울타리 속에 감춰지고 방치될 것이다. 이제 좀 더 냉정하고 현명해지자. 감정을 앞세우기보다 현실을 직시해 실리를 취할 줄도 알아야 우리의 유산을 지켜 갈 것이 아닌가.

아직 중국은 비단 고구려 유적뿐만 아니라 자신들의 긍지이자 자랑인〔구석기 시대의 실재를 입증하기 위한 일본의 사이타마 현(埼玉縣) 오가사카(小鹿坂) 유적 조작 사건을 생각해 보라〕 저우커우뎬 세계 유산에 대해서도 그토록 관리에 소홀한 실정이다. 즉 지금 그들에게는 무엇보다 경제가 우선이다. 비싼 입장료를 받고, 더 많은 사람

들을 끌어들이는 자금성과 만리장성에는 신경을 쓸지라도 별반 이익이 없는 작은 것들에는 소홀한 것이다. 그렇다면 우리에게도 길이 있지 않을까?

내가 앞서 실망스러운 이야기만 했다고 아예 저우커우뎬 유적지에 발길을 끊는 우를 범하지는 마시라. 이미 지난 10월에 보수 공사가 완료되어 전시관이 새 단장을 하기도 했지만, 난 그날도 아주 만족스러운 기분으로 그곳을 떠날 수 있었다. 까짓 전람관이야 좀 실망스러우면 어떤가. 진짜 중요한 건 전람관의 유물이 아니라 바로 그곳 산기슭 여기저기에 남아 있는 세계 유산의 백미, 원시 유적지였다.

자연 그대로의 모습으로 발굴된 구석기 동굴 주거지. 오늘을 사는 누구나가 그곳을 본다면 금방 아, 하고 고개를 끄덕이며 당시를 그릴 수 있는 그런 생생함이 살아 있었다. 수만 년 퇴적층이 한눈에 드러나는 발굴지, 동굴 속 인간들을 향해 금방이라도 괴성을 내며 덮쳐들 것 같은 거대한 원시 괴조(怪鳥)의 착각을 일으키게 하는 이름 모를 새 떼들, 거친 짐승들의 소리에 몸서리치며 숨어들었을 어두운 동굴 속 좁은 피안…….

어찌 그 모든 것을 내 미미한 글재주로 다 표현할 수 있으랴. 혹 고단한 삶의 여정에 지친 걸음 쉬고 싶거든 한번쯤 그곳에 들러 보라. 저 아득한 옛날, 인간이라 이름 지어진 그들 태초의 삶의 모습에서 무욕을 배우고 해탈을 구할 수도 있을지니 말이다.

중국의 장보고, 정화(鄭和)

　정화, 그는 1371년 중국 윈난 성(雲南省) 쿤양(昆陽)에서 이슬람교 도인 색목인(色目人: 아랍계의 외국인)의 아들로 태어났다. 그가 출생한 쿤양은 윈난 성의 성도 쿤밍에서 남쪽으로 조금 내려간 지역에 있으며, 그가 태어난 때는 중국 중원에서 명나라가 막 개국하고, 아직 남쪽의 윈난 성 등지는 원(元)의 잔존 세력이 지배권을 장악하고 있던 시기였다. 기록에 의하면 그의 가계는 증조할아버지 대부터 윈난으로 이주했으며 정화의 본래 이름은 마화(馬和)였다고 한다. 그는 명의 3대 황제인 영락제의 환관 출신이었으며, 후일 그의 명을 받들어 무려 일곱 차례에 걸친 남해 대원정을 성사시킨, 신라의 장보고에 뒤이은 아시아의 빛나는 해상왕이었다. 또한 그의 성(姓)인 정(鄭)도 영락제가 하사한 새로운 성이었다.

　남성의 기능을 상실한 환관. 그러나 명대는 꽤나 환관이 득세를 하던 시기였다. 그럼 정화는 어떤 경로로 환관이 되었나. 정확한 기록은 없지만 추측건대 명의 개국 후 내치의 안정을 위해 변방을 토벌하던 명군에 의해 기존의 원군이 말살된 후, 현지의 미소년을 환관으로 발탁하는 일상적인 예와 반군의 씨를 말리기 위한 악랄한 술수가 겸해져 그 역시 환관이 되었을 것이다. 아무튼 그는 불과 열한 살의 나이로 훗날 영락제가 된 스물네 살의 연왕(燕王) 주태(朱棣)에게 보내진다. 그 후 정화는, 주태가 조카인 2대 황제 건문제로부터 정권을 탈취하기 위해 '정난(靖難)의 변(變)'을 일으켰을 때 공을 세워 주태의 신뢰를 받으며 환관의 태감 지위에 이르게 된다.

당시 명은 개국 이후의 혼란도 안정되고 농업 진흥책의 성공으로 국력까지 충실하여, 영락제는 이를 바탕으로 적극적인 외정(外征)을 거듭 펴 국위 선양을 지향하던 때였다. 이에 영락제는 대규모 남해 원정을 결심하는데, 그 이전까지 광저우를 중심으로 한 광둥·푸젠 성 일원의 활발하던 해상 무역은 명 태조 홍무제의 해금 정책(海禁政策)으로 민간 상선의 해외 도항이나 심지어는 민간의 원양선 건조까지 금지되어 있었다. 물론 그런 정책 수립의 가장 큰 배경은 정부 통제를 잘 따르지 않는 연해 지방 세력의 확대를 방지하려는 목적이었는데, 이로 인해 이미 멀리 인도양이나 남중국해에까지 펼쳐졌던 교역 활동이 크게 위축되었음은 물론, 몽골 제국의 활동으로 유라시아 규모로 펼쳐졌던 체제를 해체시키는 결정적인 요인이 되기도 한 것이다. 그러나 영락제 역시 그런 해금 정책의 기조를 근본적으로 변환시키려던 것이 아니라 단지 가까이는 조선에서 멀리는 수마트라의 파세에까지 이르는 여러 나라들과 조공 무역을 확대시키려던 의도에 불과했다.

아무튼 그런 영락제의 뜻에 따라 정화는 남해 대원정의 중책을 맡게 되었다.

기록에 의하면 남해 원정에 동원된 선단의 규모는 대형 함선 60여 척, 소형 함선 1백여 척 등 모두 2백여 척에 이르렀고, 인원도 2만 7천에서 3만 7천 명 사이였던 것으로 전해진다. 그 후 1백여 년의 세월이 지난 뒤 이뤄진 콜럼버스의 신대륙 탐험 항해도 겨우 세 척의 함선과 120여 명의 승무원으로 이루어진 일이니 당시로서는 가히 세계적인 함대라 단언할 수 있다. 또한 그 함대에서 가장 큰 배의 규모는 길이가 약 151.8미터, 폭이 61.6미터로 배수량을 기준하여 물경 3천1백 톤 이상에 이를 것으로 추정되고, 중간급 규모인 배의 경우도 그 길이가 126미터, 폭이 51.3미터에 이르렀다니, 굳이 콜럼버스의 항해 기함 산타마리아 호의 2백여 톤과 비교하지 않더라도 그 엄청난 규모를 상상할 수 있으리라.

그럼 정화의 7차에 이르는 원정 행로는 어디에까지 미쳤을까. 우선 1차 원정의 목적지는 인도의 캘리컷 항이었다. 1405년 가을, 영락 3년인 그해 지금의 상하이 서북쪽 태창현(太倉縣) 유가항(劉家港)에서 마침내 그들은 기나긴 장도의 닻을 올렸다. 먼저 타이완 해협을 빠져나가 남중국해로, 지금의 베트남 남부 퀴논 항인 신조우(新州) 항을 거쳐 보르네오 서쪽 칼리만탄 해협을 통과해 자바 항으로, 다음 수마트라 섬 팔렘방 항을 거쳐 말라카 해협을 통과해 벵골

만으로, 이어 실론 섬과 남인도의 쿠론과 코친 항 등을 경과해 드디어 캘리컷에 이른다. 여정에서의 고난은 더 말해 무엇하리. 자바 항에서는 그곳 군사와의 전투로 170여 명의 병사를 잃기도 했고, 팔렘방 항에서는 밀무역자 진조의(陳祖義)의 공격을 받았으나 그의 전함 세 척을 불태우고 5천여 명의 병사를 죽이는가 하면, 마침내는 진조의를 잡아 당시 명의 수도 난징(南京)으로 압송, 참살형에 처하게 하는 전공을 세우기도 했다. 그러나 무엇보다 큰 성과는 당초 영락제가 바라던 대로 수마트라, 캘리컷, 말라카 등지에서 직접 사절을 데리고 귀국하는 등의 조공 무역 임무를 성공적으로 이뤄 냈다는 사실이다. 아무튼 1차 남해 원정을 끝내고 귀국한 것이 1407년, 영락 5년의 9월이었으니 꼬박 2년 가까운 세월이 걸린 길고도 먼 항해였다.

그 뒤로도 정화의 남해 원정은 1433년에 이르기까지 26년 동안이나 계속되었는데, 2·3차 원정을 거쳐 4차 원정에 이르러서는 페르시아 만 입구의 호르무즈에까지 닿았을 뿐 아니라, 별도의 분견대를 편성하여 아프리카 동단, 지금의 소말리아 모가디슈 항 등에까지 그 족적을 남겼다. 그때 아프리카 사신들이 공물로 가져온 것 중의 하나가 기린으로, 소말리아 어인 '기린'과 고대 시가에서 노래하던 가공의 동물 '기린(麒麟)'의 이름이 똑같아 당시 영락제를 몹시 기쁘게 했던 것으로 기록은 전한다. 또한 5·6차 원정에서도 정화는 동남아시아의 여러 나라는 물론 아라비아 해와 아프리카 여러 나라에 명의 위용을 떨쳤다.

그리고 1430년 7차 남해 원정이 이루어졌다. 그사이 영락제와 그 뒤를 이은 홍희제마저 채 1년이 못 되어 죽고, 5대 황제로 등극한 선덕제의 명에 따른 원정이었는데, 이때 정화의 나이 60이었다. 그는 이 마지막 항해에서 아프리카는 물론 멀리 아라비아 반도 메카에까지 진출하였지만 항해 도중 캘리컷에서 병으로 죽었다는 설과, 1433년 7월 귀국 후 죽었다는 설 등 죽음의 시기마저 불투명하게 역사 속으로 사라졌다.

나는 정화에 대한 기록을 접하며 몹시 가슴이 설레었다. 마치 잊고 있던 장보고의 환생을 접한 것 같았고, 21세기 우리가 지표로 삼아야 할 등대를 보는 듯도 싶었기 때문이다. 그러나 우선은 안타까웠다. 자그마치 6백여 년 전, 세계 누구도 갖추지 못한 그 엄청난 힘을 갖고서도 원정을 그치고 만 중국. 물론 당시 베이징 천도 이후 혼란스럽던 내정이며 동북 여진과의 분쟁 등 어려운 사정도 있었겠지만, 그때 뛰어난 지도자가 있어 칭기즈 칸의 꿈을 이어 갔더라면 세계 역사는 완전히 뒤바뀌지 않았을까.

그러나 역사는 거울이 아니던가. 더구나 우리 광개토 대왕이 아닌 중국 정화의 역사이니 우리에게는 별반 아쉬울 것 없는 교훈일 뿐.

오늘도 우리의 수많은 상선과 수송선이 오대양 곳곳을 누비며 뱃고동을 울리고 있다. 그런데 당장 동남아 해역의 해적선은 물론이요, 언제 어디에서 분쟁이 일어날지 모르는 아슬아슬한 세계 정세 속에서 우리는 과연 자신을 지켜 나갈 힘이나 있는 건가? 그리고 독도는?

내 어릴 적만 해도 나를 비롯한 많은 친구들이 마도로스의 하얀

제복을 떠올리며 해양대학을 꿈꾸기도 했었는데, 요즘은 어떤가? 이참에, 더 늦기 전에 다른 건 자신 없고 조리장 졸개로 취업해서라도 멀리 떠나는 원양 어선을 타봐야 할까 보다. 그래서 우리 젊은 영혼들의 가슴에 해양 입국 대한민국의 그 원대한 꿈을 심어 줘야 하는 건 아닌지. 자, 내가 만일 그 일을 위해 떠난다면 지도자들이시여, 당신들은 그동안 무엇을 하시겠나이까? 바라건대 이지스함에 항공모함, 핵잠수함까지는 아니라도 못된 일본 경비정에 맥없이 끌려가는 우리 어선 소식이나마 듣지 않았으면 하나이다.

중국, 그리고 한국인

성공한 기업, 농심

한 특정 회사를 거론하여, 혹시 그 이름에 누를 끼치는 것은 아닌지 염려된다. 그러나 내 눈에는 너무도 자랑스럽고 귀감이 되는 이야기이기에 이렇게 시작한다.

외국에 나가면 내 나라 글자 한 자만 만나도 괜스레 가슴이 뭉클한 게 사람의 심리이다. 그런데 더하여 내 나라 기업의 상표와 상품을 대한다면 그거야 말해 더 무엇하랴. 아마 중국을 여행한 대부분의 사람들이 한 번쯤은 농심의 '신(辛)라면'을 만날 수 있었으리라. 공항 스낵 코너에까지 당당히 나붙은 자랑스러운 한글 '신라면'의 감동을 어찌 잊을 수 있을 텐가. 그처럼 이제 신라면은 우리의 얼굴로 넓은 중국 땅 곳곳에서 당당히 자리를 잡고 있다.

우연한 기회에 중국 농심의, 정확히 말하자면 상하이농심식품유한공사(上海農心食品有限公司) 관계자를 만나 그들의 이야기를 들을 기

회가 있었다. 농심이 중국에 처음 진출한 것은 불과 5년 전인 1996
년. 물론 그 시작은 한국을 드나드는 중국 동포를 통해서였을 것이
다. 우리와 식생활이 비슷한 2백만 중국 동포 조선족, 더구나 공휴일
을 제외하면 하루 세 끼 중 저녁을 제외한 두 끼는 매식(買食)을 하
는 중국인의 식생활에 간편한 라면이야말로 더할 수 없이 적당한 먹
거리였으니, 시장 규모로야 당연히 군침을 삼킬 만도 했을 터. 그러
나 농심이 중국으로 처음 진출하던 당시 이미 대만 굴지의 식품 회
사 '퉁이(統一)'와 '왕왕(旺旺)' 식품의 현지 투자로 생산되는 '퉁이멘
(統一面)'과 '캉스푸(康師傅)'란 상표의 라면이 중국 전역에 뿌리를
내리고 있었다. 물론 가격 역시 우리와는 비교가 되지 않는 봉지면
기준 개당 0.7~1위안(당시 환율로 우리 돈 평균 85원)이었다. 당시
국내에서의 라면 한 봉지 값이 350원가량이었으니 당장 대만계 기
업과 시장 경쟁을 하자면 출혈은 필연이었다.

그러나 농심은 서두르지 않았다. 한국 기업의 트레이드 마크인 '저
가 경쟁'을 하기에는 제품의 질이 너무 아까웠던 것이다. 그만큼 기
술에 대한 자신감이 있었다는 이야기다. 결국 농심은 기다리며 그들
의 입맛을 길들이기로 작정했다. 당장의 판매량은 미미할지라도 국
내에서 수입해 중국 각지로 뿌리며 최소한 그들이 개당 우리 돈 5백
원짜리 라면을 사 먹을 수 있는 경제력이 될 때를 기다리자는 것이
었다. 쉽지 않은 결정이었으리라. 상품 하나에 몇천 원의 이익이 남
는 것도 아닌, 판매가로 겨우 몇백 원짜리 라면. 남으면 얼마나 남는
다고, 언제 가능할지 모르는 그날을 기다리며……

그뿐인가. 말이 시장 확장이지 그 넓은 땅에 경비는 또 얼마나 들었을 것인가. 중국은 사정이 나아진 오늘에도 상하이에서 베이징까지 초특급 특쾌(特快) 열차로 열네 시간. 그러니 기본이 최소 3박 4일의 출장이다. 물론 비행기를 타는 수도 있겠지만 중국의 비행기값은 거의 살인적이다. 예를 들면 베이징−상하이 간 초특급 특쾌 열차의 침대석이 327위안인 반면 비행기는 1,030위안이다. 그걸 우리 돈 16만얼마 정도로 계산해서는 그야말로 미련한 셈법이다. 기준에 그들 평균 급여를 염두에 두라는 이야기다. 참고로 지금 40대 중반을 넘긴 중간 간부급 중국 공무원의 월급이 2천 위안가량이다.

그런데도 농심은 버텼다. 아니, 느긋하게 투자를 한 것이다. 그리고 드디어 1998년, 중국의 1인당 평균 GDP가 5백 달러가량을 기록하며 그 빈부 차이가 더해지니 상하이를 비롯한 경제가 활성화된 여러 곳에서 개당 3위안짜리 라면에 대한 가격 부담은 덜어졌다. 최소한 중산층 이상은 그 정도 값의 라면은 거뜬히 사 먹을 처지가 되었다는 것이다. 이제 시작이었다. 마침내 농심은 그때까지의 '한국 (주)농심 신라면'이 아니라 지금의 '상하이농심'이라는 새로운 법인체와 함께 신라면 현지 공장을 개장했다. 또한 내가 들은 그들의 이야기에서 더욱 반갑고 놀라운 것은 지분 문제였다. 중국은 아직도 많은 부분에서 돈이 될 만한 일에는 어떻게든 합작을 고집한다. 불과 몇 퍼센트의 지분이라도 말이다. 그러나 농심은 당당히 우리 지분 1백 퍼센트의 조건으로 현지 법인을 만들어 낸 것이다. 독식이라도 그만한 기술력과 자신감과 끈기라면 마땅히 부릴 만한 고집이었다.

2000년 기준 한국 (주)농심의 국내외 전체 시장 매출액이 1조 3천억 원가량인 것으로 알려져 있다. 그런데 이제 정식 설립된 지 채 5년도 되지 않은 상하이농심의 작년도 총 매출액이 벌써 2천억 원에 이른다니. 더구나 공장도 상하이 라면 공장과 작년에 완공된 랴오닝 성 선양(瀋陽)의 스낵 공장, 그리고 산둥 성 칭다오의 원료 공장이 전부이다. 또한 아직도 판매망은 개척 수준이다. 내가 아는 어떤 분은 어제는 간쑤 성 시안(西安)에, 오늘은 허난 성 정저우에, 그리고 내일은 산둥 성 지난으로 향해야 할 만큼 정신없이 뛰고 있다. 당장 그 혼자서 감당하는 구역이 자그마치 네 개 성이다. 땅덩어리 면적으로 따지면 한반도의 다섯 배가 훨씬 넘는 면적이다. 그런데도 그들은 조급하게 서두르지 않고 있다. 성격 급한 내 생각으로는 이제 서두르고 다소 무리를 해서라도 확장할 법한데 그들은 한 발 한 발 나아갈 뿐이었다.

앞으로 3년 내에 홍콩이나 싱가포르 증권 시장에 상장할 것이라 하니 그들의 자신감이 꿈만은 아닌 듯하다. 벌써 연간 매출 2천억 원이 넘었으니 내년에는 또 얼마나 될 것인가. 그래서 작심하고 시장을 찾아봤다. 얼마나 경쟁력을 갖췄는지 내 눈으로 직접 그 뿌듯한 장면을 보고 싶어서 말이다. 그랬더니 대형 할인점 식품 매장 라면 코너에서도 제일 번듯한 위치에 자리 잡고 있는 신라면 한 봉지는 2.6위안, 반면 대만 계열 퉁이몐과 캉스푸는 1.6위안, 일본계 식품 회사 제품 추첸이딩(出前一丁)은 1.7위안이었다. 사발면 역시 우리의 신라면은 3.9위안, 퉁이몐의 라이이퉁(來一桶)은 2.8위안, 캉스푸와 추첸이딩은 2.7위안. 새우깡 역시 우리 농심 제품은 4.2위안, 일본 식품 회사 것은 3.7위안. 그런데도 쇼핑을 하는 중국인들은 연방 우리 농심 제품을 바구니에 담고 있었으니…….

어떤가, 가슴 뭉클하고 내 일처럼 뿌듯하지 않은가. 난 그들을 보며 감히 성공하는 기업의 전형이라는 확신이 들었다. 까짓 내 편견이라 해도 좋다. 멋있지 않은가. 당장이 아니라 몇 년 후를 내다보는 느긋하고 치밀한 계획, 지치지 않는 투자와 노력, 그리고 마침내 때를 잡아 원하는 조건대로 얻어 내는 당당함. 난 그날부터 완전히 농심의 팬이 됐다. 라면은 별로 좋아하지 않으면서도, 그리고 중국에만 가면 날마다 그놈의 쓰촨 마포더우푸를 찾아다니면서도 괜히 신라면 한두 개쯤은 반드시 사 먹고 돌아온다.

부의 상징, 오메가와 삼성 핸드폰

라도, 오메가, 로렉스. 한때 우리의 부를 상징하던 대표적인 시계 이름이다. 물론 그런 상징이야 오늘에도 다를 바 없기는 하지만 그래도 요즘은 워낙 상표와 품목이 다양하다 보니 바로 이거다 하고 내세울 만한 뚜렷한 무엇은 선뜻 떠오르지 않는다.

지금 중국 소시민들에게 부의 상징은 무엇일까. 내가 들은 바로는 우선 대부분이 그들 발음으로 '어우미자(歐米迦)'인 오메가 손목시계를 꼽았다. 그리고 많은 젊은 세대들이 손꼽은 것은 삼성 핸드폰이었다. 그것도 폴더 형, 하얀색 위주로 말이다. 당장 판매 가격부터 알아보면 요즘은 10퍼센트쯤 값이 내렸다는데도 시중 가격은 5천 위안가량이다. 비슷한 성능의 모토롤라나 에릭슨의 경우는 1천~2천 위안 남짓이니 실로 엄청난 차이이다. 그런데도 왜 그것들이 중국인의 마음을 사로잡는 것일까?

오메가의 경우는 세계적 상표라는 자연스러운 이유가 있지만, 삼성 핸드폰의 경우는 나름대로 그 이유를 곰곰 생각하게 만드는 일이었다. 그래서 이리저리 물어보고 고민해서 내린 결론은 첫째는 디자인, 그 다음이 브랜드 파워, 그리고 가장 중요한 또 하나는 그들의 심정에 젖어 든 알 수 없는 매력이 아닌가 생각되었다. 그럼 먼저 디자인에 대한 내 자세한 연구 결과부터 발표한다.

우선 당장은 나부터 심플하면서도 크기나 성능 등 여러 면에서 편리한 동형의 제품을 사용하고 있으니 그 점에서는 중국인 역시 다르지 않은 듯싶다. 지금 중국을 다니며 만나는 여러 제품, 이를테면 관광 기념품이 될 만한 것들부터 그들의 생활용품에 이르기까지 대부분 제품에서 느낄 수 있는 공통점은 전통의 화려함 아니면 현대의 심플함이다. 즉 화려하면서도 내 눈에는 조악하다고 여겨질 만큼 복잡한 그들의 전통 디자인이 오늘날에도 여전히 유지되는가 하면, 마치 그에 대한 반발처럼 21세기 현대풍의 심플한 디자인도 만만찮게 시장을 장악해 나가고 있는 중이다. 그러나 여기서 하나 염두에 둘 것은 아직 그들은 초감각적인 디자인에 대해서는 썩 내켜하지 않는 듯한 눈치였다. 물론 이건 일반적인 취향을 기준으로 하는 이야기이니 틈새 시장을 노리는 경우에는 해당되지 않는 참고 사항이 될 것이다. 다만 우리 한국적이란 이름으로 섣부른 화려함을 내세웠다가는 이미 황(黃)과 적(赤)의 화려함에 너무도 익숙한 그들에게 쉽사리 조롱만 받게 될지도 모르는 일이니 혹시 화려함으로 승부를 하려거든 중국을 뛰어넘는 월등한, 혹은 극단의 화려함이어야 하지 않을까 싶기도 하다. 그런 시각에서 볼 때 삼성 핸드폰의 성공에는 시대에 걸맞은 디자인 감각이 크게 한몫한 듯하다.

인류의 발전 단계가 모든 인간과 사회에 공통되지는 않는다. 이를 테면 산업의 발전 단계가 농업에서 공업으로 그리고 정보화 사회로 이어진다고 알려져 있지만, 만약 21세기 동시대를 살아가는 한 농경 사회가 어느 날 갑자기 새로운 문물에 눈을 뜬다면 곧바로 정보화 사회로의 도약을 꾀하게 될 수도 있다는 이야기이다. 지금 북한도 이런 경우가 아닌가 여겨진다. 먼저 인민의 굶주림과 생활의 질을 높일 전반적인 산업의 발전보다는 정보화라는 최첨단을 통한 한 단계 뛰어넘는 도약으로 일거에 모든 것을 해결하려는 것이 지금 그들의 속내인 듯싶어서이다. 그렇듯 지금 중국에서 일어나고 있는 여러 분야의 발전 역시 그들 발전 주도 세력을 기준으로 보면 한꺼번에 몇 단계를 뛰어넘는 순서를 밟고 있으니 오늘의 디자인이 내일은 또 어떻게 변화될지 도무지 감을 잡을 수 없기는 하다.

두 번째, 브랜드 파워에 대한 내 연구 결과는 또 이렇다. 어느 기업이나 자신의 브랜드에 애착을 갖고 그 홍보를 위해 온갖 노력을 아끼지 않는 것은 사실이지만, 이번 삼성 핸드폰의 성공은 조금 예외적인 경우가 아닐까 여겨진다. 여기서 내가 감히 예외적이라고 말하는 까닭은, 단순히 삼성과 LG라는 두 기업 브랜드를 상호 비교하여 설명하면 비교적 쉽게 이해될 수 있을 것이다. 우선 누구라도 중국인 다수를 상대로 두 기업에 대한 인지도를 조사해 보면 금방 알 수 있는데, 삼성과 LG에 대한 일반적인 인지도는 삼성 핸드폰의 탁월한 성과에 비해서는 놀랍게도 LG가 더 앞서는 듯싶었다. 물론 LG의 제품 역시 중국에서 가히 '대단'이라는 수식어가 아깝지 않을 만큼의 성과를 거두고 있고, 특히 일부 가전제품 분야에서는 이미 진작에 다른 경쟁 업체들을 추월했다는 이야기도 전해 들었다. 다만 내가 여기서 이렇게 특정 기업을 실명으로까지 거론하는 것은 다음의 이야기를 위해서이니 혹 잘못되고 노여운 부분이 있더라도 양해해 주기 바란다.

내가 하려는 이야기는 앞에서도 거론한 바 있는 중국인의 특별한 언어 습관과 연관된 것이다. 우선 중국 유통 시장에 뛰어든 지 불과 2, 3년 만에 엄청난 성공을 거두고 있는 미국계 까르푸를 살펴보자. 그들의 중국어 상호는 자러푸(家樂福)다. 이 역시 영어 발음의 중국식 표기에 불과하지만 글자의 뜻을 풀이하면 집에 복이 들어와 기쁘거나, 기쁘게도 집에 복이 들어왔거나 등의 풀이가 가능할 것이다. 얼마나 기가 막힌가. 가뜩이나 복과 부를 추구하는 그들인데 이보다 더 좋은 이름이 어디에 있겠는가. 그야말로 딱 보는 순간 머리에 그대로 쏙 들어와 박히는 이름이다. 그러니 성공은 당연지사가 아닌가 말이다. 물론 까르푸가 벌써 그사이에 투자한 원금을 모조리 회수할 정도의 성공을 거둔 데는 무진장의 자금으로 목 좋은 요지를 미리 선점한 투자의 안목도 있었겠지만 역시 그 이름 덕도 톡톡히 보았을 것이다.

그런데 중국인이 삼성보다 LG라는 기업의 브랜드를 더 기억하고 있는 것은 무슨 까닭일까. 내가 들은 바로는 중국인에게 '삼성' 즉

'三星'은 그대로 별이 세 개라는 의미인데, 그들에게 그것은 도무지 왜 그런 상호를 썼는지 이해조차 할 수 없는 너무 막연한 이름이라는 것이었다. 그러니 아무래도 머릿속에 오래 남아 있지 않을 수밖에. 반면 LG는 당연히 중국식 표기의 상호가 있기는 하겠지만(중국에서 그것은 허가의 필요조건이란다), 그동안 오직 영어 LG를 그대로 고집한 홍보에 주력해 바야흐로 중국 대륙에 몰아치는 영어 열풍과 함께 그들의 머리에 쉽게 각인된 듯했다. 결국 삼성은 아직도 중국인에게 그저 '삼성 핸드폰' 혹은 '애니콜'로 먼저 기억될 뿐이라는 것이니, 그런 상황에서 삼성 핸드폰의 성과를 어찌 예외적인 경우라 하지 않을 수 있겠는가.

내가 영국에 잠시 머무는 동안 몇 가지 가전제품을 구입하러 시장에 나갔을 때, 그곳 상인이 TV는 뭐, 비디오는 뭐, 오디오는 뭐 하던 끝에 팩시밀리만은 삼성이 최고라며 좀 비싸기는 하지만 사겠느냐고 권할 때의 감동이 아직도 생생하다. 그 많은 세계적인 브랜드, 특히 눈꼴신 'SONY'까지 당당히 제친 그 감동이 아직도 벅차올라 드리는 충언이니 삼성에서는 앞으로 중국어 '三星'은 철저히 배제하고 영어인 'SAMSUNG'으로만 집중 홍보를 하는 게 어떨지? 지금 중국에는 좋은 이미지의 중국어 기업 이름을 작명해 주는 신종 직업까지 등장했다 하니, 앞으로 중국에 진출하려는 기업들은 반드시 참고로 하는 게 득이 될 듯싶다.

마지막으로 심정적인 매력, 이거야말로 나도 뜬구름잡기가 될 듯싶다. 이럴 때 내놓는 핑계는 소위 감(感)뿐인데, 사실 매력이라는 게 바로 감이 아닐 텐가.

도대체 당신들은 왜 그렇게 삼성 핸드폰에 열광하느냐는 내 질문에 한 젊은이는 그냥 '좋잖아요'인 반면, 나이 든 지인은 역시 허영심을 그 원인의 한 자락으로 들었다. 즉 잘나가는 누군가가 그걸 가지고 있으니 나도 하다못해 그거라도 하나 가져야겠다는 심리. 이걸 과연 허영심이라고만 보아야 할까? 물론 그런 면도 있을 것이다. 그리고 그 부분에서는 그들이 열광하는 누군가를 광고 모델로 기용한 전략도 성공이었다. 그럼 그 다음에는 어떻게 할 것인가. 유행은 금세 지나가 버리는 세상인데.

지금 중국인이 한국에 대해 느끼는 심정적인 매력에는 IT 산업을 비롯해 그들이 추구하려는 첨단 분야에서 우리가 앞서 있다는 점도 작용하고 있다. 그렇다면 결론은 간단할 수도 있다. 어느 특정 기업의 경우는 이미 자리 잡힌 그 이미지를 그대로 지켜 나가는 전략, 즉 최고의 제품, 최첨단의 기술이라는 이미지의 지속적인 유지가 바로 오늘의 열풍을 그대로 지켜 나가는 길이 아닐까 생각된다. 아무튼 난 우리 기업의 최고 품질, 최고가 전략에 찬사와 경의를 아끼지 않는다.

중국에 뼈를 묻으리라

참으로 기분 좋은 날이었다. 가깝거나 멀거나 그래도 이국 땅인데 그곳에서 한국인을 만나 거하게 술 한잔 해서 그런 것만은 아니었다. 반듯하다는 표현이 가장 어울리는 잘생긴 인물, 마라톤에 도전해도 거뜬히 완주할 수 있을 것 같은 탄탄한 신체, 중국인 뺨을 치고도 남을 호탕한 웃음, 그리고 노래방에서 한 곡 뽑던 그 가락마저도 기가 막혔다. 그러나 가장 기분 좋은 기억으로 내게 남은 것은 오랜만에 만나는 살아 번뜩이는 눈빛이었다. 그것도 음흉하거나 칙칙함이 없는 투명한 눈빛.

L상사와 N상사의 중국 톈진 시 지사장인 그들은 나와 동년배였다. 상사원과 글쟁이의 만남에 비즈니스가 있을 리는 만무, 마음이 편해 술잔은 잘만 비워졌다. 벌써 중국에 온 지 3년이 다되어 간다던가. 이전에는 중국말은커녕 거짓말 보태면 중국의 수도가 베이징

인지 상하이인지 헷갈릴 정도였단다. 그런 그들이 어느 날 갑자기 중국 지사로 발령을 받았단다. 사표를 쓰라는 건지……. 그게 그들의 중국행 시작이었다.

얼마나 아득했을까. 아무리 조선족 통역이 있다지만 혼자서 당장 밥 한 그릇도 시켜 먹을 수 없었으니, 그 심정을 알 만했다. 거기다가 가야 할 곳은 어디 한두 곳이던가. 땅덩이는 왜 그리도 넓은지, 서울-베이징이 비행기로 두 시간인데 베이징에서 충칭(重慶)까지만도 비행기로 두 시간이 조금 더 걸린다. 그래도 그들은 뛰었다. 그래, 당장은 목구멍이 포도청인 심정이었을지 모른다. 고국 땅에 있는 가족이 눈에 아른거렸을 테니 어찌 힘들다고 엉뚱한 생각을 할 수 있었으랴. 그래서 죽지 못해 살았단다. 한겨울 영하 40도의 네이멍구(內蒙古) 후허하오터(呼和浩特)에서 헤이룽장 성 하얼빈을 거쳐 지린 성 옌벤(延邊)으로, 40도 한여름 폭염의 신장 성 우루무치(烏魯木齊)에서 평균 해발 4천5백 미터의 고산병의 티베트 고원으로. 그런데도 내가 만날 수 있었던 그 기분 좋은 눈빛의 실체는 무엇일까?

「하지만 지금은 다릅니다. 이제는 중국 땅에 뼈를 묻을 겁니다. 예, 설령 회사에서 서울로 발령을 내더라도 이제는 내가 가지 않습니다. 반드시 이 땅에서 끝장을 보고 말 겁니다.」

굳은 의지를 감추지 않는 그들에게서 영화 〈글레디에이터〉의 주인공인 검투사의 투혼이 느껴졌다. 무엇이 그들을 전사로 만들었을까. 그것은 무한한 가능성이었을 것이다. 죽는 순간까지 꿈을 펼칠 수 있는 드넓은 대륙, 아직 기지개도 켜지 못한 채 다가올 새로운 세상을 기다리고 있을 수많은 사람들. 살아 용솟음치는 젊음이라면 한 번쯤 뛰어들어 볼 매력이 넘쳐 나는 곳이기는 하다. 그러나 말이 쉽지 낯선 이국 땅에 뼈를 묻는다는 게 어디 저 혼자만의 뜻대로 될 일인가.

어쨌든 그날 이후 여러 번 전화로만 안부를 묻고 한동안 만나지 못하다가 최근에 그들 중 한 사람을 만날 기회가 있었다. 우선 반가웠던 건, 저러다 이혼이나 당하는 게 아닐까 걱정했는데 그사이 가족 모두가 중국으로 옮겨 와 함께 산다는 사실이었다. 그래서였는지 훨씬 더 여유 있고 얼굴도 좋아 보였는데 아직 그 격정과 패기는 꺾이지 않은 그대로였다. 그사이 승진도 했고 말이다. 하지만 말이 좋아 열정과 용기지 나이 40이 넘어 결코 쉬운 일은 아닌데……. 이런저런 사연들이 오고 갔다. 그러나 역시 내가 궁금했던 건 과연 중국이 그렇게 마음대로 되던가 하는 거였다.

「웬걸요. 나야 회사라는 든든한 후원자가 있으니 이렇게 일궈 나가지만 만만하게 보았다가는 큰코다치죠.」

그럼 그렇지, 그렇게 격정과 패기 하나만으로 모든 게 이뤄지겠는가. 중국 사람은 다들 잠자고 있다던가. 하지만 그는 여전히 자신만만한 표정이었으니 한번 이야기를 정리해 보자.

중국 진출에 있어서 그가 가장 먼저 내세운 충고는 섣부른 도전을 삼가라는 것이었다. 즉 거대 대륙 중국을 만만히 보고 덤벙거리다는 큰코다치기 일쑤이니, 한마디로 철저한 사전 조사 없이 어림짐작만으로 덤벼들 생각은 애초에 말라는 것이다. 그저 보기에는 이것도

되고 저것도 될 것 같지만 실제 부닥쳐 보면 그렇지 않은 게 그들 중
국인이다. 이미 여러 번 이야기했지만 중국인에게 돈에 대한 경제
관념은 뼛골로 전해 내려오는 유전적 요소이다. 그들이 흥청망청 쓰
는 것 같아도 그건 그만한 능력이 되는 한도 내에서의 일이고, 절약
정신과 타인을 믿지 못하는 성향은 여전해, 심지어는 제 자식뿐 아니
라 은행도 믿지 못하고 땅속 깊이 파묻어 둔 독 속에 현금을 보관하
는 이들이 아직도 부지기수라는 것이다. 그들은 과자 한 봉지를 사
더라도 양과 가격, 먹어 본 이들의 평가, 심지어 성분까지 이것저것
비교 조사한 뒤 선택하는 사람들이다. 그런 그들에게 그저 막연히
비슷한 어떤 상품이 잘되니 이것도 10분의 1은 팔리겠지 했다가는
당장 거덜나기 십상이란다.

　두 번째는 장기전을 펼칠 각오, 즉 뼈를 묻겠다는 각오가 아니면
큰 희망은 버리라는 것이었다. 좋게 표현하면 '치고 빠지기'이고, 내
방식으로 표현하면 '한탕주의', 제발 그 허황된 꿈은 버려라. 중국은
1회 3분 3라운드의 아마추어 복싱이 아니라 최소한 12라운드의 프
로 복싱이거나 완주해야 하는 마라톤이다. 상대가 '만만디'면 나는
'만만만디'의 각오로 덤벼들어야지, 시장 경제에 조금 앞서 있다고
섣불리 사기성을 보였다가는 멀쩡하게 살아나오기도 힘든 게 중국
이다. 아마 그런 사기성은 개방 초기, 정말 그들이 어수룩했을 때나
가능했을지 모르지만 지금은 턱도 없는 이야기다. 함께 공존하는 자
세, 먼저 그들에게 투자하고 긴 세월을 더불어 살겠다는 자세가 필요
하다. 그들보다 조금이라도 앞선 내 기술과 능력을 그대로 펼쳐 놓

고 당장 부족한 게 있으면 가르치고 함께 연구하며 더 나은 걸 개발하고 추구해 나가라는 것이다. 그들은 결코 허술하지 않다. 이미 한 물간 기술이나 가지고 빤히 들여다보이는 속셈으로 나섰다가는 오히려 뒤통수나 맞을 뿐이다. 중국 사회에서 가장 중요하다는 ‘관시(關係)’도 그렇다. 당장 내가 먼저 베풀거나 정당한 만큼의 대가도 제때 치르지 않으면서 무작정 소개한 이의 인맥에만 의지해서는 관계가 결코 오래 유지되지 못할 것이다. 장기적이고 지속적인 자세는 중국 무대에서의 철칙이다.

세 번째는 나눠 먹겠다는 자세가 필요하다는 것이다. ‘동업은 절대로 하는 게 아니다’, 이게 조상 대대로 전해지는 우리의 통념이다. 그래서 어딜 가나 독식을 즐기고 그것 때문에 말썽이 난다. 그러나 중국에서는 완전한 기술적 우위나 무한정의 자금 능력과 같은 특별한 경우가 아니면 거의 불가능이다. 그러니 정히 동업이라는 단어가 싫다면 파트너십이라 생각하고 공생의 길을 찾아보라는 것이다. 막말로 주는 떡이 있어야 상대도 움직인다. 자신에게는 쥐꼬리만 한 월급을 주고 저는 덩어리째 먹는데, 아무리 제가 똑똑하고 모든 걸 가져왔다 해도 배 아프지 않을 사람 있겠는가. 그러니 상대편 먹는 게 아까워 독식을 꿈꾸기보다는 내 기술, 내 자본이 억울하다는 생각이 들더라도 나눠 먹는 게 더 큰 이익을 가져온다. 내가 아는 미국계 포드 자동차 회사는 매년 회사 수익금의 일정 부분을 사회공익기금으로 내놓고 있다. 어떤 해는 교통안전기금으로, 또 어떤 해는 환경보호기금이나 장학기금으로 말이다. 그것도 우리 지역 유지분들 지방

선거 앞두고 생색내는 식의 금액이 아니라 정말 눈이 휘둥그레질 정도의 거액을 매년 일정 퍼센트씩 정기적으로 말이다. 그렇다고 당장 그 회사에 그만큼의 가시적인 배려나 이익을 가져다 주는 것도 아니다. 비난받을 때는 비난받고 칭찬받을 때는 칭찬받는 그대로이다. 하지만 그런 가운데 그 회사의 이미지는 점점 중국인들의 머릿속에 긍정적으로 자리 잡고, 결국에는 위치를 굳건히 하게 될 것이다. 그렇다고 이걸 포드 사와 같은 대기업이니까 가능한 이야기라고 생각해서는 안 된다. 규모가 작으면 작은 대로 주변에 대한 지속적인 애정과 투자, 그것이 성공의 비결이 될 것이다.

또 하나의 아픔

지난봄, 나는 한 달 조금 넘는 기간 동안 베이징에서 머물렀다. 모든 번거로움을 접어 두고 소설 한 편을 마무리하기 위한 도피 행각인 셈이었다. 한국 유학생들이 많은 베이징 어언문화대학(北京語言文化大學) 근처의 시자오빈관(西郊賓館)이 숙소였는데, 아무리 움직임이 적다지만 그래도 하루 한두 끼는 먹어 줘야 목숨을 부지하겠기에 때가 되면 동네를 어슬렁거리기 마련.

어느 날 저녁인가, 그곳에서 공부하고 있는 아들놈 손을 잡고 마땅한 식당을 찾아 기웃거리는데, 밥 먹게 조금만 도와주세요 하는 귀에 익은 억양의 조선말이 들려왔다. 돌아보니 열대여섯 살쯤 먹어 보이는 아이들 셋이 관광객으로 보이는 한국인에게 구걸하고 있는 것이었다. 잠시 걸음을 멈추고 그들의 1차 사업(?)이 끝나기를 기다리니 당연히 내게도 다가왔다. 물어보니 역시 국경을 넘은 아이들이었다.

참 멀리도 왔다, 국경에서 베이징까지는 천 리도 넘을 텐데. 처음 본 그날부터 자분자분 입을 열 리는 없을 테고 주머니에서 잡히는 대로 몇십 위안을 꺼내 건네줬다. 고맙다는 인사를 하고 아이들이 떠나간 뒤, 지켜보던 아들놈도 마음이 아팠던지 잠은 어디서 자나…… 하며 혼잣소리로 중얼거렸다.

다음날에도 아이들은 내 짐작대로 여전히 그곳에 나타났고 역시 같은 절차를 치렀다. 그리고 또 다음날, 작심하고 말을 걸어 보려는 내게 아이들은 먼저 고개를 숙여 인사만 할 뿐 쭈뼛거리며 거리를 두는 것이었다. 혹시 내 속내를 알아차린 것인가 해서 손짓으로 불러 몇 푼을 먼저 건넸지만 질색하며 돌아서는 것이 아닌가. 웬일인가? 쫓아가면서까지 불러 세워 까닭을 물어보니 미안해서 그렇다는 것이었다. 세상에, 당장 주린 배를 채우느라 여기저기 손을 내미는 처지에도 사흘 만에 염치가 없어 사양이라니, 더구나 이제 겨우 열대여섯 살도 안 되어 보이는 그 어린 나이에. 콧마루가 시큰해졌다. 그래서 역시 한 민족이었던가.

문득 떠오르는 탈북자가 또 한 사람 있다. 수년 전 러시아 극동 지역 여행길에 만났던 그는 체코 동맹에 벌목공으로 갔다가 도망친 사람이었는데, 연해주 지역까지 뻗친 추적의 눈길을 피해 아주 깊은 시골마을 한 농장에서 일하고 있었다. 그가 그곳에서 받는 월급은 35달러 남짓. 그나마도 겨울이 긴 그 지역 특성상 연 6개월의 노동이 전부였으니 연간 수입이라 해봐야 2백여 달러 전후였다. 그는 그 돈으로 1년을 버티며 통일의 그날인지, 남(南)으로 갈 그날인지 모를 어느 때를 기다리고 있는 것이었다. 처음에 잔뜩 겁에 질려 있는 그의 마음을 누그러뜨리기 위해 약간의 달러를 건넸다가, 이런저런 이야기 끝에 함께 눈물을 찍어 내며 또 얼마의 달러를 내놓았다. 하지만 원두막 같은 그곳에서 하루 한두 끼니의 라면으로 겨우 목숨을 연명하는 그 다급한 처지에서도 그는 수줍은 얼굴로 두 손을 내저으며 사양하지 않았던가. 염치와 체면, 바보스러우면서도 부끄럽지 않은 우리 민족의 그 본성에 얼마나 가슴이 아팠던지. 그런데 이번에는 베이징에서, 더구나 철도 들지 않은 이 아이들에게서 또 우리의 모습을 보았으니.

그 뒤로도 아이들은 여전했다. 어떤 때는 정색을 하고, 이놈들, 밥은 먹어야지! 소리까지 치며 건네야 겨우 몇십 위안 받아 들고 도망치듯 사라졌다. 그렇게 차츰 익숙해졌고, 어느 날인가 도로변 화단가에 쭈그려 앉아 사연을 듣자니 이미 너무도 귀에 익은 배고픔과 아버지의 죽음, 국경 탈출, 구걸, 공안에게의 쫓김 등 비슷비슷한 이야기였다.

그런데 열대여섯으로 보았던 그 아이들의 나이가 모두 스무 살이라는 사실에 나는 또 한 번 눈시울이 뜨거워졌다. 얼마나 굶주렸으면……. 또한 배움의 열망 역시 다르지 않을 텐데 또래의 같은 민족, 같은 언어의 유학생을 보는 그들의 심정이야 따로 물어서 무엇하랴. 그럼에도 오직 2천 위안만 모이면 다시 국경을 건너 엄마와 할머니에게 갖다 주겠다며 그 초롱한 눈동자를 반짝였으니, 그 메마르지 않은 마음이 내 가슴을 후볐다.

그 후 보름쯤 지난 어느 날이었다. 이제는 녀석들과 정이 들어 매일 어스름이면 길거리로 나가던 때였는데 한창 소설에 몰두하느라 며칠 저녁 끼니를 걸렀었다. 그런데 갑자기 언제나 모여 다니던 셋 중 제법 키가 큰 녀석이 보이지 않았다. 까닭을 물으니 점점 심해지는 베이징 공안의 단속에 먼저 선양으로 돌아갔다는 것이었다. 선양은 녀석들이 국경을 넘어 처음 머물던 곳으로, 공안의 단속보다 중국 불량배의 행패가 무서워 떠나왔다던 곳이었다. 그만큼 단속의 손길이 피부 가까이 다가왔던 모양이었다. 그런데도 남아 있는 녀석들의 배짱은 또 무엇인가 궁금해 물었더니, 그동안 베이징에서 모은 돈으로는 한 사람이 돌아갈 여비밖에 못 되어 먼저 그 녀석만 보냈다는 것이었다.

어떤가? 나는 그 순간 자신을 돌아보며 낯이 뜨거워졌다. 만약 내가 녀석들의 처지였다면? 공안에게 검거되면 무조건 북으로 송환된다. 그리고 그 후의 상황은 익히 들어서 잘 알고 있는 일. 과연 나는 그런 위기와 두려움 앞에서 함께하는 누군가를 위해 내 위험을 기꺼이 감수할 수 있을까.

'우정'이라는 말을 쉽게 했어도, 내 진정으로 소중히 여겨 왔던가. 그리고 그것을 위해 정녕 목숨 내던질 자신이 있었던가. 신의는, 관용은, 배려는……. 난 너무도 대견스러운 그 녀석들을 진정 가슴으로 부둥켜안고 싶었다.

한 끼 밥이라도 따뜻이 먹이고 싶어 같이 가자고 했더니 된장찌개의 기름기에도 설사를 하게 될지 모른다며 내 곁에 선 아들 녀석만 부러운 눈빛으로 바라보던 그 어린 어른들. 천지 강산 어디를 헤매게 되더라도, 기어이는 허기진 배 움켜쥐고 허옇게 뜬 눈으로 거꾸러지더라도, 그게 눈물짓는 아비의 품, 부릅뜬 눈꺼풀 감겨 줄 어미 손길 곁이라면, 그나마 숙더라도 원통하진 않을 텐데……. 말 한마디 통하지 않는 갖은 횡포와 핍박의 땅을 떠도는 유랑이라니. 그래도 염치와 체면과 정을 잃지 않는 내 먼 조상님들의 온전한 핏줄이라니.

주중국 조선민주주의인민공화국 대사관 근처에 '해당화'라는 평양 식당이 하나 있다. 터무니없이 비싸기는 하지만, 그래도 같은 민족의 숨결을 느끼고 싶어서인지 중국 여행길에 나선 대부분의 우리 사람들이 한 번쯤은 들르는 곳이다. 낯설지 않은 얼굴, 억양은 달라도 정겹게 들리는 이야기들, 입맛에는 조금 어색해도 절로 고개가 끄덕여지는 담백한 맛.

난 그날 녀석들에게 선양에 가게 될 날이 오면 꼭 나를 만나고 가라는 당부를 해뒀다. 어차피 쓰던 소설이 끝나면 나 역시 떠나야 하지만, 작별 인사는 아니더라도 엄마와 할머니에게 가져다 주고 싶다는 몇천 위안에 얼마나마 보태 주고 싶은 마음에서였다. 그런데 어느 날 갑자기 전날 저녁에도 만났던 녀석들이 그만 사라져 버렸다. 혹시 베이징 불량배에 무슨 봉변을 당한 것은 아닌지, 어디가 아픈 것은 아닌지, 기어이는 공안에게 붙잡힌 것은 아닌지……. 그 뒤로도 베이징에 갈 때마다 혹시나 하는 마음으로 사방을 두리번거리지만 이젠 아무래도 소용없는 헛일이지 싶다.

진작에 해당화에 억지로라도 끌고 들어가 평양냉면, 만두전골에 불고기 1인분이라도 시켜 줄걸. 그렇게 하지 않아 나를 원망이나 하지 않았는지, 그들에게 한번 물어볼 수나 있었으면 좋으련만.

한탕주의, 중국에선 안 통한다

우리가 가장 쉽게 시작할 수 있는 사업으로 드는 것 중 하나가 식당이다. 사실 조그만 가게 자리 하나 얻어 그럭저럭 성실하게만 하면 먹고 살 만한 일이 식당이기는 하다. 그래서인지 세계 어디를 가도 고만고만한 한국 식당들이 여럿 있어 지친 나그네의 기운을 돋우어 주곤 한다. 그런데 그걸 사업이라는 차원으로 생각할 때는 조금 문제가 있다. 당장 베이징을 한번 살펴보자.

우선 베이징에서 가장 먼저 들 수 있는 한국 식당으로는 시내 고급 호텔에 자리 잡고 있는 S와 A가 있다. 그렇지만 호텔에 자리 잡고 있다고 우리의 호텔 식당과 동일하게 생각하기에는 여러 면에서 곤란할 것 같다. 그러니 단순히 입지와 고급스러운 시설 정도만 염두에 두기로 하고, 우선 그 만만찮은 임대료만 생각해도 가히 사업이라 할 만하다.

그런데 S와 A의 경우 누구라도 단번에 그 영업 상황을 알 수 있을 만큼 고객의 수에서 현저한 차이를 보인다. 그 까닭에는 여러 가지가 있겠지만 내가 지켜본 바로는 무엇보다 맛의 차이를 들 수 있다. 주요 식단을 육류로 하는 그들 식당에서 고기의 질이나 맛에서 차이가 난다면 그것은 뻔한 결과가 아닐까. 그런데 들리는 바에 의하면 A식당의 경우 당초에는 베이징뿐 아니라 중국 여러 도시에서 동일한 상호로 영업을 시작했지만 불과 5년이 지나지 않은 지금은 지방의 업장 대부분이 문을 닫거나 소유권을 넘겼다고 한다. 결국 A업소의 경우 막대한 자금을 투자해 시작한 중국에서의 사업이 실패하고 만 것이다. 내가 그들 업장에서 직접 조사를 한 적이 없으니 함부로 단정하여 말할 수는 없으나, 비슷한 유형의 다른 업소 행태에서 그 원인을 찾아보자.

일단 중국 동포가 운영하는 업소는 제외하기로 하자. 그것은 이윤 추구라는 궁극적인 목표에서는 마찬가지이겠지만 아무래도 현지인인 중국 동포와 외국 투자자인 한국인이 받는 투자의 위험성이나 그 실패에 따른 영향은 크게 차이가 있을 테니 말이다. 그럼 지금 중국에서 우리 한국인이 경영하는 식당의 수는 얼마나 될 것인가. 베이징의 경우만 예로 들면 우리 교민 단체에 등록된 업소 40여 개를 포함하여 모두 1백여 업소가 한국인에 의해 직접 경영되고 있다고 한다. 그들의 수익성에 대한 공식적인 통계야 있을 리도 없지만 아무래도 모두가 성업을 누리지는 못하는 눈치였다. 당장 앞서 예를 든 A식당의 경우를 제외하고라도 적지 않은 업소들이 '급매'라는 이름으로 새로운 주인을 기다리고 있으니 말이다. 내 짐작으로는 대략 절반쯤은 되지 않을까 싶다.

그럼 그렇게 많은 사람들이 투자에 실패하거나 큰 성공을 거두지 못하는 까닭은 무엇인가. 우선 중국을 다녀간 사람들을 상대로 들어 보면 이구동성으로 내세우는 첫번째 불만이 현지 식당과 월등히 차이 나는 비싼 가격이다. 예를 들어, 다섯 명의 일행이 그 유명한 베이징카오야의 원조 취안쥐더 본점에서 오리 한 마리를 비롯하여 냉채와 오리간 등 특별한 몇 가지 요리를 더 시키고 맥주 네 병과 중급의 바이주 한 병을 먹었을 경우 대략 4백 위안가량 나온다. 그런데 한국인이 경영하는 식당에서 다섯 명이 취안쥐더 본점에서와 같은 정도의 포만감을 느끼기 위해서는 대략 등심구이 5인분에 파전 등 몇 가지 요리와 된장찌개 등을 시켜야 한다. 이 경우 같은 양의 주류와 같이 계산을 하면 앞에서 말한 A나 S식당의 경우는 8백 위안, 일반적인 중급의 한국 식당에서는 5백 위안 정도이다. 참고로 A나 S식당에서의 등심구이 1인분(150그램 기준)은 85위안(약 1만 3천6백 원), 찌개 및 냉면 1인분은 45위안이며, 상추 한 접시는 20위안, 김치 한 접시는 10위안이다. 또 중급 식당에서도 대략 등심구이 1인분은 50위안, 찌개 및 냉면 1인분은 30위안 정도 받는다. 더해서 최근에 들렀던 상하이 어느 한국 음식점에서는 제일 싼 된장찌개 한 그릇이 자그마치 60위안이었다. 재료 원가, 인건비 모두가 싼 중국에서 된장찌개 한 그릇에 우리 돈 9천6백 원이라면. 어떤가, 당신이라면 어느 식당을 찾겠는가?

두 번째로 거론되는 문제는 맛인데, 우선 한국인이 경영하는 식당 조리사 대부분은 중국 동포이다. 그것은 한국의 요리사를 중국으로 직접 데려오는 게 어려운 것이 아니라 그 경우 부담해야 할 비싼 인건비가 관건이기 때문이다. 하지만 중국 동포 요리사들은 대부분 잠깐 고용된 한국인에게서 요리를 배웠거나 한국에서의 짧은 경험을 바탕으로 한 사람들이니, 그들에게 무슨 독특한 맛과 개성을 기대할 수 있겠는가.

그리고 세 번째는 서비스의 문제이다. 그래도 S나 A식당의 경우는 그런대로 눈감아 줄 수 있다. 그러나 대부분의 한국 식당에서 만나는 서비스는 그야말로 심각한 지경이다. 당장 그 복장에서부터 유니폼이라고 갖춘 곳은 대개가 한복인데, 한복이라는 이름이 부끄러울 정도이다. 속이 훤히 내비치는 분홍, 노랑, 초록 일색의 나일론 홑겹 한복. 거기다 세탁은 도대체 며칠에 한 번 하는 건지, 내 눈에는 한 달에 한 번도 하지 않는 것처럼 때에 찌든 모습이었다. 더해서 그들의 행동도 거칠고 어색하다. 까닭을 알아보니 그 또한 돈 때문이었다. 어떻게든 한 푼이라도 덜 주려 하니 한 푼이라도 더 주는 곳이 있으면 미련 없이 떠나 버리는 상황에서, 아무리 애를 써 교육을 한다 해도 서비스의 질이 제대로 유지될 리가 없는 것이다.

그럼 내가 보았던 베이징 외곽 S호텔에 있는 일식집의 경우를 보자. 또 호텔이라고 하니 무슨 대단한 곳을 비교하는 것으로 생각할지 모르지만 앞서 거론한 한국인의 중급 식당도 같은 곳에 있다. 먼저 그 일식집의 가격을 한번 살펴보면 엄청 비싸다. 몇백 위안에도 겨우 몇 조각에 불과한 생선회는 거론할 것도 없다. 간단한 일본식 덮밥 한 그릇도 50위안이다. 거기다가 양이나 푸짐한가? 세계 어느 곳을 다녀 봐도 일식집은 가장 비싼 값을 고집하지만 이곳 역시 마찬가지이다. 시내의 고급 음식점은 더 말할 것도 없고 이곳 역시 동급의 식당 중에서는 최고의 가격을 고집한다. 그런데도 뜻밖에 장사는 연일 호황이다. 같은 곳에 있는 한국 식당 세 곳의 손님 수를 모두 합해도 그곳에 미치지 못할 정도이니 말이다. 그럼 도대체 그 까닭이 무엇일까?

우선 맛에 대해서는 각국 요리의 특색이 제각각일 뿐 아니라 그 맛의 기준 역시 사람마다 다를 터이니 생선회 한 가지만 예로 들어보자. 중국에서 내가 가본 한국인과 일본인이 경영하는 일식집 생선회의 차이점은 함유된 수분의 양이었다. 미식가는 아니지만 아무래도 생선회에 물기가 많으면 어쩐지 신선하지 않다는 꺼림칙함과 함께 맛 역시 산뜻하지 않은데, 두 집은 언제나 차이가 느껴졌다. 맛은 또 그렇다 하더라도 다른 부분을 한번 자세히 살펴보자. 먼저 일식집 종업원들은 내가 1년 가까이 봐왔지만 매번 그 얼굴이다. 그러니 몸에 밴 서비스가 당연히 원숙할 수밖에. 또 그들의 유니폼은 어떤가. 마치 일본 어느 요릿집에서 보았던 그 차림새 그대로이다. 개량한 기모노 아래로 청바지가 비어져 나오지도 않으며 속이 훤히 들여다보이지도 않는다. 게다가 언제 보아도 깔끔하고 상냥하다. 아무리 손님이 많아 여기저기서 찾아도 기모노 아래의 게다짝을 소리 내어 끌지도 않고, 신속히 다가온다. 그렇다고 종업원 수가 많은 것도 아니다. 옆의 한국 식당과 같은 인원이다. 심지어는 옆의 중급 한국 식당에서는 김치를 무료로 제공하는 데 비해, 불과 열 조각가량의 기무치를 10위안이나 받는다. 그런데도 여전히 주문하는 이는 많기만 하다. 그것도 한국인에 이르기까지 말이다.

우리는 당장 가까이 있는 한국의 화교에게서 많은 것을 배웠어야 했다. 장사란 하루아침에 이뤄지는 것이 아니지 않은가. 아직도 한국에서는 자장면이 제일 값싼 음식 중 하나이다. 그들은 그것으로 오랫동안 우리의 입맛을 길들이며 적지 않은 부까지 일궈 냈다. 아마 그들은 기다렸을지 모른다. 한국인들이 지금은 자장면만 먹지만 언젠가는 더 비싼 탕수육, 팔보채에 샥스핀, 불도장도 먹을 날이 올 것이라고. 그리고 우리는 오늘 그것들을 주문한다. 그들이 말없이 기다리던 길들여진 입맛이 된 것이다. 그런데 우리는 이게 뭔가. 맛도, 품격도, 서비스도, 그 어느 것도 그만한 값어치에는 미치지 못하면서 터무니없이 비싸기만 하다. 돈이 아까워 식당의 기본인 맛을 내는 요리사도 싸구려, 식당 이미지를 결정짓는 종업원도 싸구려. 결국 하루라도 빨리, 한 방에 벌어서 어서 떠나고 싶다는 '한탕주의'의 결과이다.

식당뿐이 아니다. 중국 곳곳에서 만나는 한탕의 꿈을 가진 많은 사람들. 어떤 이는 내일 당장 벼락부자가 될 꿈에 부풀어 있었다. 엄청난 양의 고대 유물을 발견해 거의 독점하게 되었다고 말이다. 또 어떤 이는 중국의 고위 공직자 누구와 특별한 관계라며 무슨 일이든 당장 해낼 수 있다고 큰소리를 친다. 하지만 그들 누구도 아직 벼락

부자가 되었다는 소식은 듣지를 못했다. 혹 아직도 중국에서 일확천금을 꿈꾸는 사람이 있다면 차라리 태백시의 카지노로 가는 것이 그나마 확률이 높을 것이다.

그렇다면 그런 실정에서 벗어날 길은 없을까. 중국 동포 종업원들에게 한 달에 1천 위안만 봉급으로 지급해 보자. 그래 봐야 겨우 16만 원 남짓이다. 아마 내보낼까 두려워 더욱 열심히 할 것이다. 또 중국에서 최상품 쇠고기 1킬로그램이 얼마인가. 겨우 16위안 남짓. 그걸 상추까지 따로 팔며 150그램 1인분에 85위안이라니. 제법 살 만한 중국인들도 비싸다고 고개를 내젓는데, 어쩌다 들르는 한국인이나 주머니 가벼운 유학생을 겨냥해서야 어떻게 끝을 볼 수 있겠는가. 중국인은 물론 세계 각국의 여행자, 더구나 이제 베이징 올림픽도 다가오는데 바로 그들을 겨냥해야 승산을 볼 게 아닌가. 내가 만났던 영국인·중국인을 비롯한 많은 외국인이 우리 한국 음식에 원더풀, 하오하오(好好)를 외쳤다. 가능성은 충분하다. 한번 생각이 있는 사람은 베이징 어디쯤에 제대로 된 한정식집 하나 만들어 볼 일이다. 중국인의 식습관에도 맞을 뿐 아니라 고급스러운 품격이면 그들에게 좋은 이미지를 지켜 나갈 수 있을 것이다.

물론 중국에서 요식업으로 성공한 사람도 많다. 베이징 시내 '21세기 호텔' 뒤편에 가면 '진국설렁탕'이라는 상호의 한국인 부부가 운영하는 작은 식당이 있다. 내가 그들의 내력을 자세히 알지는 못하지만 한국에서 식당을 경영한 분 같지는 않았다. 그러나 언제 가보아도 주방은 안주인이 직접 중국 동포 아주머니 몇 사람과 지키고 있었다. 그러니 설렁탕과 청국장, 비지찌개를 비롯한 여러 음식이 마치 집에서 먹던 맛 그대로다. 그쯤이면 낯선 이국의 여독을 달래거나 향수병에 걸릴 만한 현지 상사원들의 입맛은 충분히 달래 줄 수 있을 것이다. 그래서인지 손님도 제법 많은 편이다. 종업원들도 유니폼을 입지는 않았지만 그 희한한 한복보다는 훨씬 단정하고 깨끗하며 언제나 보던 그 얼굴들이다.

2만 한국 유학생, 그 허와 실

지금 중국에서 공부하고 있는 한국 유학생은 공식 집계로만 벌써 1만 5천여 명에 이른다고 한다. 거기다가 현지 주재 상사원의 자녀 등까지 더하면 대략 2만여 명을 넘는다니 결코 적잖은 수이다.

그런데 이들을 '술병 모양으로 떼 지어 날아다니는 기러기 떼'라고 하는 이 말은 뭔가?

명색이 중국에 관한 이모저모를, 그것도 중국 속의 한국인 이야기를 빠뜨리지 않고 쓴다면서 어찌 우리 유학생을 외면할 수 있겠는가. 그래서 한국 유학생에 대한 평을 가까운 중국인에게 물었더니 난처한 표정을 지으며 빙그레 웃는 것이 아닌가. 하긴, 중국과 제대로 된 교류가 이루어진 지 얼마나 되었다고 벌써 한국 유학생에 대한 상징이 생겼겠나. 하다못해 누군가가 베이징 대학이나 칭화 대학에서 수석 졸업이라도 한번 했다거나, 아니면 졸업한 후 성공한 이들이 자신들의 모교인 중국 어느 대학에 큼지막한 기념물 하나라도 기증했다면 모를까 말이다. 그런데 내가 계속 보채자 이 사람이 마지못해 꺼낸 이야기가 바로 술병과 기러기 떼였다. 아니, 중국에 마오타이를 비롯한 세계적 명주가 많다더니 그 오묘한 주정 기술을 익히러 간 유학생이 그렇게 많은 건가. 그럼 혹처럼 붙은 기러기 떼는 또 뭐란 말인가? 결국 알고 보니 기러기 떼처럼 한국 유학생끼리만 몰려다니며 허구한 날 술판을 벌이니 바로 그 모습에서 떠올리게 된 것이란다.

사실 비슷한 느낌을 받기는 했다. 먼저 중국에서 혼자 식사를 할 경우 중국 식당을 찾기에는 좀 곤란한 면이 있다. 돈이 아까워서라기보다 혼자서는 다 먹지 못하기 때문에 제대로 주문할 수가 없다는 점이다. 한 가지 요리는 야채건 고기건 재료가 그것 하나이니 아무래도 두 가지는 시켜야 하는데 그건 또 양이 너무 많은 까닭이다. 그래서 오히려 더 비싼 값을 치르더라도 한국 식당을 찾게 되는데 그곳이 유명한 베이징 어언문화대 근처일 경우 언제 어느 때나 어김없이 만날 수 있는 게 바로 우리 젊은이들이다. 한때는 타국에서 고생이 많겠구나, 더구나 20년 넘게 길들여진 입맛인데 어찌 김치 생각이 나지 않으랴 하고 그들을 안쓰럽게만 여겼었다. 그런데 그들 대부분이 바로 그 기러기족 주인공들이라니. 까짓, 머리 물들이고 어쩌고 한 거야 그곳이 중국 아니라 아프리카라 할지라도 젊음의 특권인데 당연히 눈감아 드려야지. 그런데 이해할 수 없었던 건 어쩌면 그렇게 한국인들끼리만 몰려다니는가 하는 것이었다. 지금 중국에 와 있는 유학생 중 가장 많은 숫자가 미국인·일본인이라는데 하다못해 그들이라도 하나쯤 끼워 주지.

물론 모두가 그렇다는 것은 아니다. 대략 반쯤? 그건 현지 유학생 반수가 인정하는 사실이다. 또 베이징에는 한국인이 많아 자신도 유혹에 넘어가게 될지 모른다며 스스로 고독을 걸머지고 내륙 깊은 곳으로 떠나는 대견한 여학생들도 직접 보았다. 기러기 여러분들! 다른 절반의 동포 유학생에게 누를 끼치지 않도록 어디 특별 '기러기 유학구'라도 만들어 그리로 몰려 가시는 게 어떨까 생각하는데…….

이쯤에서 정말 배움을 위해 먼 길 떠나온 우리 유학생들 이야기로 방향을 돌리자. 내가 듣기로 그들 중 남학생은 대부분 경제 무역을, 여학생은 어문(語文)을 전공으로 하는 모양이다. 그 넓은 대륙 13억 인구의 시장을 점령해 보겠다는 야심도 있고, 또 중국인마저 혀를 내두를 유창한 언어로 멋진 미래를 일구고 말겠다는 야무진 꿈도 있다. 그렇다면 기왕지사 중국에까지 나가 중국어를 배우는 길이니 함께 공부하는 제3국의 친구들과도 더불어 그들에게는 우리 한국어를, 그대는 그들의 또 다른 언어를 배워 금의환향하는 그날에 최소 3개 국어쯤 통달해서 돌아오는 것은 어떨까. 그러려면 곁에 있는 한국인과 몰려다니지 않는 것이 우선일 것이다. 물론 쉽지는 않은 일이다. 고독처럼 무섭고 이겨내기 힘든 게 또 어디 있겠는가. 하지만 다른 민족 누군가와 그 고독을 달랠 수도 있지 않을까.

또한 그 나라의 언어만을 배우면서 모든 것을 다 알았다고 생각하면 그건 크나큰 오산이다. 언어는 문화를 배경으로 한 인간의 기호

일 뿐인 것이다. 그러니 그 문화적 배경에 대한 이해 없이 단순히 단어의 해석에만 만족한다면 결코 제대로 된 문장 한 줄 번역해 내기 어려울 것이다. 그래서 난 기왕 그 나라에 가면 철저히 그 나라 사람이 되는 게 좋을 것이라 생각한다. 까짓 재미있는 추억 만들기라 생각하면 별로 어려울 것 없는 일이다. 그래서 언어는 물론이요, 먹는 것, 입는 것, 보는 것, 생각하는 것까지 모두 그들처럼 되라는 것이다. 부디 틈틈이 시간을 내어 멀리 여행도 다니며 그들의 속 깊숙한 곳까지 알 수 있도록 애쓰라는 것이다. 중국인들도 미처 가보지 못한 신장 자치구 타클라마칸 사막 한가운데는 물론이요, 칭하이 성 깊은 곳 중국인의 젖줄 황허의 발원지까지 샅샅이 말이다. 그것도 단순히 보고 즐기는 관광이 되어서는 안 된다. 설령 중국인들과 함께 가더라도 세상을 보는 다른 시각과 경험에서 비롯되는 그대만의 통찰은 분명 훗날 커다란 자산이 될 것이다.

앞서 말한 특별구로 옮기라던 기러기족 그대들도 이것만은 명심하라. 어쩌면 그대들이 범생들보다 훨씬 유리할지도 모를 일이다. 많은 친구들을 사귀는 것에서는 말이다. 다행히 중국은 엄청난 잠재력으로 인해 세계 각국에서 수많은 유학생들이 몰려들어 가히 인종전시장이 아니던가. 그러니 또 섣부른 편견으로 피부색, 생김새 따지지 말고 모든 인종, 모든 국적의 사람을 친구로 만들도록 애쓰라는 것이다. 아마 그것만 성공하면 그까짓 학위는 별반 필요 없을지도 모른다. 물론 언어의 차이, 이질적인 문화 등의 문제가 쉽지는 않을 것이다. 그러나 그대가 그들 나라에 가서 사귀기보다는 훨씬 수월할

것이다. 그건 그들도 지금 못내 처절한 고독으로 가슴앓이를 하고
있을 것이기 때문이다. 생각해 보라. 젊은 시절, 그것도 제3국에서
유학 중에 만난 이국의 친구인데 그들인들 어찌 평생토록 잊을 수
있겠는가. 최소한 훗날 관광길에 들르게 되더라도 가이드 비용만큼
은 무조건 절약이다. 더구나 그게 출장길이라면 일단 맨땅에 헤딩은
면할 수 있지 않겠는가. 아니, 어쩌면 그 친구와의 인연이 그대에게
엄청난 성공의 기회를 가져다 줄지도 모른다. 다만 명심해야 할 것
은 지금은 그런 미래의 이익은 염두에 두지 말아야 할 것이며, 순수
한 눈빛으로 그들을 대해야 한다는 사실이다. 눈빛은 무엇보다도 그
사람의 정확한 상징이다. 아무리 뛰어난 연기를 할지라도 마음속에
이기와 악의를 감추고 있다면 상대도 결코 진실한 우정을 베풀지는
않으리라.

하나 더 덧붙이고 싶은 것은, 모두가 무역과 경제에만 매달리기보
다는 다양한 분야에서 중국을 알았으면 하는 바람이다. 어차피 세상
은 다양한 콘텐츠를 필요로 한다. 그들의 생각과 다른 독창적인 시
각, 분명한 근거와 깊이 있는 지식을 바탕으로 한 그대의 주장은 그
들의 역사와 문화를 우리가 되파는 길을 열게도 할 것이다. 그들이
생각지 못한, 그러나 그들에게 필요한 작은 무엇 하나, 그것이야말로
13억 시장에서 진짜 대박의 꿈을 이루게 해줄 당신의 보물이다. 하나
에 1원씩만 남겨도 단번에 13억을 벌어 줄 그 대박 말이다. 그리고
13억 시장에 겨우 2만여 명의 유학생으로는 아직도 태부족이다. 1백
년 후의 미래를 내다본다면 최소한 그들 인구의 0.1퍼센트에 해당하

는 중국통은 있어야 될 터이니 적어도 13만 명의 유학생은 언제나 유지되어야 하지 않을까 하는 게 내 생각이다. 그것도 베이징·상하이에만 몰릴 게 아니라 전국 각지로 흩어져서 말이다. 혼자서 그 넓은 중국 땅을 다 아는 것은 어차피 불가능하다. 그저 한 사람이 한 성(省)만 속속들이 캐낸다면 어떨까. 성 하나가 한반도 땅덩이만 하니 말이다.

한국인 혹은 중국인, 조선족의 정체성

시집간 여자는 여전히 친정의 딸인가, 시집의 새사람인가? 설령 이것이 오늘을 살아가는 대한민국의 딸들에게 던지는 질문이라 할지라도 많은 이들이 선뜻 대답하기는 어려울 것이다. 세상이 바뀌어 '김조○○'라는 식으로 부모의 두 성(姓)을 함께 쓰는 이들까지 어렵지 않게 눈에 띄는 세상임에도 불구하고 말이다. 물론 '시집간'이라는 단어에는 결혼과 함께 시집 식구가 된다는 숨겨진 의식의 강요도 없지 않음을 알고 있다. 그렇다면 결국 조선족은 중국인이 되라는 것인가? 하지만 우리의 많은 결혼한 딸들은 시집의 새사람이기보다는 본래의 나로서, 여전히 친정 부모의 자식이며 동시에 남편의 아내이기를 원한다.

'시집간 딸이라고 생각하자. 그게 지금 우리의 운명이다.' 베이징에 사는 한 조선족 대학교수가 같은 민족 학생들을 앞에 두고서 한 말이다. 2001년 오늘의 한국에서처럼 '시집간'이라는 단어에 별다른 거부감도 갖지 않고, 숨겨진 무의식의 강요를 고스란히 받아들이면서 말이다. 2백만 조선족, 아니, 중국 동포가 느끼는 오늘의 실체가 바로 그것이다.

내가 이 문제를 생각하며 제일 먼저 떠올렸던 단어는 '뜬구름'이다. 여기에도 저기에도, 그 어디에도 발붙일 곳 없는 허공의 구름 같은 사람들. 특히 일전에 한국으로의 밀입국 도중 어선 갑판 아래에 숨어 있다 수십 명이나 되는 생목숨이 떼로 질식사한 사건의 기사를 접하면서는 더욱 그들은 정말 갈 곳 없는 뜬구름인가 생각되었다. 그런데 내가 생각한 뜬구름에는 말뜻 그대로 어디로도 갈 곳 없다는, 즉 중국 역시 그들의 땅이 아니라는 단정적인 의미가 포함되어 있다. 과연 이런 내 생각이 옳은 것일까?

먼저 우리가 알고 있는 중국 동포에 대한 진실과 그에 따른 선입견은 무엇인가. 아마 13억 인구에서 겨우 2백만의 숫자로, 55개 소수 민족 중에서도 불과 12위에 이르는 작은 민족, 달라이 라마의 티베트와 파룬궁·신장웨이우얼 족으로 대변되는 열악한 인권 등이 그것이 아닐까 짐작된다. 결국 우리 중국 동포 역시 온전한 중국인으로 자리 잡지 못할 태생적 운명을 가진 채 변방을 부유하고 있는 것이라는 생각이다. 더 직설적으로 표현하자면, 따돌림받는 소수 민족으로 그 성장의 한계가 불 보듯 뻔하다는 것이다.

그러나 자세히 들여다보면 꼭 그렇지만도 않은 것 같다. 우선 당장은 우리 중국 동포로서 전국인민정치협상회의 부주석에 이른 자오난치(趙南起)나 국가민족사무위원회 주임(장관급) 리더주(李德洙)를 들지 않더라도, 내가 아는 바로도 우리의 청와대에 해당하는 중난하이(中南海) 비서실·외교부·국가경제무역위원회·국가안전부 등 국무원 여러 부서는 물론, 대학이나 언론·민간 기업은 말할 것도 없고 심지어는 중국축구협회 부주석에 이르기까지 여러 곳에서 저마다의 역할을 충실히 수행하고 있으니 말이다. 그 밖에도 국무원 민정부 부장인 티베트 족 둬지차이랑(多吉才讓)이나 수리부 부장인 만주족 뉴마오성(鈕茂生) 등을 들지 않더라도, '염황(炎黃)을 거론하지 말라'는 중국 당의 지시는 소수 민족에 대한 그들 나름의 배려를 읽을 수 있는 부분이다.

여기서 '염황을 거론하지 말라'는 의미는, 그들 3황 5제의 역사에 나오는 3황 중 한 사람인 황제(黃帝)와 고대 또 다른 부족의 우두머리였던 염제(炎帝)가 그들 한족(漢族)의 조상으로 여겨지는 인물들인데, 이전에는 많은 부분에서 '염황의 자손인 우리가'로 시작하는 표현이 전체 중국 인민의 자긍심을 부추겨 왔으나 한족 아닌 다른 소수 민족에게는 오히려 소외 의식을 가져다 준다 하여 정부의 공식 문건이나 언론 기타 모든 부분에서 일절 사용하지 못하도록 강제한 것을 말한다. 즉 우리의 '단군의 자손'이나 '배달민족', '위대한 한민족' 등의 수사를 사용 금지시켰다는 의미이다.

물론 그와 같은 조치에는 소수 민족에 대한 순수한 배려의 뜻과 함께, 채찍과 병존하는 당근으로서의 요인도 숨겨져 있음을 부인할 수 없다. 특히 중국 소수 민족의 경우에 동쪽 해안의 일부 지역을 제외한 대부분의 변방 지역이 그들의 터전이었으니, 중원의 한족 정권으로서는 예로부터 한시도 마음 놓을 수 없는 민감한 국경 문제였다. 지금도 해당 지역 전체 인구 점유 비율에서는 대부분 한족이 절대 우위를 차지함에도 그 사실만으로는 결코 방심할 수 없는 화약고인 것이다.

하지만 우리가 분명히 알아 둬야 할 것은 고대로부터 전해 내려온 그들의 다민족 통치술이다. 생각해 보자. 요즘엔 눈부신 정보 통신의 발달로 아무리 멀리 떨어진 지역에서의 일도 실시간에 모두 파악할 수 있을 뿐 아니라 그에 대한 대응에도 거리나 시간이 장애가 되지 않지만, 수천 년 전에는 중원에서 변방까지 어떤 수단을 이용해도 얼마가 걸릴지 알 수 없던 시대였다. 그런데도 그들은 오랜 세월 동안 그 넓은 땅을 별 변동 없이 지금껏 지켜 왔다. 그야말로 뛰어난 용인술이며, 그토록 많은 다민족을 껴안을 수 있는 포용력은 가히 신비에 가까울 정도의 놀라운 일이다. 더구나 이제는 그들 소수 민족 역시 대부분 자신들의 중화인민공화국 거민신분증(居民身分證)에 또렷이 표기된 민족 구분에도 불구하고 스스로 중국 인민임을 부인하지 않으며 오히려 당당하게 자긍심을 느끼고 있으니 말이다.

마찬가지로 지금 우리 중국 동포 역시 일단 자신이 중국 인민이라는 사실에는 대부분 수긍한다. 또한 그들의 삶을 곁에서 지켜보노라면 조선족이라는 출신 성분으로 말미암은 불이익은 눈에 띄지 않는 듯싶었고, 그들 역시 그에 대한 위축감이나 자격지심은 이전부터도 없었던 것으로 보인다. 즉 그들의 실생활, 이를테면 학업이나 교우,

취업 등 거의 모든 경우에서 당당한 한 사람의 중국 인민일 뿐이었다. 물론 더 깊이 중국 정치 핵심의 자리에까지 들어가자면 분명 보이지 않는 장벽이 있을 것이다. 그러나 그것은 특별한 예외의 경우로 보고 여기서는 일단 제쳐두기로 하자. 그런데도 그들 스스로 시집간 딸이라는 정체성의 갈등을 겪고 있는 그 속내는 무엇일까.

우스갯소리처럼 말하자면 먼저 우리 중국 동포의 지나친 총기를 들 수 있다. 즉 일정한 집단 속에서 상대적으로 평가해 볼 때 그들의 우수성은 중국의 다른 55개 소수 민족은 물론 한족에 비해서도 탁월하다는 것이다.

또한 중국 동포에게는 소수 민족 중에서 그 누구에게도 뒤지지 않는 잘사는 모국을 갖고 있다는 의식도 분명히 있다. 모국이 잘산다는 것, 그것은 한편 가뜩이나 소수 민족 문제에 예민한 중국 정부의 주목거리가 되기도 하겠지만, 어쨌거나 부자 친정을 둔 딸의 든든함에 다르지 않은 좋은 조건이 된다. 그러나 친부모가 아닌 인정 없는 계부모를 둔 딸에게 있어 부자 친정은 어쩌면 오히려 더 나쁜 조건이 될 수도 있지 않을까. 더구나 중국 동포의 민족 자긍심은 유별난 편이다. 당장 만주 일대 항일 독립 투사의 대부분이 그들이거나 그들의 부모 형제였으니 말이다. 쉽게 말해 가문 좋고 재산 많은 집안의 딸인 그들에게 우리가 정 많은 친부모일 경우 시집에서도 도저히 괄시할 수 없는 며느리이자 그 집안의 기둥이 되겠지만, 반대로 계부모일 경우에는 가뜩이나 심통 많은 시집 식구의 드러내 놓은 구박덩어리이자, 평생토록 제 자신의 운명만을 탓하다가 비참한 인생을 마감하는 통속 드라마의 주인공이 된다는 것이다.

최근 들어 중국 동포들 사이에서도 그동안 뜨겁던 '한국열'이 점차 수그러드는 추세를 보이고 있다. 특히 한탕의 꿈을 이루기 위해 단순한 노동력 시장을 목적으로 한 한국열이 아니라면 더욱 그렇다. 이는 그만큼 지적 혹은 물적으로 상류인 계층에서부터의 이반이라 보아야 할 것인데, 그동안 보아 온 한국 또는 한국인의 행태에서 느낀 깊은 실망과 분노로 이제는 그들이 먼저 등을 돌리려 한다는 것을 우리는 분명 인식해야 할 것이다. 마음속에서 우러나온 진심 어린 협력보다는 섣부른 우월 의식에 근거한 멸시와 적당한 눈속임으로 넘기려는 교활함이 끝내 같은 피를 나눈 민족의 가슴에 깊은 골을 만들고 만 것이다.

여기에서 모든 것을 다 이야기할 수는 없으니 더는 깊이 들어가지 않으련다. 그러나 그들은 우리의 형제이며 동반자다. 또한 국경 없는 세계화 시대에 넓은 중원 대륙으로 진출하기 위한 우리의 교두보이기도 하다. 영세하나마 수많은 한국 기업들이 그동안 자리를 잡은 데는 중국 동포들의 공이 누구보다 컸다고 할 수 있다. 그들이 우리에게 바라는 것은 당장 대한민국의 국적이나 별것도 없는 국가 수입의 분배가 아니다. 그저 조금 나은 형편의 친정에서, 그것도 그만한 대가를 제공할 테니 좀 더 쉽게 일어설 수 있도록 기댈 만한 언덕이되어 달라는 것이다.

보다 넉넉한 마음으로, 공정한 마음으로 그들을 대하며 끌어안아야 하지 않을까. 그래서 '시집간 딸'이 아니라 단지 '결혼한 여자'로서 당당할 수 있는 그들의 정체성을 되찾도록 우리가 한번 되돌아보았으면 한다. 또한 그들 역시 이제는 일방적으로 기대하고 실망하기보다는 냉정한 이성으로 공존의 길을 생각했으면 좋겠다고 감히 덧붙인다.

스스로 화(禍)를 부르는 어글리 한국인

뒤늦게 몇 장의 사진이나마 찍으려고 허겁지겁 중국 땅을 헤매는데 들려오는 소식이 황당하기 이를 데 없어 벌어진 입이 다물어지지가 않았다. 이거 우리 대한민국 사람 이래도 되는 거야? 아무리 잘못을 저질렀기로 타국에서 사형이 집행되고 조사 중 감방에서 목숨을 잃었다는데도 공관이라는 곳에서는 까맣게 소식도 모르고 있다가 기껏 뒤늦게 책임 공방이나 벌이더니, 더해서 오리발까지 내밀어 국제적 망신을 자초하다니. 그런데 더 열 받는 건 상하이에서 식사 도중 우연히 우리 위성 채널의 뉴스를 보는데 그 일과 관련해 인터뷰를 하는 공관원님이 우아한 미소까지 짓는 게 아닌가. 도대체 이 양반들 정신이 있는 거야, 없는 거야? 아니, 무슨 대단한 배우로 데뷔를 하겠다는 건지, 일이 그 지경이 되었는데도 반성하며 고개를 들지 못하거나 쓸쓸하게 사라진 자국민 영혼에 눈물을 떨구지는 못할 망정 미소가 웬 말인가.

나는 발이 제법 넓은 편이다. 그래서 신문에 난 이야기의 이면도 조금은 듣고 확인할 수가 있는데, 우선 중국에서의 한국인 납치에 관한 기사는 많은 사람들이 익히 들어 잘 알고 있을 것이다. 그런데 그 사건들 중 많은 부분이 알려지지 않았으니, 어느 돈 많은 한국인이 조선족이 낀 일당에게 납치당해 호텔까지 끌려와 가진 돈을 모두 털렸다거나 심지어는 한국에 있는 가족이 몸값까지 송금해 주고 나서야 풀려 났다는 것들이 그것이다. 물론 보도된, 또는 알려진 그대로의 사건도 분명 적잖을 것이다. 그러나 반면 스스로 화를 자초한 어글리 코리안의 진면모도 간혹 있으니 사례를 들어 보자.

어떤 한국인이 출장길이든 여행길이든 중국에 갔다. 그리고 비즈니스로든 객기로든 한잔 술이 생각났는데 마침 조선족 가이드가 괜찮은 술집을 알고 있다 해서 나섰다. 그런데 이게 완전히 한국식 단란주점이나 룸살롱인 거다. 거기다가 말까지 통하는 조선족 여성 접대원이 직접 서비스를 하거나 한족 여성 접대원의 말을 통역까지 해 주니 이제는 낮 시간의 가이드는 귀찮을 정도이다. 어쨌든 시간은 흘러 술은 취하고, 마침내는 은근히 눈치 구박을 받던 가이드도 슬며시 사라지고 허튼수작이 시작되면……

그런데 정말 군이 마음에 들어 함께 나가더라도 비싼 돈 주고 얻어 둔 호텔 방은 폼으로 아껴 두나, 왜 여자를 따라나서는가 말이다. 아슬아슬한 스릴을 즐기겠다는 모험심도 아니고. 내가 들은 어떤 사건의 전말도 그랬다. 그날의 한족 여성은 엄연한 유부녀였는데 무슨 속내였는지 자신의 아파트로 우리 용감한 아저씨를 데려갔고, 마침 그 순간에 남편이 들이닥쳤으니……. 그래서 기어이는 손이 발이 되도록 싹싹 빌며 호텔 방에 돈이 더 있다고 통사정을 했는데, 처음부터 호텔 방에 달러 감춰 두고 다니는 꼼꼼한 이가 일단 고비를 넘겼으니 아까운 생각 들지 않을 턱이 있나. 그러고는 엉뚱한 오리발 내밀며 있는 말 없는 말 다 보태 소란을 부렸으니. 언론이야 또 무슨 죄가 있겠는가, 그저 그렇다니 그런 줄 알 수밖에. 그렇게 되면 속 앓는 건 애매한 공관이다. 차마 모든 진상 다 털어놓기에는 내 얼굴에 침뱉기이고, 그야말로 시어머니의 억울한 생떼에도 제 속만 쥐어뜯어야 하는 며느리 신세이다.

또 있다. 남의 나라에서 회사 차려 놓고 일을 시켰으면, 아무리 힘들어 튀어야 할 처지가 되었더라도 임금은 지급했어야지. 더구나 그 중국 동포들에게 줘야 할 급여가 많기나 하던가. 그저 한 달에 1천에서 2천 위안 남짓, 술 한잔 덜 먹으면 될 것을. 아니면 화끈하게 다 털어놓고 이해라도 시킨 뒤 막연하기는 하지만 약속이라도 굳게 하든지. 그걸 입 싹 닦고 흔적도 없이 튀려 했으니 눈알 뒤집어지는 건 당연하지. 그런데 더욱 문제는 사람만 잡아 놓으면 돈이 나온다는 사실이다. 결국 끝내 한 푼도 나오지 못할 처지의 사람은 그런 일도 저지르지 않는다는 이야기이다. 오히려 이런 경우, 최소한 상대편도 어쩔 수 없으니 고개를 끄덕이고, 어떤 경우는 귀국편 비행기 삯이라도 거두어 준다는데……. 그들도 눈물과 인정을 가진 사람들이다. 제발 어글리 코리안들이여, 나라 망신 좀 시키지 말자.

이런 이야기도 있었다. 어떤 주머니 두둑한 우리의 사장님이 이국 땅 어디에서 기분 좋게 술에 취하셨던 모양이다. 실컷 마시고 즐긴 다음에 비싼 미국 달러 꺼내 팍팍 계산까지 한 건 좋았는데, 술집을 나오다 보니 입구에 버티고 선 젊은 종업원이 90도로 허리 팍 꺾어 알아듣지는 못해도 '안녕히 갑쇼!' 외치니 또 기분 찢어졌다. 어디서 그런 조폭식 인사 받아 봤겠는가. 호기롭게 무려 1백 달러짜리 한 장 꺼냈는데, 그만 한국에서의 버릇 못 버려 퉤퉤, 거하게 침 뱉은 다음 그 친구 이마에 떡 하니 붙여 줬다. 그런데 술집 문 앞을 나와 채 1백 미터도 가기 전에 쫓아온 누군가에게 그야말로 초주검이 될 만치 얻어맞았다는데…….

사실 한국에서도 그건 지나치고 부끄러워해야 할 버르장머리다. 아무리 돈이 좋고 혹은 전부라고까지 여겨지는 세상이지만 어디 그 더러운 돈에 침이라는 양념까지 발라, 그것도 인간의 가장 소중한 자존심이라 할 이마에다 붙이는가 말이다.

뭐라도 하나 알아 두는 게 더 남는 장사이다. 혹시 중국에서 급히 한국으로부터 송금을 받아야 할 일이 생기면 이거 하나는 반드시 알아 둬야 할 것이다. 그런 경우 쉽게 접근할 수 있는 게 한국어로 발행되는 여러 잡지에 나온 광고문이다. '당일 송금', '수수료 없음' 따위의 문구가 그것인데, 즉 한국에 있는 어느 구좌에 원화로 입금을 하면 그 즉시 입금 사실을 확인하고 중국에서 위안으로 지불한다는 내용이다. 굉장히 편리할 것 같지만 이게 사실은 화의 근원이다. 대부분 한국의 사채 업자나 환차익을 노리는 지하 자금 세력들과 연결되어 있는 듯한데, 그 친구들 하는 짓이 여간 위태한 게 아닌 모양이다. 수틀리면 '못 줘, 마음대로 해'는 기본이고, 무엇보다 그런 통로로 많은 돈을 송금 받는 일은 중국 강도에게, 나 오늘 현금 얼마 가지고 있다고 광고하는 거나 마찬가지라는 것이다. 그래서인지 심심찮게 중국 거주 우리 교민들의 강도 피해 소식을 전해 듣게 되는데, 얼마 전부터 우리 외환은행에서 '번개 송금'이라는 제도를 만들어 불의의 곤란을 겪는 한국인에게 편의를 제공하고 있다. 즉 은행 구좌 없이도 여권 번호와 영문 이름만으로 송금을 하고, 그 다음날이면 현지 지점에서 여권 확인만으로 돈을 찾을 수 있는 제도이다. 그리고 혹시 속칭 '환치기'라 일컬어지는, 앞에 말한 수법으로 외화 밀반출을 꾀하는 이가 있다면, 미리 경고하는데 대한민국의 경찰이 그 정도는 부처님 손바닥처럼 훤히 들여다보고 있다는 사실을 명심하시길.

아무튼 세상을 다니며 꽤 아슬아슬한 모험에 짓궂은 장난도 자주 즐기면서 느낀 가장 소중한 교훈은, 내게 악의나 음험한 욕심이 없다면 아무리 말이 통하지 않고 상대가 험한 사람이라 할지라도 눈빛으로 서로의 감정이 전달된다는 것이었다. 즐거운 마음, 상대를 존중하는 진심이야말로 살아가는 데 가장 소중한 재산이 될 것이다.

한류(韓流), 그 열풍의 뒤안

김희선과 안재욱으로 대표되는 한류 열풍이 지금 중국 대륙을 적잖이 흔들고 있다. 그나마 HOT까지는 나도 알겠다. 그런데 도대체 언제 그런 가수들이 나타났는지, 더구나 이름까지 거의 영어니 한국인인 나도 헷갈리는데 중국인들이 어떻게 그처럼 잘도 아는지. 괜히 어깨가 으쓱거려지는 기분 좋은 일이다. 또한 그런 한류 열풍은 비단 연예 부문에만 국한된 것이 아니라 학용품에서 핸드폰, 가전제품은 물론 벤처 열풍과 함께 마침내는 한국어 붐에 이르기까지 사회 전반에 번진 현상이다.

이런 이야기도 들었다. 어느 스낵 회사에서 판촉을 나갔는데 지나치는 젊은이들이 도무지 관심을 보이지 않더라는 것이다. 그래서 이 제품이 한국 가수 누가 광고 모델로 나오는 것인데 하자, 당장 와 하고 달려들더라는 것이다. 열풍이 아니라 가히 광풍이다. 그런데 그저 막연하게 한류니 열풍이니만 외칠 건 아닌 듯싶다.

그럼 먼저 도대체 한류 열풍의 진정한 뿌리는 무엇일까? 그냥 김희선이 미인이고 안재욱이 매력적이어서? HOT의 격정적인 무대에 넋이 빠져서? 물론 그럴 수도 있을 것이다.

그런데 곰곰 생각해 보면 가장 먼저 한류 열풍의 불을 붙인 건 아무래도 드라마가 아니었나 싶다. 그 점에서는 누구보다도 M프로덕션의 해외영상사업부장 P모 씨의 활약이 가장 큰 공훈인데, '대발이 아버지'로 아직도 중국인의 기억에 생생한 〈사랑이 뭐길래〉를 비롯하여, 한때 중국의 탁구 영웅이었던 자오즈민이 연기한 〈며느리 삼국지〉 등 많은 드라마들로 그들의 눈을 뜨게 한 건 부인할 수 없는 사실이다.

금년 들어 중국에서 방영된 한국 드라마 중 〈첫사랑〉이라는 프로그램에 대한 그들의 생각부터 한번 들어 보자. 한마디로 어떻게 그런 지고지순한 사랑이 있을 수 있으며, 따뜻한 가족애가 그리도 아름다울 수 있냐는 거였다. 즉 오랜 공산혁명 기간을 거치며 마음속에서 잃어버렸던 전통의 가족관, 갑작스러운 개방에 따라 한꺼번에 밀려 들어온 낯선 서구 문명. 어느 것 하나 제대로 소화할 시간 없이 뒤엉킨 그 혼란이 인간의 따스함에 대한 그리움으로 남아 있었던 것이다.

아무튼 우리는 감히 그들에게 내세울 만한 제법 많은 자산을 가지고 있다. 덩치는 작아도 우리가 얼마나 총명하고 재주 많고 깨끗하며 부지런한 민족인가. 더구나 5천 년 동안 수많은 전쟁을 치러 오면서도 단일 민족이라 당당히 외칠 만큼 순수함을 지켜 왔으니 질긴 걸로 따져도 쇠심줄 아닌가 말이다. 그러니 아무리 그들의 덩치가 크다 해도 따라올 수 없는 건 역시 없는 거다. 그런 우리가 그들에게 내세울 만한 것들 중에서도 가장 큰 자산은 가족 산의 정이 아닌가 생각된다. 인간이 제아무리 잘났어도 결국 마지막에 찾는 건 가족이 아니던가. 최근 할리우드 영화의 흐름도 '가족'을 테마로 한 영화가 붐을 이루고 있다. 이혼 다툼을 다룬 영화도 결국은 양육권이 주제이며, 피튀기는 액션에서도 알고 보면 가족이 우선이다.

그럼 지금 중국에는 그 할리우드 영화가 들어가지 않는 건가? 그건 아니다. 당장 인기 영화였다는 〈패트리어트 게임〉의 경우에 개봉도 하기 전에 DVD 복제판이 길거리에 깔려 있을 정도였다. 그런데도 중국인들은 우리의 드라마를 통한 가족애에 마음을 빼앗겼다. 그들의 심성에 흐르고 있는 가족에 대한 사랑과 이웃 간의 정이란 것도 같은 유교 문화권의 우리네와 별반 다르지 않다는 걸 말해 주고 있는 것이다.

그리고 최근에 나온 〈화장을 고치고〉라는 나도 모르는 노래를 벌써 그들은 알고 있었다. 뭐가 그렇게 좋은데? 하고 물으니, 우선 선율이 가슴에 와 닿고 노랫말의 뜻은 몰라도 뮤직 비디오의 그 사연이 너무 눈물겹더라는 것이다. 과연 영상의 힘이 그대로 실감되는 사례이다. 그렇다고 그런 발라드 풍의 노래 일색으로 뭘 해보자는 건 아니다. 그건 어차피 열광이 아니라 잔잔한 호수의 물결처럼 오래도록 멀리 번져 나갈 정서와 서정이니 말이다. 결국 내가 말하고

자 하는 것은 너무 열광에만 매달리고, 그게 전부인 양 하지 말자는 것이다. 오히려 남의 것이 분명한데도 전혀 거북하지 않은 느낌으로 천천히 스며들어 마침내는 저절로 제 것인 양 여기도록, 이제는 긴 안목을 갖고 도모하자는 것이다.

하나만 더 말해 보자. 지난 4월 홍콩 펑황(鳳凰) TV에서 MBC의 〈이브의 모든 것〉이란 드라마를 방영했는데(물론 그 방송 채널은 중국 전역에서 대부분 시청 가능하다), 현 2001년 11월에 이르기까지 중국의 여러 채널들이 돌아가며 방영을 계속하고 있고 인기 또한 여전하다. 과연 그 비결은 무엇일까? 그건 아마 선악의 기묘한 대비, 젊은이들의 구미에 맞는 성취감와 화려함 등일 것이다.

어떤 이가 내게 이런 조언을 해주었다.

「이젠 수명이 다해 가는 것 같습니다. 변화가 절실히 필요한 때입니다. 사랑과 가족, 정이라는 주제는 영원할 수밖에 없겠지만 어쩌면 좀 더 화려하고 빠른, 다른 형식의, 주제는 감추고 에둘러 표현할 수 있는 그런 기교가 있어야 할 겁니다. 즉 한국이 아니면 생각할 수 없는 색다른 어떤 것 말이죠. 이를테면 상상을 뛰어넘는 기발함, 인간 본질의 문제에 관한 흥미로운 접근…….」

그분이야 내게 어떤 기대를 한 모양인데 난 재주가 없다. 다만, 폭력물은 이미 홍콩 영화로 인해 식상해진 그들이고, 남북 문제나 시대 문제도 더 이상 그들의 관심 대상이 아니기 때문에, 이제 길은 그 방면의 전문가들이 찾아야 할 과제라는 말을 전하고 싶다.

시각을 바꾸어야 할 때다. 이제는 좁은 우물 안에서 벗어나 오히려

그들의 역사를 우리가 해석해 고개를 끄덕이게 하고, 도저히 그 부분
만은 우리를 따라올 수 없다고 혀를 내두르도록 기상천외한 발상으
로 앞서 나가 보자. 그것이 오늘의 '한류 열풍'을 영원히 지속하게 만
드는 길일 것이다.

충칭에서 만난 조선족

중국의 행정 구역은 크게 4개 직할시, 28개 성(省) 및 성급 자치구, 홍콩·마카오 2개 특별구로 나뉘지는데 우리가 알고 있는 조선족 자치주와 같은 주(州)는 성 아래에 있는 행정 단위이다. 지금 이야기하려는 충칭(重慶)은 그중 베이징·상하이·톈진과 함께 중국 4대 직할시를 이루는 쓰촨 성 동쪽 양쯔 강변에 있는 도시이다.

충칭 시의 인구는 공식 집계 3090만 명, 단일 도시로는 세계 최대의 인구 밀집 지역이다. 또한 중국에서 몇 손가락 안에 꼽히는 공업 도시이기도 한 충칭은 양쯔 강의 안개와 수많은 공장들의 매연으로 그곳에 갈 때마다 혹시 회항(回航)하는 건 아닐까 걱정이 되는 도시이다. 또한 난징, 우한 등과 함께 중국 3대 열탕(熱湯)에 드는 폭염의 도시이기도 하지만 그래도 중국 어느 도시보다 매력적인 정취가 느껴진다. 특히 그중 안개 자욱한 양쯔 강을 가운데 두고 양쪽으로 깊은 협곡을 이룬 충칭의 야경은 가히 일품 중의 일품이다. 설핏 먼 바다에서 바라보았던, 산등성이까지 빼곡히 전등 불빛 반짝거리는 부산이 떠오르기도 하는데, 그야말로 집 떠난 나그네의 가슴을 애수에 젖게 하는 정취이다. 그러나 다른 한편, 지난 시절 우리 임시 정부의 피난처가 되기도 했던 그곳은 지금도 시내 한복판에 그 유지가 남아 있어 찾는 이의 가슴을 숙연하게 만드는 역사의 도시이기도 하다.

그런 충칭은 이제는 아시아나 항공의 직항편이 개통되어 적지 않은 한국인의 발길이 이어지는데, 이곳에서는 아직 우리 중국 동포를 만나기가 그리 수월하지 않다. 내가 듣기로는 작년까지만 해도 그곳 충칭에 거주하는 중국 동포는 불과 스물일곱 명. 그중 내가 만났던 사람은 본래 지린 성 출신이나 미술 공부를 하기 위해 그곳의 대학에 왔다가 이제는 완전히 충칭 사람이 되었다는 젊은 친구였다.

서글서글한 인상에 인물도 번듯했고 무엇보다 온몸에서 배어 나는 성실함이 믿음직스러운 그의 말에 따르면, 처음에는 자신도 충칭에 거주하는 조선족이 얼마나 되는지 알지 못했다고 한다. 그런데 한국과의 교류가 늘어나면서 이곳을 방문하는 한국인에 비해 통역 자원이 절대적으로 부족해지자 시 당국에서 당시 대학원에 재학 중이던 그를 찾아와 조선족의 조직을 요청했다는 것이다. 그리고 이제는 그들 중 절반가량은 여행 가이드와 전문 통역인으로, 나머지 사람들은 각각 한국계 회사 등에서 제 역할을 해나가고 있다는데, 대략 월수입은 3천~4천 위안 이상으로 그곳 충칭에서는 그런대로 중산층의 삶을 꾸리고 있는 눈치였다.

어찌 보면 가장 이상적인 동포와 모국의 만남처럼도 보여졌다. 힘이 되어 줄 수 있는 모국이자 그들 동포의 도움이 필요한 모국. 직접 주고받는 물질은 없어도 오히려 그로 인해 더욱 서로가 당당할 수 있고 가까워질 수 있는 관계. 물론 그것에는 넘쳐 나지 않는 적절한 수요와 공급의 균형이 필요하다. 자원이 한 곳에만 몰려 있지 않고 그 가치와 필요성이 줄어들지 않는 그런 균형 말이다. 어쩌면 지금 우리와 중국 동포 간에 일고 있는 보이지 않는 갈등에는 특정한 지역에만 넘쳐 나는 공급의 과잉도 한 원인일 수 있을 것이다. 넓은 중국 땅 여기저기를 다니다 보면 정말 단 한 사람의 동포가 절실히 필요한 지역이 너무도 많다.

아무리 자장면에 길들여진 입맛이라 해도 김치 없이는 한 끼 밥도 뭔가 허전한 게 우리네인데. 또 말은 어떻던가. 저 멀리 신장웨이우얼 자치구는 차치하고라도 광둥 성에만 가더라도 베이징 사람조차 그 토속어를 알아듣지 못하는데. 아마 윈난 성의 거대한 보석 시장이나, 서부 지역 여러 곳의 수많은 천연 자원을 두고서도 우리가 선뜻 구체적인 사업을 떠올리지 못하는 데는 아마 그런 난점도 한 원인이지 싶었다. 사람이 사람을 만나는 게 사업이고, 그렇게 하는 데는 그저 단순한 언어가 아니라 그들의 풍습 및 문화적 배경을 이해하는 것이 무엇보다 중요하지 않겠는가. 그리고 그 문화적 배경이야 당연히 그 땅에서 오래 산 사람들이 훨씬 수월하게 접근할 수 있을 테고.

마치 내가 동북 3성에 모여 있는 그들 동포 모두에게 여기저기로 흩어져 살라고 권하는 것 같아 염치가 없기는 하다. 불과 대여섯 시간 남짓이면 닿지 않을 곳 없는 좁은 땅에서도 외로움과 그리움을 느끼게 마련인데, 그 넓은 땅 광활한 대륙에서 어떻게 고독을 견디라고 말이다. 그러나 인생사 모든 일이야 마음먹기 나름이니, 정들면 또 그곳이 고향이라 했던가. 이제 막 인생의 길 시작하며 한바탕 청춘의 꿈 펼쳐 볼 젊은이라면 한 번쯤 여장을 꾸려 도전의 길로 나서는 것도 그리 나쁘지는 않을 듯싶다.

다만 내가 꼭 한마디 덧붙이고 싶은 것은, 어떤 일이라도 한꺼번에 이루어질 수는 없다는 자명한 사실과 부디 중국 땅에서 배워 익혔을 3대를 이어 이뤄 내는 끈기를 잊지 말라는 것이다. 예를 들어 말하자면 당장의 호구지책이나 돈벌이로는 식당만 한 것도 없기는 하지만 기왕지사 나선 걸음, 한족 그들이 꿈꾸는 미래의 세상에 우리 동포들도 한번 뛰어들어 봄은 어떨까. 더구나 뜻 맞는 모국의 누군가와 손을 잡고 당장은 성에 차지 않는 실습과 배움의 길이라 할지라도, 그저 바삐 허둥거리며 눈앞의 오늘을 쫓기보다는 힘겨워도 내일을 기다리며 묵묵히 걷노라면 10년, 혹은 20년쯤 후에는 중국 땅에서 그야말로 번듯한 중국인으로 제대로 뿌리 내린 그대의 모습이 될수도 있을 텐데. 그래, 그나마 가진 기술, 배운 재주 없어 굳이 식당을 해야겠거든, 기왕이면 최소한 그 성(省)에서나마 최고의 조선 요릿집이 되도록 열과 성을 다하는 건 또 어떨까. 식당을 들러 주는 한 사람 한 사람이 내 집의 맛을 뭐라고 칭찬하고 욕하는지 부지런히 쫓아다니며 귀에 담아, 꾸준히 연구하고 노력하노라면 언젠가는 반드시 그날이 올 터이니.

충칭에서 만났던 그 친구는 오늘 자신의 삶에 작게나마 만족을 느끼지만 또 한편으로는 젊은 시절 꿈꾸었던 화가에 대한 미련을 접지 못해 아직도 가끔은 남모르는 한숨을 내쉬는 때도 있는 모양이었다. 어쩌면 당신도 사노라면 그렇게 남모르는 아쉬움의 한숨을 혼자서 삭여야 될 때가 찾아올지 모른다. 그러나 그게 바로 인생이 아닐 텐가.

4장

요동치는 붉은 용, 그 힘의 원천과 미래

톈안먼 광장, 그 신비한 마력

　톈안먼 광장. 베이징에 가면 평균 하루 한 번은 스쳐 지나가게 되는 곳이다. 참 멋없다고 생각했다. 그저 크기만 하고 썰렁한 자금성(고궁 박물관)을 뒤로 두고 중앙에 큼지막한 마오쩌둥의 사진이 걸려 있는 톈안먼. 그리고 남쪽으로 무려 폭이 1백 미터가 넘는 도로인 창안 대로를 건너 끝이 보이지 않는다는 허풍이 그럴듯한 넓은 광장, 그게 바로 톈안먼 광장이다. 광장 서쪽으로는 우리 국회에 해당되는 인민대회당(人民大會堂)이, 동쪽으로는 중국역사박물관이 각각 자리 잡고 있고, 광장 중앙에 솟은 높이 38미터의 위용을 자랑하는 인민영웅기념탑 멀리로는 마오주석기념당이 보인다. 정확한 크기는 모르겠고 우리 옛 여의도광장보다 조금 크지 않나 싶다. 그런데 그 멋없이 크기만 한 톈안먼 광장이 오늘날 중국인의 살아 있는 심장일 줄이야. 비가 오나 눈이 오나, 춥거나 덥거나 상관없이 광장은 언제나 사람들로 붐빈다. 도대체 무슨 신비한 마력이 있기에 그토록 사람을 유혹하는 것인가.

한번은 이런 일이 있었다. 나를 만나기 위해 지방에서 베이징으로 오는 친구의 열차 도착 시간이 새벽 네시였다. 마중을 나가야 도리이지만 베이징 역의 출구가 너무나 많은지라, 내가 묵고 있는 호텔에서 만나기로 약속을 했다. 그때는 영하의 매서운 바람이 몰아치던 1월. 그런데 도무지 이 친구에게서 연락이 없었다. 그렇다고 그 몇 시간을 어디 여관에라도 들러 쉴 사람은 아니고. 그런데 아홉시가 되어서야 전화벨이 울리더니 지금 로비에 도착했다는 것이었다. 내려가 보니 빨갛게 언 얼굴에 뿌듯한 만족감이 가득했다. 도대체 기차가 늦은 것인지 아니면 어디 들렀다 오는 것인지 물었더니, 마침 새벽에 도착한 길이라 그토록 바랐던 톈안먼 광장 국기 게양식을 보고 왔단다. 속으로는 '영하 10도의 날씨에 이 친구가 미쳤나?' 하는데 그 친구의 얼굴은 진지하기만 했다. 바로 그게 중국인의 톈안먼 광장이다.

중국의 일기 예보 시간에는 일출 시간과 함께 톈안먼 국기 게양식 시간도 예보를 한다. 그리고 그 시간이면 여지없이 성대한 게양식이 거행된다. 나도 작심하고 한번 봤는데 덩달아 가슴이 뭉클할 정도로 장엄했다. 내가 본 날의 국기 게양식 시간은 여섯시 30분이었다. 이미 그 전날 하기식 때 두 시간 전부터 진을 치는 그들의 극성을 보았던 터라 일찍 서둘러 다섯시경에 도착했지만 겨우 천 번째쯤의 순위에 들었을 뿐이다. 그 많은 사람들이 통제선 제일 앞자리에 앉겠다는 일념으로 새벽을 흔들고 있었지만 광장 중앙으로의 진입은 여섯

텐안먼 광장의 국기 게양식

시부터 가능했다. 그래도 모두가 불평 한마디 없이 옷깃을 세우거나 제자리 뜀박질로 추위를 달래며 시간을 기다렸다. 드디어 여섯시. 경비하는 무장 경찰의 신호와 함께 광장 사방에서 달음박질을 치는데 그야말로 선착순이었다. 군대 제대한 지가 언제인데……. 그러나 방법이 없지 않은가. 사진이라도 한 장 제대로 찍으려면 나도 어쩔 수 없이 때 아닌 선착순으로 자리를 잡을 수밖에.

광복절에 현역 장관의 집에도 국기를 달지 않았다는 방송을 보면서도 그저 혀 한번 차면 그만인 게 우리이다. 그런데 그들은 누가 시키지 않아도 그 이른 새벽의 게양식을 참관하며, 거기다 많은 이들의 손에는 작은 오성홍기 깃발까지 들려 있으니, 어쩐지 웃음보다는 섬뜩한 두려움이 추위와 함께 전신에 소름을 돋게 했다. 여섯시 27분. 넓은 창안 대로에 모든 차량이 멈춰 서고, 도로 건너편 톈안먼에서부터 의장대 행렬이 출발했다. 그리고 정각 여섯시 30분, 광장에 울려 퍼지는 국가(國歌)와 함께 커다란 오성홍기가 깃봉을 타고 오르기 시작했다. 바닥에 닿지 않은 국기 끝 자락이 완전히 펼쳐지려는 순간, 여태껏 그것을 움켜쥐고 있던 의장대원이 온몸의 반동으로 허공을 향해 활짝 펼쳐 던졌다. 와! 나도 모르게 탄성이 절로 나왔으니, 그 현장의 소리는 짐작할 수 있을 것이다. 여기저기서 터뜨리는 카메라 플래시 불빛과 함께 그들의 함성이 새벽 광장을 뒤흔들었다. 무심코 둘러보니 대여섯 살의 아이들까지 어느새 1만 명이 넘는 인파가 북적거리고 있는 게 아닌가.

바로 그 게양식을 보기 위해 엄동설한에도 발을 동동 굴러 가며 기다리는 사람들이 언제나 가득하다는 톈안먼 광장. 새벽잠을 설치지 않아도 되는 하기식 시간에는 말할 것도 없이 더 많은 인파가 몰려든다. 더해서 3군 군악대가 직접 연주까지 하는 매달 1일, 11일, 21일에는 그야말로 인산인해이다. 그뿐이 아니다. 중국의 대표적 연휴인 춘절이나 국경절, 그리고 공휴일이면 베이징뿐만 아니라 전국 각지에서 몰려드는 인파로 톈안먼과 그 광장은 도무지 외로울 틈 없는 행복을 누린다. 그러나 그때까지만 해도 내게는 여전히 이해할 수 없는 행렬이었다.

잠시 톈안먼 광장의 역사적 도정을 한번 올라가 보자. 당장은 우리 기억에도 생생한 두 차례에 걸친 톈안먼 사건이 있다. 먼저 1976년 4월 4일 청명절, 그해 1월 사망한 저우언라이(周恩來)를 추모하기 위한 수많은 민중의 헌화 물결이 톈안먼 광장 인민영웅기념비 앞으로 몰려들었다. 당시는 저우언라이의 주자파(走資派: 자본주의 길로 나아간 실권파)를 비판하고 마오쩌둥 사상의 절대화를 꾀하던 시절. 당연히 추모는 반역으로 간주되었고 철저한 탄압이 뒤를 이었다. 끝내는 덩샤오핑의 실각으로까지 이어졌던 이 사건이 1차 톈안먼 사건이다. 그리고 1989년 6월 4일의 2차 톈안먼 사건은 앞서 그해 4월 15일 사망한 후야오방(湖耀邦)의 명예 회복과 민주화를 요구하며 베이징 대학 및 베이징 사범대 학생을 중심으로 한 1백만 명 이상의 시민이 연좌시위를 벌이던 톈안먼 광장에 탱크를 앞세운 인민해방군 27군이 들이닥쳐 무차별 발포로 수천 명의 사상자를 낸 중국 현대사의 비극적 사건이다. 물론 톈안먼 광장이 그런 역사만을 간직한 것은 아니다. 일찍이는 1919년의 역사적인 5·4운동을 비롯하여, 1949년의 중화인민공화국 정권 수립 선포식 등 각종 중요한 국가적 대행사의 중심이 되었던 중국의 심장이다. 그야말로 영욕의 현장인 톈안먼이다.

지난 국경절, 톈안먼 광장 앞을 함께 지나던 딸아이가 '너무 멋져. 이런 나라라면 저절로 애국심이 솟을 것 같아'라고 외치는 것이었다. 아! 순간 난 비로소 그동안 풀지 못했던 톈안먼의 비밀을 알 수 있었다. 애국심, 바로 그것이 비밀의 열쇠였던 것이다. 21세기, 이제는 국경조차 무의미하다는 세계화의 시대에 무슨 뜬금없는 애국심 타령이냐고 비웃을지 모른다. 그러나 아무리 세상이 뒤집어져도 인간의 뿌리가 사라질 수는 없지 않은가.

지난 7월 13일 밤 열시, 톈안먼 광장을 중심으로 왕푸징을 비롯한 베이징 시내 일원에는 팽팽한 긴장이 깔려 있었다. 축제의 문을 열 폭죽도 진작에 발사 준비를 끝냈고, 화려한 잔치 마당이 될 무대도 마련되어 있었다. 그러나 모두의 얼굴에서 긴장의 빛이 감돌았다. 멀리서 TV로 지켜보는 내가 초조할 정도였다. 바로 베이징과 중국 당국이 그토록 심혈을 기울여 온 2008년 올림픽 개최지가 결정되는 순간이었기 때문이다. 마침내 '차이나 베이징!'이 울려 퍼졌다. 나는 안도의 한숨을 내쉬었고 중국은 열광의 도가니로 빠져 들었다.

내가 안도의 한숨을 내쉬었던 건 그토록 애쓰던 그들의 노력이 물거품이 되어 혹시 폭동으로 이어지지 않을까 하는 우려에서였다. 하지만 그것은 그들을 제대로 알지 못한 기우였을 뿐이다. '물론 기대를 했었죠. 그렇지만 혹시 이루어지지 않을지 모른다는 우려도 있었으니 오히려 다음을 기약하자고 서로를 위로하며 국가를 불렀을 겁니다. 아마 그걸 위해 톈안먼으로 모였던 것인지도 모르죠.' 중국의 영욕을 함께 간직한 13억 인민의 심장 톈안먼 광장. 나는 언젠가 들었던 이 말을 뒤늦게야 그곳에서 비로소 수긍할 수 있었다.

어떤가, 기쁨과 좌절의 두려움을 앞에 두고서도 기꺼이 그 자리에서 모두 감당하겠다는 당당한 의지. 어느 식자의 눈에는 그것이 교묘한 치자(治者)의 기만과 그에 속은 우민(愚民)의 어리석음으로 보일 수도 있겠지만, 나는 그런 살아 있는 광장을 만들고 장엄한 국기 게양식으로 지켜 갈 수 있는 지도자를 가진 그들이 부러웠다. 조금은 우민화되어 속고 살아도 별로 억울하지 않은 괜찮은 일이 되지 않겠는가. 모두의 힘을 결집할 수 있는, 그래서 주체할 곳 없는 격정을 쏟아 부을 수 있다면. 더구나 그게 조국이라면 얼마나 신나는 일인가 말이다. 톈안먼의 지도자는 바로 그렇게 13억 중국 인민을 격정의 도가니로 끌어갈 줄 아는 현명한 이들이다.

쏟아지는 눈발 속에서도 새벽 여명을 뚫고 서서히 깃봉을 향해 올라가는 오성홍기를 지켜보며 뜨거운 눈물을 쏟아 낼 수 있는 인민. 그 인민의 가슴에서 타오르는 것은 애국심이요, 무엇도 두렵지 않은 든든함일 것이다. 그들은 그 감동을 가슴에 담기 위해 톈안먼으로 모여드는 것인지도 모른다. 그리고 중국은 그런 응집된 힘으로 세계를 위협하는지도 모른다. 그래서 지도자는 그런 힘의 응집을 위해 톈안먼 광장을 더욱 소중히 아끼는지도.

인문학의 요람, 베이징 대학

세상은 바뀌어 가고 있다. 당장 기초 과학보다는 응용 과학이 우선이요, 철학과 미학보다는 벤처가 우선이다. 모든 것은 돈으로 통하며 치부(致富)만이 오직 인생의 전부인 듯 모두의 눈에 광기가 번득인다. 이 망설일 것 없는 확실한 황금만능의 시대에 돈키호테마저 지하에서 혀를 찰 이단아들이 모여 있다니.

2001년 중국 대학 평가 공동 1위 베이징 대학·칭화 대학, 3위 푸단(復旦) 대학, 4위 난징 대학, 5위 저장(浙江) 대학, 6위 중국과학기술대학, 7위 상하이 교통(交通) 대학, 공동 8위 톈진 대학·베이징 항공항천(航空航天) 대학·난카이(南開) 대학. 이상이 오늘 중국의 우수 10대 대학이다. 서울의 어느 대학은 세계 몇 위에도 못 들어가지만 베이징 대학은 세계 몇 위에 평가된다는 따위의 유치한 이야기는 접어두기로 하자. 어차피 평가란 평가하는 이의 마음. 부질없는 그 순위나 이름보다 더욱 중요한 것은 무엇을 익혀 어떤 생각을 하느냐의 문제. 그런데도 내가 굳이 이렇게 베이징 대학을 들먹이는 것은 그들의 지칠 줄 모르는 인문학에의 열정 때문이기도 하지만, 그렇게 시대에 뒤진 그들을 기어이 공동으로나마 1위에 올려놓은 평가 단체의 위신 때문이다. 하긴, 자세한 평가 항목을 보아도 학술 명예·학생 상황에서는 칭화 대학과 동등, 학술 지위와 학술 성과에서는 우위, 교사 자질과 물질 지원에서는 다소 열등이니 역시 우수한 학생들의 우수한 학교임은 부인할 수 없는 사실이다. 다만 베이징 대학에서마저 그놈의 돈이 문제인 모양이다. 좋은 선생님들까지 빼앗기는 것을 보면.

1998년 개교 1백 주년 기념식을 치른, 전통과 역사에 빛나는 중국 최고의 베이징 대학. 2000년 기준 86개 학부 과정, 177개 석사 과정, 155개 박사 과정에 학생 총수 3만 6,982명, 교직원 1만 7,203명의 초 매머드급이다.

한편 앞에서 알아본 중국 대학 평가 순위에서 공동 1위로 선정된 칭화 대학(일부에서는 세계 5위 대학으로도 평가한다)은 중점 육성 학과로 전통의 이공계와 함께 경제·경영 관련 학과를 들 수 있는 반면, 베이징 대학은 전통의 명문 학과로 철학·법학·사학·중문학 등 인문 계열이 단연 우세이다. 물론 지금 베이징 대학도 인문학 위주의 이미지를 탈피하기 위해 많은 노력을 기울이고 있으며, 칭화 대학의 경우도 인문학 육성을 위해 많은 투자를 아끼지 않는 등 세계 속 명문 대학으로 양교의 경쟁이 치열하다. 그렇다고 지금의 베이징 대학을 단순히 인문학 위주의 대학으로만 생각하면 그것 또한 커다란 오산이다. 당장 베이징 대학의 현 교장〔總長〕을 보더라도 이공계의 식물생리학과 생물공정학(生物工程學)을 전공한 쉬즈훙(許智宏)이다. 그 밖에도 노벨상 수상 후보로 서론되는 수많은 과학 계열 학자들이 오늘도 연구를 게을리하지 않고 있다.

그런데 한 가지 지적해 두고 싶은 것은, 우리의 속된 기준과 연(緣)의 사고를 가진 일부 사람들은 당장 주룽지 총리를 비롯한 중국 지도층의 중심 세력에 칭화 대학 출신자가 많다는 이유로 그들의 길만이 중국의 미래인 듯 무조건적인 추종 양상을 보이는데 그것이야말로 착각 중의 착각이다. 분명 중국이 '관시(關係)'의 사회이기는 하다. 그러나 그들은 우리 식의 출신 고향이나 학교를 따지는 지연이나 학연을 관시의 기준으로 삼지 않는다. 일설에 의하면 베이징 대학이나 칭화 대학과 같은 소위 명문대에서는 상위 그룹을 형성하는 일부 학생 그룹이 나서서, 매년 입학하는 신입생의 학구적 자세와 가능성을 예의 주시하여 '가능성 있는' 후배들을 찾아내고, 그들에 대해서는 저학년 때부터 지원하고 끌어 주며 미래 관시의 발판을 다진다고 한다. 또한 그때의 기준은 오직 학구적 자세와 가능성일 뿐, 그의 출신이나 성분, 심지어는 국적에 이르기까지 제3의 변수는 모두 무시한다는 것이다. 물론 거기에서는 어떤 특정 전공도 선정의 기준이 되지 않는다. 철학을 비롯한 인문학은 물론이요, 경제·경영·컴퓨터·우주 공학 등 첨단 과학에 이르기까지 전 분야에 망라된 그야말로 그해 최고 두뇌 집단이 되는 셈이다. 그것이 바로 중국 관시의 실체이니 혹 야망이 있는 젊은이라면 반드시 명심해야 할 것이다.

베이징 대학에서 세계적인 철학자 탕이제(湯一介) 교수를 만난 적이 있었다. 당장은 몇 가지 현실적인 문제를 상의하기 위해 만났는데 70의 나이를 넘긴 노구에 건강도 그리 좋아 보이지 않는 편이어서 몹시 조심스러웠다. 베이징 대학 상징 중의 하나인 웨이밍 호(未明湖) 근처 학교 구내에 자리한 그의 아파트 창문으로는 바로 길 건너의 원명원 담장이 한눈에 들어왔다. 25평 남짓, 천장까지 빼곡히 들어찬 서가와 책들이 전부일 뿐 평생을 학문에만 전념한 그이답게 검소함과 정갈함이 그대로 배어 있었다. 또한 손수 찻물을 끓여 들고 오는 온유한 그분의 얼굴빛은 속세에 전 이방인의 가슴을 저절로 숙연하게 했다. 차를 권하고, 몇 가지 당장의 현실적인 사안들이 논의된 뒤 그분은 중국 역사에 집착하는 내게 깊은 관심을 보였다. 그리고 헤어질 무렵, 언제 일요일 오전에 한번 시간을 내달라는 것이었다. 청이야 진작에 먼저 드리고 싶었지만 그럴 만한 핑계가 없어 머뭇거리던 나였으니 당장에 약속을 잡았다.

그리고 일요일 오전, 차가운 겨울바람에 두꺼운 머플러로 목을 감춘 노교수가 황량한 대학 구내를 가로질러 당신의 연구소로 들어섰다. 혼자가 아니라, 중국사회과학원을 비롯한 몇 곳의 세계적 사학계 석학들도 함께 자리를 잡고 있었다. 중국과 동아시아 역사에 관심이 많다는 내게 뭔가 조언해 주고 싶었던 것이다. 가슴이 뭉클했다. 초면의 낯선 이방인, 그것도 새파랗게 젊은, 뒤늦게 독학에 가깝게 뛰어든 아웃사이더에게, 노교수는 그토록 짙은 애정을 표하는 것이었다. 아무튼 먼저 내가 보는 동아시아 역사에 관한 시각을 물었다. 주섬주섬, 두서없이 짧은 지식을 바탕으로 내 생각의 조각들을 더듬거리는데 모든 분들이 끝까지 들으며 고개를 끄덕이기도 하고 갸웃거리기도 했다. 내 이야기가 끝나자 탕이제 교수는 먼저 함께한 동년배의 다른 이들과 몇 가지 말씀을 나누었다. 그런 뒤 돌아가며 당신들의 70년 경륜을 조목조목 세세히 말해 주는 것이었다. 그날 그분들이 내게 들려주었던 고언(高言)을 모두 전할 수는 없지만 요약하면 이렇다. '인류 역사의 흐름에서 어떤 문명의 태동은 자연발생적이기만 한 것이 아니라 전해져 오는 외부 문명과의 충돌 속에서 새로운 또 다른 문명으로 승화되어 이어져 온 것이다. 오늘 동아시아에서 나타내 보이고 있는 혼란은 그런 새로운 문명을 일으키기 위한 갈등이다. 이 갈등과 혼란을 어떻게 승화시키느냐에 우리 모두가 머리를 맞대어야 할 것이다.' 그리고 헤어질 무렵에 '역사를 보고 읽는 시각에 정해진 답은 없다. 더구나 역사를 정리해 분석해 보려는 이는 반드시 자신의 뚜렷한 주관이 있어야 한다. 그 독자적인 주관과 시각을 잃거나 주변의 사정에 흔들리면 그것은 의미를 잃게 된다. 나는 당신이 어떤 시각으로 끌어가 어떻게 결론을 내릴지 기대하고 있겠다'라고 덧붙였다.

일요일 이른 아침에 시작해 네 시간 가까이 계속된 뜻밖의 고담준론. 너무나 고마워 따뜻한 한식 한 그릇으로나마 감사의 뜻을 표하고 싶었지만, 그분은 너무 힘에 겨워 어서 돌아가 쉬고 싶다며 걸음을 서둘렀다. 진정 스승이었다. 뜻을 품은 이에게 조금이라도 도움

베이징 대학의 상징, 웨이밍 호

을 주겠다며 당신과 인연이 있는 다른 석학까지 불러 모아, 낯선 이 방인에게 베풀던 그 추운 일요일 아침의 힘겨운 거동. 그것은 그때 까지 내가 직접 만나지도 들어 보지도 못했던, 고전 어디에선가 읽어 본 듯한 진정한 스승의 아름다운 향기였다. 베이징 대학의 힘은 바 로 그런 스승에서부터 비롯되는 것이 아닐까.

출판 입국, 그것이 힘이다

운 좋게도 일본과 대만에 이어 내 책 《아버지》가 중국 본토에서도 '바바(爸爸: 아버지)'라는 제목으로 출판되었다. 덕분에 나는 그들의 출판 사정을 한발 가까이 다가가 알아볼 수 있는 기회를 가지게 되었다.

중국대외번역출판공사(中國對外飜譯出版公司), 내 책을 출판한 회사이다. 역시 이름 그대로 외국 서적의 번역이나 외국과 관련된 책들을 주로 출판하는 회사였는데, 베이징 시내 베이하이(北海) 공원에서 그리 멀지 않은 도심 이면도로의 5층 건물 전체를 사옥으로 사용하고 있는 번듯한 규모였다. 게다가 상근 직원만도 120여 명에 이른다니, 우리의 영세한 규모만 보아 온 나로서는 은근히 기가 죽을 수밖에. 당장 일본의 경우를 들어보자. 지난해 중국 관련 자료를 구입하기 위해 도쿄에 갔다가 에도도쿄(江戶東京) 박물관에 들른 적이 있다. 그곳에는 커다란 도쿄 모형도를 만들어 놓고 관람자가 원하는 항목의 스위치를 누르면 그 전체 위치가 작은 전등으로 표시되는 시설이 있었는데, 거기에 도쿄 시내 출판사의 위치가 한꺼번에 표시되는 항목도 있는 게 아닌가. 황궁, 정부 중앙 부처 등과 함께 겨우 10여 개 항목에 불과한 그곳에 출판사가 버젓이 자리를 잡고 있으니, 실로 그들의 지식 산업에 대한 관심도가 여실히 드러나는 사례였다. 뿐만이 아니었다. 그 비싼 땅값의 도쿄 도심 곳곳에 출판사 건물이 우리의 은행이나 구청처럼 당당히 자리 잡고 있는 모습이라니. 그런데 그건 일본만이 아니라 중국도 마찬가지였다. 도심을 지나치는 버스 안에서 차창 밖을 내다보면 10여 층의 건물에 당당하게 붙어 있는 ○○출판공사라는 상호를 쉽사리 만날 수 있다. 물론 그 건물이 전부 출판사 소유일 리는 없겠지만 그만큼 그들의 생각에 크고 당당하게 자리 잡고 있다는 증거가 될 것이다.

아무튼 당당한 외국 저작권자의 입장에서 대외번역출판공사를 들른 나는 그들의 친절한 안내를 받으며 이곳저곳 둘러볼 기회를 가졌는데 우선 놀란 것은 그들의 자료실이었다. 대략 눈짐작으로 50평은 넘어 보였는데 모두 천장까지 닿는 서가들에 수만 권의 책이 가득 채워져 있었다. 언젠가 서울에서 세수(稅收)가 제법 적지 않은 어느 구청 산하 구립 도서관에 들렀다가 그곳 장서 사정을 물었더니 개관한 지 10년이 넘는데도 아직 3만 권에도 이르지 못한다며 담당자는 쥐꼬리 같은 예산을 탓하였다. 그런데 겨우 중급 규모의 이 출판사 자료실 규모가 개관 10년이 된 우리 구립 도서관이 보유한 장서에 이른다니 내가 어찌 부럽지 않을 수 있겠는가. 또한 보유 장서의 종류도 다양하고 풍부했다. 한눈에 봐도 외국 서적 출판에 별반 어려움이 없을 정도로 세계 각국 언어의 사전과 서적들이 즐비했다.

그뿐이 아니었다. 편집실을 비롯한 출판 관련 부서를 대충 둘러보고 응접실로 들어갔더니 그동안 그들이 출판한 서적들이 진열되어 있었다. 역시 주종은 영어 사전과 같은 외국어 관련 서적이나 번역서들이었는데 그중 특히 눈길을 끈 것은 바로 《비주전서(非洲全書)》라는 낯선 제목의 총 여덟 권으로 이루어진 백과사전이었다. 비주? 물어보니 '아프리카'의 그들식 단어였다. 결국 아프리카에 관한 여덟 권 분량의 백과사전이 출판된 것인데 그것도 완간된 것이 아니라 앞으로도 계속 이어져 나올 것이란다. 과연 13억 중국 인구이니 그만큼 지역학 전공자도 많겠구나 생각하며 얼마나 팔렸느냐는 세속적인 관심을 감추지 않았다. 그런데 대답은 뜻밖이었다. 겨우 2천 질을 발행해 1천여 질 팔리는 것에 그쳤다니. 그래서 제작비가 적지 않았을 것 같다는 걱정을 했더니 그 책은 처음부터 제작비는 무시한 채 출판했다는 것이었다. 즉 13억 중국 인민 중 누군가는 아프리카 지역에 관한 공부를 할 것이며 인연을 맺을 텐데, 그때 관련된 자료가 없어 곤란을 당하고 어려움을 겪는다면 그것은 정부나 출판사가 제 역할을 못한 것이 된다는 생각에서였단다. 물론 책이 출판되던 당시에는 거의 국영에 가까운 기업이었지만 그래도 수익성이 없으면 누군가는 당연히 책임을 져야 했다. 결과를 뻔히 예상하면서도 그들은 출판을 단행했던 것이다. 겨우 0.1퍼센트에도 이르지 못하는 소수의 사람을 위해 막대한 제작비를 아끼지 않고 제대로 된 관련 사전을 만들어 낼 줄 아는 출판 입국. 차라리 그 부분에서는 사회주의가 부러웠다. 정부의 책무 중 가장 우선은 국방과 치안이겠지만 그 다음으로 중요한 것은 바로 그런 국가의 비전을 위한 준비와 투자가 아닐 텐가. 그 밖에도 4자 성어 영어 사전 등 우리가 듣지 못한 무수한 책들을 살펴보며 나는 그날 처음 진심으로 그들을 존경했다.

최근에 다시 들렀더니 그사이 《중앙아시아문명사》라는 제목의 책이 또 한 권 출판되었는데 모두 여섯 권 예정으로 권당 60만 자에 이르는 또 다른 백과사전이었다. 이제는 완전히 독자 경영 체제로 전환되어 여차하면 도산을 각오해야 하는 그들이 아닌가. 도대체 무슨 돈으로 그렇게 팔리지도 않을 책을 출판하느냐 묻지 않을 수 없었다. 그랬더니, 중국 출판계는 매년 한 번씩 각 출판사에서 중요 서적 출판 계획을 세워 국가에 보고하면 그 내용을 심사해 학술적 자료나 문화적 가치가 있는 서적에 대해서는 국가에서 그 출판 자금을 전액 지원해 준다는 것이었다. 실제로 출판사가 부담해야 할 돈은 겨우 인쇄비 정도, 그러니 어찌 좋은 책 출판에 골몰하지 않겠는가 말이다.

이제 그들의 공식적인 출판 규모를 알아보자. 2000년 기준 중국 내 등록 출판사 수는 약 650여 개, 발행도서 14만 3,376종, 62억 7천 4백만 권. 출판사 숫자나 발행 권수는 면적과 인구에서 차이가 나니 접어 두고, 중국과 우리의 주요 발행 종수만 한번 비교해 보자. 14만 3,376대 3만 4,961. 그들이나 우리나 인구와는 상관없이 국가가 존립하고 인간의 삶이 유지되기 위해 필요한 것에는 별다른 차이가 있을 수 없지 않은가. 그런데 이렇게 출판 종수에서 차이가 난다면 그것은 결국 우리는 그들보다 훨씬 어려운 조건에서 세계 경쟁에 나서야 한다는 이야기이다. 자, 이제 어떻게 할 것인가. 이래도 당장 정부 단체의 호화 청사만 짓고 영세 출판사의 연쇄 부도는 외면할 것인가? 무엇이 삶의 질을 높이는 길인가? 아마 일회성의 무리한 사업으로 허비하는 허망한 돈의 절반만 아껴도 이 나라의 미래는 더욱 밝아질 수 있으리라.

기왕 이야기를 시작했으니 중국 출판계의 상황을 참고로 몇 가지 더 알아보자. 언젠가 중국 만리장성에 관한 자료가 필요해 인터넷을 뒤졌더니 마땅한 몇몇 서적의 목록이 있었다. 그리고 마침 베이징에 들어갈 길이 있어 책 목록을 들고 그야말로 다리품을 팔았는데 도무지 어디에서도 책을 구할 수가 없었다. 나중에 알고 보니 각 성마다 출판사가 산재한 중국의 경우, 특별히 관심을 끄는 책이 아니면 대부분 출판사가 소속된 그 성내에서만 유통되고 만다는 것이었다. 그러니 절실히 필요한 서적이 있을 때는 직접 해당 출판사나 그 성의 서점을 뒤져야 하는 것이다.

그 밖에도 중국에는 중국판권보호중심(中國版權保護中心)이라는 우리의 저작권보호협회와 같은 단체가 있어 저작권 침해 사범을 단속하고 있었으며, 중화판권대리총공사(中華版權代理總公司)라는 단체에서는 중국 내 저작권의 해외 계약 및 외국 저작물의 중국 내 출판에 관한 일반적인 계약을 대행하고 있었다. 그런데 여기서 유의해야 할 것은 동 단체와 같은 공식적인 기관과 계약을 체결하지 않을 경우 각종 저작권 침해에 일일이 대응하기가 매우 어렵다는 것이다. 즉 그 방대한 지역에 출판사 또한 여러 곳이니, 설령 상하이나 베이징의 어느 출판사와 개별적인 공식 계약을 체결했다 할지라도 그 후 멀리 산쑤 성이나 윈난 성과 같은 곳에서 불법 출판이 자행될 경우 그것을 발견해 내기란 거의 불가능에 가깝다는 것이다. 하긴 공식적인 집계로도 중국 내 해적판 도서 시장의 규모가 연 10억 위안가량이며, 그 종류도 베스트셀러는 물론 학습지에까지 이른다. 때문에 공식적으로 1백만 부가 팔렸다면 실제 판매 부수는 수백만 부 이상으로 봐야 한다는 실정이니, 어차피 완전한 저작권 보호는 불가능하다고 봐야 할 것이다. 하지만 그래도 공식적인 절차를 밟는 것이 확실하고 안전하다. 여담이지만, 덩샤오핑의 딸로 잘 알려진 덩룽(鄧鎔)은 여전히 개인이 직접 저작권을 행사하고 있다는 것이다.

마지막으로 중국 베스트셀러의 경향을 살펴보고 이야기를 끝내자. 연전에는 중국에서 《노라고 말할 수 있는 중국인》이라는 책이 출판되어 수백만 부가 판매되는 폭발적인 인기를 누린 바 있는데, 최근에는 우리에게도 잘 알려진 《해리포터의 마법사 시리즈》, 《부자 아빠, 가난한 아빠》 등이 EQ 개발 관련 서적들과 함께 한창 인기를 구가하고 있으며, 특히 '아이들을 간섭하지 말라(千萬別關孩子) ― 자주교육 하버드계시록(自主敎育哈佛啓示錄)'이라는 제목의 책은 금년 들어 벌써 5백만 부가 넘는 판매 기록을 세우고 있는 중이다. 중국도 일종의 신드롬이라 할 수 있는 편중된 독서 경향을 나타내는 것은 우리나 일본과 비슷한 양상인데, 그 베스트셀러 목록으로 지금 그들의 생각과 추구하는 바를 엿볼 수 있을 것 같아 잠깐 소개했다. 그리고 꼭 밝혀 두고 싶은 하나는 베이징TV 어느 채널에서는 일주일에 한 번 평일 오후 여덟시 전후의 프라임 시간대에 한 시간 동안 온전히 책과 저자를 소개하는 독서 프로그램을 방영하고 있다는 사실이다. 비록 우리보다 많은 채널을 가진 그들이니 가능한 일이기도 하겠지만 시청률에 연연하지 않는 그들의 의연한 자세는 확실히 우리에게는 부러운 것이었다.

휴게소 없는 논스톱 고속도로

혹시 아직도 중국의 기간 산업망을 염려하는 기업인이 있다면 그거야말로 큰 오산이다. 물론 아직 도로 혜택을 받지 못하는 오지가 많은 것도 사실이다. 심지어는 베이징 대학의 어느 학생이 한 달이나 되는 방학 동안에도 기숙사에 머물러 있기에 그 까닭을 물었더니, 자신의 집이 있는 지방 성(省) 어느 도시까지는 기차로 사흘, 다시 작은 현까지는 버스로 이틀이 걸리는데 그 다음부터가 문제라는 것이었다. 즉 버스에서 내리는 현에서부터는 아무런 교통수단이 없어 걸어서 가야 하는데 꼬박 열흘이나 걸린다는 이야기였다. 보름 걸려 집에 도착했다가 그길로 되돌아 나와야 하니……. 과장이 없지는 않을 것이다. 그러나 그만큼 교통 여건이 열악한 지역도 있음은 분명하다. 하지만 최소한 물류 수송을 걱정할 필요는 없다. 그 넓은 땅에, 하필이면 그런 오지를 찾아가 생산 시설을 가동할 이유가 없으니 말이다.

중국의 3대 운송 체계 중 첫번째는 철도이고 두 번째는 버스 등의 도로 운송, 그리고 항공 운송이다. 그러니 거미줄 같은 철도망에 도로는 더 말할 것도 없다. 더구나 철도는 투자 금액이나 운용 비용이 만만치 않으니 앞으로는 도로 확충이 더욱 가속화되지 않겠는가. 지금 당장도 동서로는 황해 연안 상하이에서 카자흐스탄 국경인 휘얼귀쓰(霍爾果斯)까지, 남북으로는 헤이룽장 성 퉁장(同江)에서 하이난 섬의 싼야(三亞)까지 중국의 거의 모든 지역이 크고 작은 도로로 촘촘히 연결되어 있다. 또한 지금 이 시간에도 더 많은 도로의 개통을 위해 수많은 지역에서 공사의 굉음이 멈추지 않고 있으니, 이거야말로 21세기 '세계 중화'의 살아 있는 상징이 아닐 텐가.

내가 중국에서 처음으로 고속버스를 탄 것은 작년이었다. 지나치는 길에 보았던 장거리용 침대 버스의 지저분함과 도로 사정이 열악할 것이라는 편견 때문도 있었지만, 대부분 쉽게 연결되는 철도를 이용하거나 바쁜 일정 때는 비행기나 승용차를 이용했기 때문이었다. 그런데 그날은 묵으려던 호텔에서 한 시간 만에 나올 만큼 급하게 일정이 바뀐 데다 당장의 교통편도 고속버스뿐이어서 이용하게 된 것이었다. 양쯔 강 유람선 기항 도시인 후베이 성 이창(宜昌)에서 그곳 성도(省都) 우한(武漢)까지, 고속버스로 네 시간 거리라 했다. 찌는 듯한 한여름이었건만 버스 안은 등줄기의 땀방울이 금방 식을 정도로 시원했다. 버스가 출발하자 안내양은 생수 한 통과 박하향의 드롭스 한 롤을 의무처럼 안겨 줬다.

나는 여행할 때 아무리 피곤하더라도 이동 중에는 절대 눈을 붙이지 않는다는 원칙을 가지고 있다. 그것은 무슨 사고에 대비해서가 아니라 기왕 나선 길, 하나도 빠뜨리지 않고 모두 보아 두고 싶어서이다. 그런데 그날은 정말 마음 편히 먹고 한숨 푹 자둘 걸 그랬다는 후회를 떨칠 수가 없었다. 꼬박 네 시간을 두 눈 반짝거리며 차창 밖을 지켰지만 어쩌면 그렇게 조금도 다름이 없는지. 온통 뿌연 시야 속으로 황토의 들판과 드문드문 들어선 비슷한 모양의 집들이 보이는 전부였다. 다시 한 번 생각해도 대책 없이 너무 큰 땅덩어리라는 결론뿐.

버스가 출발한 지 세 시간이 넘었는데 운전사는 여전히 고속도로 위를 시속 120킬로미터의 속력으로 쉬지도 않고 달렸다. 은근히 겁이 났다. 가만히 핸들을 놓고 있어도 될 것 같은 직선 길에 저러다 졸면 무조건 대형 사고인데……. 그러나 운전사는 기침 소리 한 번 없었다. 그때쯤 안내양이 일어나더니 버스 가운데 있는 작은 화장실마저 잠가 버렸다. 이미 용량이 찼다는 뜻이었다. 그리고 또 한 시간을 더 달려 우한 시에 무사히 도착했다. 그런데 내가 분명히 두 눈 부릅뜨고 지켜보았지만 고속도로에 휴게소는커녕 주유소조차 없었다. 어떻게 이럴 수가. 기름이야 미리 가득 채워 출발할 수 있다지만 그 네 시간 동안 운전사는 소변도 보지 말고 무조건 참으라니.

동행한 분에게 내 생각을 말해 줬다. 고속도로의 휴게소는 단순한 휴게소의 기능만을 하는 것이 아니다. 첫째, 두 시간 정도에 한 번쯤 쉬게 되면 운전사의 피로를 덜어 그만큼 사고를 예방한다. 둘째, 휴게소를 만들면 아무래도 24시간 영업을 해야 할 테니, 고용 창출을 다른 직장보다 세 배나 할 수 있고, 인근 농촌 지역의 유휴 노동력도 흡수할 수 있다. 셋째, 쉬어 가는 사람들을 통해 여러 지역의 문화와 정보가 교류된다. 넷째, 당장 차내의 화장실을 없애도 되니 그만큼 쾌적한 환경을 만들 수 있다……. 그쯤에서 벌써 당간부인 그분이 무릎을 치며 동의했다. 그도 일본과 한국을 방문하면 고속버스로 자주 여행을 해 우리의 휴게소를 수없이 이용해 보았던 사람이다. 그런데도 그런 여러 이점은 미처 생각지 못했다는 것이다. 아무튼 내 결론은 앞으로 중국에서의 고속도로 휴게소 사업권도 괜찮은 투자가 될 것이라는 생각이다.

그러나 모든 고속도로에 휴게소가 전혀 없는 것은 아니다. 산둥성의 지난에서 칭다오까지 이어지는 고속도로에는 네 시간 거리인데도 여러 곳에 휴게소가 있다. 그 휴게소라는 것이 우리의 경상북도 오지, 아마 봉화-울진 간의 국도변 휴게소보다 더 열악한 사정이긴 했지만, 휴게소가 있으니까 버스는 물론이고 최고급 벤츠까지 수시로 들러 하다못해 화장실이라도 이용하고 기지개라도 한 번 켜고 가지 않는가. 결국 유인할 수 있는 매력만 있으면 시장은 얼마든지 이뤄질 수 있다는 게 내 판단이다.

그 밖에도 2000년 12월에 개통된 베이징-상하이를 연결하는 장장 1,262킬로미터에 이르는 징후(京滬)고속도로에는 50~60킬로미터마다 숙박 시설까지 갖춘 현대식 휴게소가 마련되어 있다는 이야기를 들었지만 거기도 아직 영업이 제대로 되지는 않고 있는 모양이었다. 뿐만이 아니다. 지금 중국에서는 동서남북을 연결하려는 고속도로 대역사가 여기저기에서 끝도 없이 펼쳐지고 있다.

어떤가? 없는 시장도 만들어 내는 것이 장사의 기본일 텐데, 또한 돈만이 투자가 아니라 숙련된 경영 기술도 투자이며 오히려 더욱 환영받는 세상이 아니던가. 그렇다면 우리의 노하우로 더욱 쾌적한 휴게소를 만들고, 장거리 고속버스 기사에게 무료로 식사를 제공하는 정도의 유인 요소만 활용할 줄 알아도 어찌 장사가 짭짤할 것 같지 않은가. 그들은 이제 막 돈 쓰는 재미를 들이기 시작했다. 더하여 내수시장의 활성화를 위해 춘절이나 국경절과 같은 특별한 경우가 아니고는 지금껏 없었던 유급 휴가까지 거론하는 실정이다. 그러니 지금도 연휴만 되면 베이징으로, 칭하이로, 타이산 산으로, 항조우(杭州)로, 시안(西安)으로 길바닥이 비좁도록 여행을 떠난다.

여기서 내가 최근 중국 고속도로를 여행하며 본 사실도 전하겠다. 두어 달 전 징후 고속도로를 달릴 때의 일이었다. 고속도로 중간 지역쯤에서 끼어들어 한 여행이기는 했지만, 난 처음 인터체인지를 통과하며 징후 고속도로 전부가 편도 3차선인가 착각했었다. 인터체인지 부근의 차량 정체를 해소하기 위해 당초부터 3차선으로 설계된 구간이었는데, 그리 중요한 산업 시설이 있는 것 같지도 않은 그 구간이 얼마나 길었던지 그만 착각하고 만 것이었다. 하지만 더욱 중요한 것은 아직도 그 도로의 대부분이 쾌적하다 할 만큼 교통량은 별반 많지 않았다는 것이다. 더구나 베이징-상하이라는 중국의 가장 중요한 두 도시 간의 혈맥인데도 말이다. 특히 화물차의 이동이

눈에 띄게 적었다는 사실도 흥미로웠다. 동행한 중국인도 그 점이
중국의 경제 상황을 가장 여실히 드러내는 단적인 증거라며, 그 고속
도로가 화물차들로 붐빌 날이 하루빨리 오길 간절히 바라고 있었다.

샤오황디(小皇帝)

하여간 황제를 되게 좋아하는 나라다. 아이 문제로 인한 일에도 황제를 갖다 붙이니. 그러나 그만큼 심각하다는 이야기일 것이다.

중국의 호텔에 묵다 보면 시도 때도 없이 소란한 아이들을 쉽게 만날 수가 있다. 물론 기분 나쁘다는 이야기는 아니다. 아이들의 맑은 목소리야 어느 때 들어도 즐거운 일 아닌가. 다만 중국 어린이들에 대한 과잉보호가 '샤오황디'라는 조어를 만들어 낼 만큼 사회 문제가 되었다는 것이다.

먼저 그 문제의 뿌리는 인구의 과잉에서 비롯된다. 그래서 나온 중국 정부의 대책이 '한 가구 한 자녀'라는 지극히 비인간적인 통제였다. 하지만 어쩔 수 없었을 것이다. 그렇지 않았다면 벌써 20억을 넘겨 당장 식량 위기를 겪었을지도 모르는 일이다. 그래도 중국 정부의 이해할 수 없는 관용은 소수 민족에 대해서만은 '한 가구 두 자녀'를 허용한다는 것이다. 그러나 그것도 베이징과 같은 도시로 호구(호적 또는 주민등록)를 옮긴 경우는 '한 가구 한 자녀'였다.

중국이 산업 사회를 이룬 것은 불과 몇 년 안 되었다. 그러니 농경 생활에서의 노동력을 상징하는 남아(男兒) 선호 사상이 여전히 뿌리 깊을 수밖에 없다. 그리고 남자로 대를 이으려는 뼛속 깊이 자리 잡은 전통의 사상까지 더해지니……. 그래서 얼마 전에도 어느 성(省)의 할머니가 태어난 손녀를 곧바로 구덩이 파묻어 죽였다가 발각되었다는 서글픈 뉴스를 들은 적이 있었다. 뿐만 아니라 아직도 중국 곳곳 특히 농촌 지역에서는 '헤이하이쯔(黑孩子)'라는 무호적의 아이들이 넘쳐 나고 있다. 여아를 출생 신고하면 다음에 태어날지도 모르는 아들을 호적에 올리지 못하거나, 5천 위안이 넘는 막대한 벌금을 물어야 하기에 아예 처음부터 호적을 만들지 않아서인 것이다. 그래서인가, 몇 해 전부터 중국 정부는 첫아이가 여자일 경우에는 5년 후 한 사람을 더 낳을 수 있는 특혜를 선언했다. 과연 특혜이기는 하지만 아무리 농촌의 노동력 부족을 핑계 대더라도 이건 심각하게 생각해야 할 동아시아의 남아 선호 사상의 문제점이다.

아무튼 그래서 중국의 통계, 특히 인구 통계는 더더구나 믿을 수 없다는 것이다. 단순히 너무 많은 인구로 인해 조사 방법상에 문제가 생기거나 조사 도중에 출생하고 사망하는 이가 많아 정확하지 않은 게 아니라, 무호적으로 감춰진 이들이 적지 않아서 말이다. 하지만 이제는 많은 사람들이 아들딸 구별 없이 한 자녀에 만족해하는 모양이다. 하긴 맞벌이 살림에 자식이 많으면 부담이 될 수도 있을

베이징의 패스트푸드점에서 만난 한 자녀를 둔 가족

하교하는 샤오황디를 기다리는 가족들

테다. 그러니 하나뿐인 자식에 대한 부모의 애정이 남다를 수밖에 없는 것은 당연한 일이 아니겠는가. 그래서 그들이 지금 샤오황디처럼 커가고 있는 것이다. 친할아버지·할머니, 외할아버지·할머니의 네 사람과 부모 두 사람이 아이 하나에 온갖 정성을 기울여 생긴 증상이라는 '4·2·1 합병증'이라는 우스개 같은 조어까지 만들어지며 말이다. 당장 평일 오후 서너시경, 하교길의 소학교(우리의 초등학교) 앞에 가보면 이건 날마다 우리의 졸업식 모습 그대로이다. 하나뿐인 자식을 마중 나온 할아버지, 할머니, 엄마, 아빠, 심지어는 보모까지……. 그야말로 북새통에 도로가 온통 몸살을 앓을 지경이다. 그럼 과연 그런 자식에 대한 부모의 바람은 무엇일까?

동서고금을 막론하고 어떤 부모건 자식이 나보다 더 잘되는 모습을 가장 간절히 꿈꾸지 않겠는가. 반드시 성공한 자식에게서 보상을 받으려는 기대에서가 아니라 그 자체가 기쁨이요 삶의 전부이기에. 그러니 우선은 다 해주고 싶은 마음과 함께 보다 좋은 교육의 혜택을 누릴 수 있게 최선을 다한다. 내가 이 글에서 말하고 싶은 것은, 어린 샤오황디들의 당장의 버릇없는 행동이나 그로 인해 중국정부가 골머리를 앓고 있는 청소년 비행이 아니라 바로 그런 부모의 애정을 거름으로 커나갈 그들의 미래이다.

중국인의 해외 유학 상황을 알아보자. 지금 중국에서 자비 유학 능력을 갖춘 인구는 대략 8백만 명가량에 이른다는 신문 기사를 얼마 전에 읽은 적이 있다. 그리고 그중 연간 15만 명이 해외로 유학을 떠난다는 것이다. 그중 일본에 5만 5천여 명, 한국도 1천6백여 명……. 그리고 거기다가 지금 당장 중국 국내 1천여 개 대학에서 꿈을 키우고 있는 1천만여 명의 재학생은 또 어떤가. 9월에 학기가 시작되는 그들의 올해 전국 대학교 신입생 수가 자그마치 250만 명이란다. 더구나 치열한 경쟁을 뚫고 베이징 대학, 칭화 대학 등 세계적 명문 대학에 들어간 수재급의 친구들이 지금 21세기 중국의 중추로 한창 커가고 있는 것이다. 물론 개중에는 졸업장이나 받으려는 이, 도피성 호화 유학으로 오직 즐기는 일에만 열중하는 이도 있을 것이다. 그러나 일단 머릿수로는 엄청난 숫자다. 더해서 지금 중국에 불고 있는 영어 바람은 가히 광풍이다. 베이징의 괜찮은 영어 학원 한 달 수강료가 3백~5백 위안. 최근 우수 교수 유치를 위해 경쟁적으로 인상된 대학교수 평균 월급 약 4천 위안에 비교해도 결코 적지 않은 금액임을 금방 알 수 있다. 그러나 그 많은 돈을 투자하면서도 배우겠다는 이들로 문전성시를 이룬다. 학생뿐만 아니라 공무원, 직장인 할 것 없이.

물론 나도 안다. 우리의 교육열 또한 중국 샤오황디에 못지 않으며 오히려 열풍이 되어 버린 조기 유학이 문제라는 것도. 그러나 가뜩이나 좁은 땅, 많지도 않은 인구에 가진 자원이라고는 오직 인력뿐인데 할 수만 있다면 더욱 많은 젊은이들을 세계로 내보내야 되지 않을까…….

마차에서 벤츠까지

차(車). 우선 장기판에서 차의 기능을 한번 보자. 이건 직선이고 걸리는 것만 없다면 단번에 끝까지 달려가서 무엇이건 잡는다. 그래서 장기를 두며 누구나 마지막까지 잃기 싫어하는 것이 차다. 2천 년이 넘는 장기 역사에서 볼 때 처음부터 끝까지 곁에 두고 있어야 든든하고, 필요할 때 요긴하게 쓰이는 차에 대한 예지가 대단히 뛰어났던 그들이다. 그래서인지 지금 중국은 차로 넘쳐 난다. 마차, 자전차(거), 자동차, 기차…….

2000년 기준 승용차가 854만여 대, 화물차가 716만여 대 등 총 1609만여 대. 일단 자동차에 대한 중국 정부의 공식 통계이다. 그래도 아직 멀었다. 자동차로 넘쳐 난다지만 그건 도심의 이야기일 뿐, 아직도 조금만 변두리로 나가면 텅 빈 도로가 황량하다. 있어야 할 필요, 갖고 싶은 욕구, 둘 다 가득하다. 다만 아직 여력이 부족한 쪽이 더 많을 뿐. 그러니 앞으로도 1백 년은 거뜬히 견뎌 낼 시장이 바로 중국이다. 더구나 마차 다음에는 소형차, 그 다음에는 중형차, 또 그 다음에는 대형차를 가지고 싶어하는 욕망은 우리와 다르지 않다. 그 증거를 찾아보자.

독일 폴크스바겐·아우디와 합작한 지린 성 창춘의 창춘이치다중(長春一汽大衆), 미국 GM과 합작한 상하이의 상하이GM, 일본 혼다와 합작한 광둥 성 광조우의 광조우혼다, 그리고 자랑스러운 대한민국 현대기아와 합작의 장쑤 성 옌청(鹽城)의 웨다기아(悅達起亞) 등등. 세계 각국 거의 모든 자동차 회사들이 현지 합작으로, 그야말로 수십 개 모델의 자동차를 저마다 중국 땅 위에 쏟아 내는 그 규모가 자그마치 연간 2백만 대란다. 한마디로 세계 자동차의 전시장이며 각축장이다. 물론 순수한 중국 국내 법인인 톈진 샤리치처(夏利汽車) 등도 당당히 한몫한다.

시작한 김에 좀 더 알아보자. 당장 수도 베이징 시내에도 버젓이 마차가 돌아다니고 있으니 그것도 계산하면 한 대가 대략 2천~3천 위안. 소형차 중의 하나인 순수 중국산 샤리 한 대에 4만 9천 위안. 지금 중국에서 가장 인기 있다는 상하이GM의 BUICK 3.0이 32만 8천 위안, 광조우혼다의 ACCORD 2.0EXI가 27만 4천 위안. 중산층에게 특히 인기가 있는 창춘이치의 JETTA 1.6이 16만 3천 위안. 우리 웨다기아의 프라이드 세단형(자동 기준)이 8만 9천 위안(한화 약 1424만 원). 엄청 비싼 금액이다. 그럼 유명 수입차는? BMW L7이 270만 위안, BENZ S600이 195만 위안(약 3억 1천만 원). 그럼 우리

수입차는? 대우 누비라 1,598cc가 19만 8천 위안, 현대 티뷰론이 37만 5천 위안. 믿어지지 않겠지만 이 모두 내가 직접 베이징 아운촌(亞運村)에 있는 자동차 시장〔汽車交易市場〕에서 두 눈 똑바로 뜨고 조사한 가격이다.

그럼 그런 비싼 자동차가 도대체 얼마나 굴러다니는지 어디 베이징 시내를 한번 돌아보자. 아니, 톈안먼 광장 앞에 딱 한 시간만 서 있어 보자. 수입한 최고급 벤츠 600에서부터 순수 중국산 샤리까지 없는 게 없는 자동차 전시장이다. 자, 이건 어떤가. 광조우에서 생산되는 우리 돈 기준 시가 4천4백만 원짜리 혼다 ACCORD가 베이징 시내에도 수없이 굴러다닌다. 들리는 소문에 의하면 한때는 미리 선금을 내고서도 6개월을 기다려야 구입할 수 있었던 차란다. 광조우에서 베이징, 그 거리만 해도 자그마치 2천4백 킬로미터가량이다. 어지간한 우리 샐러리맨 한 달 주행 거리를 수송해 와 베이징에서 타고 다닌다는 이야기다. 순전히 디자인이 마음에 들어서, 폼 날 것 같아서 말이다.

마차와 자전거, 샤리와 벤츠가 공존하는 2000년의 중국. 전체 인구 대비 자동차 소유 비율 약 1.3퍼센트. 이것도 버스, 화물차 할 것 없이 자동차란 자동차는 모두 포함한 비율이다. 그러니 아직 소유하지 못한 그들 98.7퍼센트의 12억 명이, 3대를 이어 3대 후의 황제에게 바칠 조각품을 다듬던 그 집념으로, 이제는 3대를 걸쳐서라도 마이카를 장만하려 이를 악물고 있는지 모른다는 것이다. 당장 그 증거가 불과 5년 전만 해도 연간 3천만 대에 이르던 자전거 판매량이

1999년에는 1백만 대에 불과했다는 것이다. 그것을 단지 자전거의 포화 상태로만 볼 것인가? 천만에, 절대로 그건 아니다. 결국 12억은 지나쳐도 5억 4천만 대에 이르는 그들 자전거 이용자들은 잠재적인 자동차 구매 대상자인 셈이다. 당장 운전면허증 소지자만 해도 7655만여 명에 이른다니…….

현대기아자동차가 중국 장쑤 성 옌청에 합작 공장 허가를 받아 우리의 자존심 '프라이드'를 생산한 것이 1997년. 일반적인 소시민의 상식으로라면 그 후로도 다른 자동차 회사들이 더 많은 현지 법인과 공장을 만들었거나―당시 우리 자동차 회사는 현대, 대우, 기아, 삼성, 쌍용 등 여러 회사였다―최소한 그사이 여러 급 모델로 차종이 다양해졌어야 한다. 그런데 그에 관한 보도는 전혀 접한 바가 없었다. 특히 현지 합작 법인이나 공장은 가능성만 보여도 당장 기사화될 터인데 말이다. 하긴, 그 경천동지했던 외환 위기 여파 이후 발생한 여러 정치·국제 정세의 변화도 그만한 투자를 하기에는 충분한 장애 요인이 되었으니.

그러나 이건 정말 확인되지도 않았고, 확인할 수도 없는 그야말로 설(說)이다. 그저 남들보다 귀가 큰 데다 아직도 힘이 넘쳐 부지런히 쏘다니다 보니 들은 낭설일 수도 있지만, 그런대로 시사하는 바가 있어 전하는 것이다.

1997년 기아자동차(당시는 기아 단독이었다)가 중국 현지 합작 공장 허가를 받은 후 국내 굴지의 자동차 회사 한 곳도 합작 공장 허가를 신청했던 모양이다. 그래서 협상과 설득에 심지어는 치열한 로비까지 해가며 거의 성사 단계에 이르러 내심 안도를 했던 모양인데 기어이 어떤 실세의 반대로 좌절되었단다. 그런데 그 실세의 반대 이유가 자신에게 소홀해 소위 '괘씸죄'를 적용했다던가 하는 유치한 차원이 아니라, 이미 소형차 시장은 중국 자체 브랜드는 물론 여러 합작 공장들로 포화 상태에 이르렀으니 국가 발전에 별 도움이 안 된다고 생각해 반대한 것이라는 설이다. 자, 사실 여부가 문제가 아니라 그런 설에서 엿볼 수 있는 그들의 원칙이다. 무슨 전투기나 이지스함 같은 엄청난 프로젝트가 아닌 이상 소홀히 여길 수도 있는 자동차에서까지 생산 기술의 축척, 미래 시장 등의 여러 점을 고려하는 그들. 설령 이 설이 사실이 아닐지라도 떠도는 그런 이야기에는 은근히 지도부에 바라는 일반인의 생각이 깃들어 있는 것으로 볼 수 있지 않을까. 한번쯤 깊게 생각해 볼 필요가 있다.

내가 보기에 중국인들은 우리와 다르지 않은 감성의 문화권자들이었다. 지금 중국에서 굴러다니고 있는 여러 차종에는 변형된 모델의 현지 생산품뿐만 아니라 벤츠나 BMW 등 직수입 차량도 많다. 그런데 많은 이들이 우리 현대 '쏘나타 EF'나, '그랜저 XG' 같은 모델에 속된 말로 환장한다. 특히 베이징 시내에 굴러다니는 몇 대 되지 않는 '산타페'에는 거의 침을 흘릴 정도의 찬사를 아끼지 않는 것을 내 눈으로 똑똑히 보았다.

누군지 말할 수는 없습니다만, 귀하의 생각은 어떻습니까? 그때 만약 당장이 아니라 10년 후, 아니 단 5년 후만 멀리 내다보고 소형차가 아닌 중형차로 합작 공장을 추진했더라면 어땠을까요. 그래서 어느 실세의 반대 없이 허가가 되어 지금쯤 미국 시장에서도 당당히 품질을 인정받는다는 그 자동차들이 중국에서 생산되었다면 그까짓 ACCORD, BUICK가 문제였겠습니까. 전 아무런 상관도 없는 단지 같은 국적의 한 방관자일 뿐입니다만 조금 더 멀리 내다보지 못한 안목이 마치 내 일처럼 몹시 아쉽더군요. 지금 중국에서 생산되고 있는 일본 미쓰비시나, 미국 크라이슬러 계열의 4륜구동 지프들이야 사실 이제 한물가 버린 싸구려 모델이 아닙니까. 더구나 처음부터 생산 단가를 낮추기 위해 디자인조차 볼품없이 변형을 했으니 말입니다. 하지만 이제는 내가 본 것 중에도 일본에서 직수입한 괜찮은 모델의 'PAGERO'가 버젓이 형경(刑警: 사복 경찰)의 공무용 차로도 굴러다니고 있던데, 진작에 우리의 산타페 같은 멋진 모델의 자동차가 생산되었더라면 어땠을까 생각해 보니 아쉽더라는 것입니다. 쏘나타 EF 나 그랜저 XG는 더 말할 것도 없고 말입니다. 다른 건 조사를 못했지만 대우의 누비라는 물경 3천2백만 원가량의 비싼 가격임에도 그래도 좋아라며 구입하는 사람들이 적지 않던데, 그게 수입이니 그렇지 그곳 현지 생산이었다면 경쟁력이야 더 말해 무엇하겠습니까. 더구나 그들이 환장하는 앞에 말한 그 모델들이라면…… . 이제 중국도 그만한 수준은 되는 나라인 것 같습니다. 어차피 자가용을 사는 사람이라면 중류 이상은 될 테니까요.

드라마에 투영된 꿈

나는 중국 어디를 가든 그곳에 대해 조금이라도 더 알고 싶은 욕심에 가능한 한 한국인이 없는 호텔을 찾아서 묵는다. 그리고 가끔 TV를 켜지만 우리 위성 방송은 꿈도 못 꾸고 언제나 귀에 선 중국말 방송뿐이다. 그런데 무슨 채널이 그렇게 많은지, 보통 30~40개 이상의 채널이 가동된다. 당장 CCTV만 해도 채널이 아홉 개다. 또 베이징 TV가 일곱 개. 알고 보니 그럴 만도 했다. 워낙 땅덩이가 크니 중앙 방송만으로는 지역 소식까지 해결할 길이 없어 상하이의 둥팡 밍주 TV같이 각 성·시마다 한두 개 이상의 방송국이 있다. 그것도 우리 지역 방송의 차원이 아니라 전국 규모의 방송으로 심지어 각 성·시마다 한 개 이상의 위성 방송 채널까지 갖고 있다. 거기에다 호텔들은 또 나름대로 자신들을 찾아 주는 여러 고객을 위해 저마다 채널 서비스를 하니……

하여간 이리저리 채널을 돌리다 보면, 특히 지방 채널의 경우에는 아무래도 콘텐츠의 부족 때문인지 여러 방송국이 돌아가며 같은 드라마를 방영하는 경우가 부지기수이다. 그래서 한참 동안 한 도시에 묵을 때면 어느새 말도 통하지 않는 드라마가 눈에 다 익게 되는데 그 내용을 가만히 분석해 보면 대개가 비슷한 것들의 반복이다. 드라마의 인기란 결국 그 시대 사람들의 사고를 제대로 투영하고 있을 때 얻을 수 있는 게 아닐까. 그럼 요즘 인기 있는 드라마에서 찾아볼 수 있는 그들의 생각은 무엇일까.

얼마 전 베이징 TV에서 인기리에 막을 내린 유융(尤勇), 린팡빙(林芳兵) 주연의 〈불공대천(不共戴天)〉이라는 일일 연속극이 있었다. 벌써 제목부터 같은 하늘을 함께 이고 살 수 없다는 것이니 그 내용을 짐작하기 어렵지 않겠지만 대략의 줄거리를 알아보자.

모 개인 그룹 회장 가오젠궈(高建國)가 금융 사기 혐의로 구속되었으나 그의 인맥과 배경, 즉 '관시'를 통해 무죄 석방된다. 이에 시 반탐국(反貪局) 국장(검찰원 소속으로 부검찰장급) 린펑(林峰)은 이 사건에 은행도 개입되었으리라 의심하며 재조사를 시작한다. 한편 석방된 가오 회장은 여전히 시 당서기, 경제 담당 부시장 등의 비호를 받으며 은행 융자를 이용, 부도 직전의 국영 기업까지 인수할 계획을 세운다. 당연히 은행장과 시 당서기, 부시장 등 관련 인사들에게는 미인계와 뇌물이 동원되고 융자는 해결된다. 그러나 린펑이 수사망을 좁히자 그들 부패 인사들의 연결 고리는 더욱 단단해지고 끝내는 린펑의 딸이 납치되는가 하면 은행 융자과 과장이던 부인까지 무고로 구속당한다. 하지만 주인공은 그런 여러 압력을 극복하고 끝내 증거를 확보, 마침내 상부 기관인 성(省) 당서기, 성 검찰원으로부터 지지를 받아 그들 일당을 일망타진한다는 내용이다.

그뿐이 아니다. 채널마다, 드라마마다 형경의 이야기가 들어가지 않은 것이 거의 없다. 난 이런 드라마를 보며 지금 그들의 가슴속에 가장 크게 자리 잡고 있는 것이 정의와 공정이 아닐까 생각하곤 한다. 정의와 공정? 여기서 굳이 ‘공정’이란 단어를 사용한 것은 그들이 바라는 정의가 무슨 거창한 대의명분이 아니라 ‘공정’하기를 바라는 정의라는 뜻에서이다. 그것은 곧 나도 잘살 수 있고 무엇이든 해낼 수 있는데 옳지 못하게 개입된 어떤 것 때문에 자신에게는 기회가 오지 않거나 성과가 없다는 원망의 마음에서 표출된 것이다. 난 그런 그들의 마음이 결코 자신의 실패를 전가하려는 변명에서 비롯된 건 아니라고 본다. 그렇다면 그것은 다름 아닌 자신감이라 볼 수도 있을 것이다.

사실 그런 원망이나 공정한 정의에의 갈망은 어느 나라 어느 국민에게나 있다. 우리라고 그렇지 않을 것인가? 그런데 우리는 이제 거의 절망의 상태다. 벌써 하루 이틀이 아니라 수십, 수백 년 세월 동안 그래 왔으니. 그들도 마찬가지라고? 아니, 그건 달리 생각해야 하지 않을까? 왜냐하면 그들에게는 변혁의 시간이 있었으니까. 사회주의 통제 체제에 어느 날 개방의 열풍이 불어오자 ‘아, 이제는 다르겠구나’ 하며 들뜨고 흥분하던 그 변혁의 시간이 말이다. 그로써 그들은 일정 기간 다시 유예를 얻은 셈이다. 그런데 내가 진정 부러워하는 중국의 희망은 민초들의 그런 마음을 어루만져 주는 걸출한 지도자가 있다는 것이다. 주룽지(朱鎔基) 국무원 총리, 바로 그가 그런 민초들의 희망에 불씨를 심어 준 사람이다.

사회 전반에 만연한 부정 부패로 골치를 앓고 있는 중국 관료 사회. 그 최정점에서 우선 자신부터 도덕적 틈을 조금도 보이지 않으며 부패와의 전쟁을 진두진휘하고 있는 철면 총리 주룽지. '개혁 과정에서 백 개의 관을 주문해 놓았으며 그 가운데는 네 것도 하나 있다'고 설파했다던가. 민감한 정치 역학에는 별로 관심 두고 싶지 않은 나로서도 그의 앞날에만은 유독 관심이 간다. 대략의 예측에 따르면 내년에는 정치 일선에서 은퇴한다는데 몹시 아쉽다. 내가 이렇게 남의 나라 총리인 그의 퇴진을 아쉬워하는 것은 우리에게도 그런 지도자가 있었으면 좋겠다는 간절한 열망 때문이다.

재미있는 이야기 하나를 중국인에게 들었다. 이른바 돼지론이다. 그와의 이런저런 이야기 끝에 내가 세상이 뒤집어지는 한이 있더라도 깨끗하게 정화된 맑은 세상에서 한번 살아 봤으면 좋겠다고 했더니 그는 피식 웃으며 고개를 내저었다. 그리고 기왕에 있는 놈들 보기 싫은 건 마찬가지이지만 차라리 그놈들이 그대로 있는 게 훨씬 더 이익이라는 주장을 펼치는 게 아닌가. 바로 염치도 없고 가릴 줄 모르는 돼지이기는 하지만 그래도 그놈들은 벌써 가득 배도 차고 기름기도 끼었으니 앞으로 더 먹어 봐야 얼마나 먹겠는가. 그러나 그 돼지가 밉다고 잡아 버리면 새로 그 자리에 들어오는 돼지는 처음부터 다시 기름이 끼도록 살을 찌워야 하니 도대체 얼마나 먹겠는가 하는 논리였다. 난 기가 막혀 웃었지만 그는 그게 훨씬 더 현명한 처사라며 곰곰 잘 생각해 보란다. 일면 수긍할 수 없는 논리인 것만은 아니었다. 그러나 같은 문화권에 사는 처지로서 그의 절망은 곧 나의 절망에 다르지 않으니 우리의 현실도 한번 되돌아볼 수밖에.

옌사와 싸이터

옌사(燕莎)는 우리나라 기업 대우가 일부 투자한 베이징의 특급 호텔 켐핀스키(凱賓斯基)와 같은 건물에 있는 중국 최고의 백화점이며, 싸이터(賽特)는 베이징 국제무역센터 근처에 위치한 전통 있는 최고급 백화점이다.

무슨 돈이 그렇게 많아 베이징에까지 가서 최고급 백화점을 다녔냐고 묻는 사람이 있을지 모르지만, 난 원래 가만히 앉아 있으면 병이 나는 체질이라 책을 보거나 글을 쓰거나 잠을 잘 때가 아니면 거의 집에 붙어 있지 않는다. 더구나 비싼 돈 들여 비행기까지 탔는데 그냥 호텔 방에 앉아 있으면 본전 생각에 혈압까지 오르니 어쩔 것인가. 또 베이징에도 아이쇼핑은 무료였으니 더 이상 돈 들 일 없는데 다리품 팔아 이것저것 봐두면 그게 다 재산 아닐 텐가 말이다.

하여간 먼저 가본 곳이 싸이터 백화점이었으니 거기부터 시작하

자. 내가 팔자에 없이 백화점을 어슬렁거린 건 사실 묵고 있던 싸이터 호텔이 백화점과 같은 계열로 바로 곁에 붙어 있었기 때문이다. 더구나 그 건물 지하에는 우리의 자랑스러운 브랜드 '롯데리아'가 버젓이 자리를 잡고 있었으니 장사가 잘되나 염려스러워서라도 들러 볼 수밖에. 그런데 들어가는 1층 매장부터가 예상을 뛰어넘는 화려함 일색이었다. 사실 우리 신세계나 롯데, 현대 등의 백화점이 상품도 상품이지만 그 인테리어나 디스플레이 수준에서는 가히 세계적인 수준이다. 다이애나 왕세자비와 마지막을 동반한 그 애인의 아버지가 운영하는 것으로도 잘 알려진 영국 런던의 세계적인 백화점 헤롯도 내 눈에는 비슷한 수준이었으니 말이다. 한데 싸이터 1층 역시 그런 우리의 롯데나 현대 수준과 별반 다르지가 않았다. 디자인은 물론 상품의 브랜드까지. 시슬리, 이브생로랑, 지방시, 던힐…….

결국 그때 난 아, 내가 여태 중국을 잘못 생각하고 있었구나, 또 한 번 깊이 반성해야 했다. 그리고 반성만 한 것이 아니라 샅샅이 훑어서 제대로 알아보리라 작심하고 맨 위층부터 찬찬히 둘러봤다. 그리고 내린 결론은 역시였다. 7층이나 되는 전체 매장에서 눈에 띄는 중국 브랜드는 오직 지하의 '퉁런탕(同人堂) 약방' 하나뿐이었다. 물론 개중에는 직수입품이 아니라 현지 생산도 있겠지만 브랜드만은 가히 세계적인 명품 일색이었다. 심지어 지하 슈퍼마켓에서는 생수까지 에비앙뿐이었으니, 내가 어찌 놀라지 않았겠는가. 역시 롯데리아도 성황을 이루고 있었다, 기쁘게도.

그 후 현지인에게 들어보니 싸이터는 베이징 최초의 고급 백화점으로 개장 첫날부터 지금껏 호황을 누리고 있으며, 고객이 점점 늘어나는 추세라는 것이었다. 또한 그런 고급 백화점은 우후죽순처럼 늘어나 일본 소고(Sogo)와 합작의 충광(崇光), 같은 일본 계열의 화탕(華堂), 홍콩 계열의 신스제(新世界), 바이성(百盛) 등 수십 곳이며, 세계적 체인망과 연결된 곳도 여러 곳이라는 것이었다.

옌사 백화점은 아마 우리 한국 관광객들의 눈에 익숙한 곳이리라. 투숙하는 대부분의 호텔이 그 근처이기도 할뿐더러 우리의 아시아나 항공이 그곳에 사무실을 두고 있으니 말이다. 각설하고, 내가 옌사를 찾아간 것은 정말 무엇인가를 구입하기 위해서였다. 어찌하랴, 갑작스레 일정이 길어져 갈아입을 속옷이 없었으니. 그래서 이왕이면 그 유명한 옌사도 구경하고, 우리 상표의 속옷도 구입할 수 있지 않을까 생각한 것이었다.

물론 그날 나는 그곳에서 또 한 번 우리의 자랑스러운 브랜드를 만날 수 있었으니, 내가 산 '보디가드' 속옷의 경우 국내 소비자 권장 가격 1만 1천8백 원짜리 팬티 한 장이 135위안(약 2만 1천6백 원), 2만 8백 원짜리 러닝셔츠 한 장은 236위안(약 3만 1,760원)에 팔리고 있는 것이었다. 비록 국내에서보다 훨씬 더 비싼 값이기는 했지만 어찌 반갑지 않을 수 있었겠나.

하여튼 브랜드를 고집하는 쇼핑 자세를 분석하면 아마 믿을 수 있다는 것과 과시하려는 두 가지 심리로 나눌 수 있을 것이다. 그럼 중국인들은 어떤 심리로 브랜드를 찾는 것일까. 역시 우리와 별반 다르지 않은 듯싶었다. 그렇다고 여기서 그들의 과시 욕구를 비판하자는 것은 물론 아니다. 인간에게 있어 남에게 뽐내고 싶은 욕구가 없다면 성장과 발전은 그 의미를 잃게 되지 않을까. 더구나 이제 막 개인의 성공과 부, 그 짜릿한 맛을 한참 만끽하고 있는 중국인에 이르러서야.

아무튼 그런 백화점의 호황도 중국의 또 다른 현실이다. 물론 밑바닥 서민을 상대로 저가의 물품을 판매해 박리다매의 이익을 노리는 것도 상술의 하나이다. 그러나 상대가 중국이라면 저가의 물건으로 가격 경쟁을 하려는 발상은 아무래도 문제가 있는 게 아닐까. 그들에게는 아직도 값싼 노동력이 무수히 넘쳐 나고 있다. 실례를 하나 들자면 내가 묵었던 어느 호텔 도어맨의 월급이 5백 위안 남짓이란다. 호텔에서 식사는 제공해 준다지만 단체로 기거하는 숙소비 일부를 제외하면 불과 4백 위안 남짓이 그의 온전한 월수익금이다. 그런 그의 고향은 멀리 남쪽 후난 성 어디였다. 그가 고향에 가는 것은 1년에 춘절 무렵 한 번. 온전한 월수입을 1년 내내 모으면 4천8백 위안. 그렇지만 그도 사람이니 용돈도 필요할 것이고 옷도 사 입어야 하니 귀향 때 가져가는 돈은 2천 위안(약 32만 원)가량. 그런 그에게 연중 어느 때가 제일 즐겁냐고 물었더니 역시 고향에 갈 때란다. 물론 그립던 부모님을 만날 수 있으니 그렇기도 하겠지만 한편은 떳떳하기 때문일 것이다. 그야말로 연 2천 위안이면 금의환향이 되는 것이다. 더구나 그는 잘난 부모님 덕에 성공할 수 있었던 게 아닌가. 감히 호텔 도어맨으로 뽑힐 수 있을 만치 훤칠한 키에 빼어난 인물을 물려줬으니 말이다. 그런데 이런 중국과 가격 경쟁을?

브랜드 파워의 중요성은 내가 강조하지 않더라도 이미 모두가 알고 있는 사실이다. 그렇지만 혹시 우리의 누군가가 중국인을 매료시키는 '888'이라는 상호를 가지고도 싸구려 물건으로 기회를 잃고 있는 것은 아닐까. 10년 후, 혹은 20년 후의 비전이 없어 그저 헛발질만 하며 허둥거리는 건 아닐까. 하긴 겨우 생계에 급급한 영세업자야 당장 목구멍이 포도청인데 언제 10년 후까지 생각할 겨를이 있겠는가. 그런 이들은 또 그들대로 보따리 장사라도 해야겠지. 그러나 최소한 중소기업 정도의 회사라면, 20년이 너무 멀다면 10년 앞이나마 생각해야 되지 않겠는가. 그렇다고 그게 반드시 비싼 TV 광고로만 가능한 일은 아닐 테다. 오늘 당장의 이익보다는 신용과 자존심, 그리고 품질과 디자인을 밑천으로 한번 끝장을 보겠다는 뱃심과 끈기면 TV 광고보다 훨씬 더 나은 결과를 얻을 수도 있으리라. 그렇게 해서, 언제 그 넓은 땅을 다, 하며 서두를 건 더구나 없다. 어차피 당신의 힘으로 그 땅 전부를 차지하기는 어림도 없는 욕심이니까. 아무리 거창한 대기업이라 하더라도 너무 크게 공략하려 들면 역시 허탕이다. 그러니 일단 당신은 그저 작은 도시, 작은 성 한 곳부터 목표로 삼아라. 남들 다 가는 상하이, 베이징만이 돈이 있는 건 아니다. 신장이면 어떻고 칭하이 성이면 어떤가. 거기에도 마찬가지로 중국인이 살고 위안이 굴러다닌다. 도시보다 가짜돈이 더 많아 걱정이라면 받을 때 한 번 더 확인해 보면 될 일이고.

지금 중국은 서부 대개발의 야심찬 계획을 꾸준히 시행하고 있다. 서부를 개발하지 않으면 혹시 터질지 모르는 그 지역민들의 동요가 무서워서라도 결코 중단하지 않을 대역사이다. 점점 그곳도 돈이 늘어난다는 중국 정부 보증인 것이다. 지금부터 시작해 10년 후쯤 당신의 기업이 서부 그곳 어디에서 성실하고 품질 좋기로 소문이 난다면, 그 다음 당신 아들이 당신의 손자를 수업시킬 때에는 먼저 베이징에서 손길을 뻗쳐 올지도 모르는 일이다. 사람이 사는 곳은 어디든 희망이 있다. 그렇다고 모두가 중국으로, 그 서부로 떠나라는 것은 아니다. 꿈이 있는 사람, 중국에 매력을 느끼는 사람, 서부 영화의 건맨이 멋있어서 21세기의 서부 사나이 '쉐인'이 되고 싶은 사람만 도전해 보라는 것이다. 단, 먼 미래를 내다보는 크고 넓은 시야로, 신용과 지략과 열정으로 무장을 한 다음에 말이다.

황허, 그 탁류의 권력 미학

한 나라 권력의 흐름을 함부로 말한다는 것은 지극히 무례한 발상
일지도 모른다. 거기다가 전문 정치학자도 아닌 떠돌이 구경꾼으로,
더구나 섣부른 지식만 가지고서는 말이다. 그렇지만, 너무 복잡할 것
같아 지레 겁먹게 하는 그 구도 속에는 단순하고 재미있는 미학이
숨겨져 있다.

먼저 중국 근대사의 비극, 문화대혁명을 보자. 장장 10여 년에 걸
쳐 기존의 모든 문화에 대한 격렬한 부인으로 일관했던 문화대혁명,
그 이면의 진실은 결국 권력 투쟁의 한 양상이었음을 이제는 누구도
부인하지 않는다. 공산혁명의 성공과 중화인민공화국 수립으로 절
대 권력을 장악한 중국 현대사의 주인공 마오쩌둥, 그러나 뒤이은 대
약진운동의 실패, 그로 인한 수많은 인민의 기아와 죽음은 그의 권력
에 절체절명의 위기로 작용했으니. 이때 그 위기의 반전을 위해 꾀

했던 것이 바로 문화대혁명 아니었을까. 그런데 여기서 내가 주목하고 싶은 것은 이 문화대혁명에 동원되었던 '홍위병'으로 일컬어지는 주도 세력이 다름 아닌 바로 그 고통받던 당사자인 중국 인민이었다는 사실이다. 물론 철저한 정보 차단에 의한 일방적인 맹신도 크게 한몫하였을 것이다. 그러나 나는 현실보다는 이념적 가치를 추구하는 이상 지향의 동아시아적 관념의 일단을 엿볼 수 있는 게 아닌가 하는 생각이다. 어쩌면 그 부분에서는 마오 역시 조금도 다르지 않은 동아시아인이었으니 말이다.

　동일한 현실을 눈앞에 놓고서도 그것의 해결 방안과 인간의 행동 양태는 크게 두 가지로 나눌 수 있지 않을까. 먼저 그 하나는 당장 눈앞의 일에 대한 철저한 현실적 대응, 즉 더 나은 미래에 대한 막연한 기대가 아니라 오늘의 현실에 대한 실용적 시각의 분석과 대응, 그리고 그에 바탕한 구체적인 희망이 그것인데 이는 주로 서구인의 행동 양태에서 찾아볼 수 있는 것이라 하겠다. 반면 다른 하나는 구체적이고 현실적인 분석과 대응이 아니라 막연한 미래에의 이상적 지향, 즉 고도의 이상향을 희망으로 내세워 지금 당장은 적당히 넘어가려는 행동 양태이다. 후자는 주로 동아시아적 가치관의 특징이기도 하며 오늘에까지 이어진 가난의 주된 요인이 아닌가 여겨지기도 한다. 또한 그러한 이상 지향의 관념주의는 때로 극단적 행위의 바탕이 되기도 하는데 중국의 문화대혁명 역시 그런 특징이 배경의 일단이 되지 않았을까 생각한다. 마오 역시 배경의 굴레를 벗어날 수는 없었을 테니.

아무튼 그런 배경을 바탕으로 한 중국 지도부에는 덩샤오핑을 정점으로 한 또 다른 성향의 지도부가 존재했으니 그들 실용주의 노선을 지향하는 세력과의 마찰이 결국 현대 중국 권력 투쟁의 본질이었으리라는 생각도 전혀 배제할 수만은 없을 것이다. 그리고 오늘날 덩샤오핑의 뒤를 이은, 역사상 유례를 찾아보기 드문 엔지니어 출신 지도부와 그들에 의한 중국의 눈부신 성장은 시사하는 바가 결코 적지 않다.

그동안 내가 중국 정치를 생각하며 선뜻 이해하기 어려웠던 것은 톈안먼 광장의 마오와 그들 정치의 모호성이었다. 특히 지금도 버젓이 톈안먼 광장에 내걸린 마오의 사진은 더욱 이해하기 어려웠는데, 내 머리가 나쁜 까닭일까. 우선 마오 그는 혁명 도정, 그리고 대약진 운동과 문화대혁명 등을 거치며 많은 중국 인민에게 본의였든 아니었든 수많은 피와 죽음을 보게 한 사람이다. 우리의 상식으로는 지도자가 그 인민에게 굶주림과 고통, 더해서 피와 죽음을 유발했다면 그는 무조건 비난받고 부인되어야 할 대상이다. 그런데 중국의 마오는 아직도 톈안먼 광장은 물론 그들 인민의 가슴에까지 버젓이 살아 있는 것이다. 또한 직접 권력 투쟁에 내몰려 죽은 것은 아니지만 그의 사후에는 분명 다른 노선을 지향하던 이들이 곧 마오의 처 장칭(江靑)을 비롯한 4인방을 몰아내고 정권을 장악했음에도 말이다. 물론 그 후 덩샤오핑이 마오쩌둥의 공과를 각각 6대 4의 비율로 공이 더 많은 것으로 결론짓기도 했다지만, 톈안먼의 마오 사진이나 광장 마오기념당에 아직도 온전히 보존되어 있는 그의 시신은 아무래도 나로서는 도무지 이해하기 어려운 숙제이다. 더구나 덩샤오핑 그는 스스로 자신의 유해를 화장하도록 유언까지 했으니 그의 탁월한 지도자적 역량은 별론으로 하고 가히 중국 정치 '모호성'의 극치라 할 수 있지 않겠는가.

모호성. 한번 생각해 보라. 중국 정치에 있어 어떤 사실에 대한 명확한 의사 표시가 얼마나 있었는지. 아마 중요한 결정의 대부분은 그 행간을 읽어 어렴풋이 짐작하거나 차후 어떤 해석도 가능한 '모호함'으로 일관하지 않았는지. 그렇다고 그들이 무조건 이중적이라는 의미는 아니다. 한편 생각하면 그만큼 신중하고 조심스럽다는 의미도 될 수 있을 터이다. 그러나 그것은 또 한편, 표면의 절대 권력과는 다른 이면의 팽팽한 권력 긴장을 드러내는 증거일 수도 있다.

사실이 그랬다. 난 우리의 정치 현실에서 언제나 보아 온 절대 권력에만 익숙했던 편이라 일당 체제 국가인 중국의 경우 그 정도가 더욱 심하리라 막연히 짐작했다. 그러나 그들에게는 드러나지 않는 권력의 긴장이 언제나 유지되고 있는 듯싶었다. 당장 얼마 전 보도된 화궈펑(華國鋒) 등 중국 국가 원로의 공산당 탈당과 그에 따른 현 중국 지도부의 긴장을 보아도 그렇다. 그런 식의 노골적인 반발이 있으리라고는 그야말로 중국 정치에 정통한 전문가라 할지라도 쉽사리 예측하기 어려웠으리라.

그럼 도대체 이상과 명분을 우선시하는 유사한 관념적 사고에 바탕을 둔 한·중 양국의 이러한 현실의 차이는 무슨 까닭에서 연유하는 것일까? 어떤 이는 그것을 두고 탁류와 청류론을 들먹이기도 한다. 즉 중국의 경우는 먹는 물 자체에서부터 황허의 탁류를 '길어다 가' '끓여서' '식혀' 마셔야 하는 반면, 우리 민족의 경우는 산천 어느 곳에서나 맑은 청류를 '그 자리에서' '아무 때고' '그대로' 마실 수 있 다는 근원적 혹은 자연 환경적 차이에서 비롯되는 것이라는 이야기 이다.

물론 빠르고 순결한 명쾌함은 탓할 수 없는 아름다움이다. 그러나 느리고 탁한 모호함에도 분명 미학은 있었다. 뿌예서 그 속이 들여 다보이지 않는 탁류 속엔 절대적 전횡을 견제할 비수가 숨겨져 있 다. 오늘 바뀌면 당장 어제를 모두 부인하는 재빠름이 아니라 어정 쩡하지만 미뤄 둔 채 득이 되는 요인들은 약으로 이용할 줄 아는 지 혜, 더해서 칼날 같은 명쾌함이 아니라 언제든 때에 맞게 재해석할 수도 있는 불투명한 여백, 그것들이 바로 오늘의 중국을 일군 밑바탕 이자 내일의 힘은 아닐는지.

한국, 그건 마음에 든다?

지난 8월 13일 일본 총리 고이즈미 준이치로(小泉純一郎)가 기어이 야스쿠니 신사에 참배를 해 동아시아 여러 나라를 열 받게 했다. 그중 가장 격렬한 분노를 보인 것이 바로 우리 한국이었다. 정부의 공식적인 대응을 보아도, 주한 일본 대사를 불러서 항의했고 고이즈미 총리 방한 재검토, 일본 문화 개방 일정 연기 등은 물론, 심지어는 새마을호 열차 내의 일본어 안내 방송까지 없애 버릴 정도의(물론 며칠 후 재개되었지만) 과열로 치달았다. 그러니 민간의 반응은 더 말해 무엇하랴.

그때 난 마침 중국에 있었는데 우리와 달리 그들의 반응은 무덤덤 일색이었다. 기껏 정부 측의 대응이라고 나온 것도 유감 표명 정도였고 민간 역시 특별한 반응을 보이지 않았다. 그럼 그들이 본래 그렇게 덤덤하고 점잖기만 해서일까? 결코 그건 아니다. 당장 지난

1999년 5월 9일의 유고 주재 중국 대사관 피폭 사건 때만 해도 차세대 지도자로 지목받는 국가 부주석 후진타오(胡錦濤)가 직접 중국 정부를 대표해 항의 시위를 지지했을 뿐 아니라, 오폭이었다는 미국의 어정쩡한 사과에도 불구하고 베이징 대학을 비롯한 민간의 격렬한 시위는 중국 주재 미국 대사의 사실상 감금이라 할 만한 정도였다. 그뿐인가. 바로 올해 4월 1일에 있었던 하이난 도(海南島) 인근 남중국 해상의 미국 정찰기 EP-3기와 중국 전투기 간의 충돌 사건 때만 해도 중국은 실로 당당한 외교적 처신을 보였고, 민간 역시 그에 걸맞은 격한 반응으로 정부의 대응에 발을 맞췄다. 당시 내가 본 TV 방송 중, 전투기 추락으로 실종된 조종사의 가족을 초청해 대대적인 위로와 함께 국론을 조정하던 캠페인성 프로그램이 아직도 기억에 또렷하다.

그렇다면 도대체 그들 중국민들의 대일관(對日觀)이나 속내는 어떤 것인지 궁금하지 않을 수가 있겠는가. 당장 난징 대학살 사건만 해도 자그마치 42만 명이나 되는 인명이 한꺼번에 목숨을 잃었으며, 731 부대를 비롯하여 잔학한 일본인들이 직접 중국 땅에서 저지른 만행이 도대체 얼마였던가. 만행, 그것은 전쟁과는 분명 다른 차원의 이야기이다. 아무리 전쟁 중이라 하더라도 포로나 특히 민간인을 상대로 저지르는 만행은 반인류적 범죄로 비난받고 처벌되는 것이 작금의 추세가 아니던가. 그런데 그런 피해의 당사자들이 너무도 조용했으니.

'속이 다 시원합니다. 우리도 그렇게 해야 되는데…… 한국이 정

말 마음에 듭니다.' 답답한 내 질문에 대한 그들의 대답은 그것이었
다. 한마디로 마음은 다르지 않다는 이야기이다. 그러니 CCTV로 보
도되는 한국 소식에 그야말로 속이 다 시원하지. 참으로 알 수 없는
것이 그들의 속내이다. 황장엽 사건이나 장길수 일가족 등 탈북자
관련 소식은 물론, 세계를 황당하게 한 김정남 일본 위조 여권 입국
사건 같은 흥미 만점의 사건에는 완벽한 보도 통제를 가하던 그들이
이 소식은 뉴스 시간마다 반복, 또 반복했으니. 더 알 수 없는 것은
그러면서도 자신들은 별다른 액션을 취하지 않는다는 것이었다. 가
슴의 불은 한국인이 나타내는 격렬함으로 삭이고 우리는 일단 가만
히 있어 보자, 결국 그런 속셈인가?

그들도 분노는 가득했다. 그렇지만 아무런 실속도 없이 고함치고
흥분하지 않겠다는 태도였다. 최소한 내 눈에는 그렇게 보였다. 어
차피 국내 여러 정치적 여건을 고려해 작심한 고이즈미의 행동에 아
무리 떠들어 봐야 실리는 없을 테고, 어디 다음에 보자 하는 속셈이
아니었겠나. 당장 비교해 봐도 우리의 감정으로는, 수입 금지 조치보
다는 신사 참배가 훨씬 더 흥분할 일이다. 그렇지만 중국인은 아니
었다. 지난번 중국산 파와 돗자리 등에 대한 일본의 금수 조치에 중
국은 당장 전자 제품에 대한 무역 보복으로 응대하여 결국 일본이
즉시 꼬리를 내리게 만들고 말았었다. 어떻게 보면 오직 실리만이
그들이 추구하는 바인 것 같기도 하다.

그러나 미국을 상대로 한 여러 사안에서 나타나는 그들의 태도는
꼭 그렇지만도 않다. 무슨 의미일까? 이제 상대는 미국뿐이라는, 그

래서 일본쯤은 무시하겠다는? 내 생각에는 그렇지 않은 듯싶다. 특히 중국민 그들의 심정은 말이다. 당장 최근에 일고 있는 한류(韓流) 열풍에서도 그런 그들의 심사를 다시 확인할 수 있다. 김희선, 안재욱이나 HOT 등의 노래에 열광하는 그들이라면 결국 우리 또래들과 조금도 다를 바 없다. 그런데 적잖이 열광하는 우리의 또래들과 달리 그들에게서는 도무지 일류(日流) 열풍의 기미는 찾아볼 수 없으니 이건 또 무슨 까닭일까. 물론 1980년대 초반 한때 잠깐 일류 바람이 스쳐 지나기는 했다지만 내가 보기에 그들의 가슴에 뿌리 깊이 자리 잡은 잠재적 반일 감정은 적어도 지금의 세대에서는 다시 우리와 같은 일본 열풍을 기대하기 어렵게 한다.

아무튼 난 그들의 이런 여러 행태를 보며 이제는 우리의 처신을 깊이 숙고해야 할 때가 아닌가 생각한다. 물론 격정을 뒤로 감춘 이중적인 태도만이 바람직하다는 것은 아니다. 때로는 냄비 근성이라는 비난을 듣더라도 흥분된 감정을 그대로 표현하는 것도 상대에게 우리의 확실한 의지를 나타내 보이는 한 방편이기는 하다. 그러나 문제는 그것이 금방 식어 버려 대부분 아니한 것만 못한 구호로 끝나 버린다는 것이다. 특히 이런 국민 감정에 더불어 정부나 지식층의 감정적 대응은 더욱 실속 없이 스스로의 무능을 고백하는 처신에 불과하다.

지나간 여러 일들 중 그러한 면에서 내가 가장 아쉬웠던 것은 일본 자위대의 움직임에 대한 우리의 대응이다. 특히 지난 9·11 뉴욕 테러 사건을 지켜보며 기다렸다는 듯 호기로 삼아 자위대의 공식적인 군사화를 꾀하는 일본의 준동을 그대로 보고만 있는 우리의 자세는 한심하기 이를 데 없어 보였다. 그날 세계 각 주요 언론의 논조를 기억하면 거의가 '진주만 공격에 뒤이은……'이었다. 이제 일본은 사실상 통제할 수 있다거나 최소한 이용할 수 있는 동반자라 생각할지 모르는 미국의 태도는 또 그렇다 치자. 그러나 자위대의 준동은 태평양 건너의 미국보다 우리에게 훨씬 직접적이고 당면한 불덩이다. 그런데도 지금 발등 위로 떨어지고 있는 그 불덩이를 그저 지켜만 보고 있는 꼴이다.

제2의 진주만이 된 뉴욕의 9·11테러는 우리뿐 아니라 중국을 비롯한 모든 동아시아 국가에 일본군의 준동을 질타할 수 있는, 그리고 그들 양심 세력의 가슴에 처절한 반성을 일깨울 수 있는 절호의 호기였다. 틀림없이 일본은 그날 뜨끔한 양심의 가책을 느꼈어야 한다. 그런데도 뻔뻔하게 그것을 반성의 기회가 아니라 또 다른 야욕의 기회로 삼으려는 작태에 왜 우리는 매서운 지적을 한마디도 하지 못하는가 말이다. 기회를 기회로 이용할 줄 모르는 둔감함, 그저 감정에 취해 냄비처럼 들끓었다 금세 까맣게 잊어버리는 어리석음. 그러고도 아무런 실익도, 따끔한 메시지도 전하지 못한 채, 그들의 자위대 파병에 그대로 동의해 버리는 듯한 자세를 취하고 만 방한(訪韓) 수락.

우리가 중국민들에게 약소국이 아닌 동아시아의 당당한 일원으로 인식되고 그들의 존경을 받을 수 있는 또 하나의 기회였다. 무슨 까닭에서건 그들이 침묵하는 부분에서 우리가 분연히 소리치고 끈질

기게 성과를 이루어 갈 때, 더구나 그것이 그들이 내심 바라는 감정이나 속내와 일치할 때 그들은 분명 우리의 영원한 친구가 될 것이다. 최소한 중국민 그들의 심정적 정서로는 말이다.

중앙당교

베이징 시 서북쪽 이화원 근처에 중앙당교(中央黨校)라는 이름의 특별한 학교가 하나 있다. 정식 명칭은 중국공산당 중앙당간부학교(中央黨幹部學校)이다. 우리 식으로 말하면 집권당 중앙연수원과 중앙공무원교육원, 그리고 국방대학원을 모두 합쳐 놓은 기능쯤으로 생각하면 되지 않을까. 중국 국가 기관과 공산당의 주요 간부들을 수시로 불러다 교육시키는 곳이니 말이다. 그런데 이 학교에 대한 재미있는 독설이 중국 인민들 사이에 퍼져 있다. 그것은 지금 중앙당교의 자리가 옛날 청대(淸代)의 철녀 서태후가 이화원으로 행차할 때 그 시종들이 말을 매놓고 쉬던 자리였는데 이제는 당간부들이 그곳을 학교로 쓰고 있는 데서 비롯된 조롱이니, 아무래도 치자(治者)와 피치자(被治者) 사이는 그 성과와는 상관없이 영원히 가까워질 수 없는 견원지간인 모양이다.

아무튼 이 중앙당교에는 우리가 생각하는 공직자 교육 기관과는 다른 점이 하나 있는데, 그것은 일반적인 직무 교육과는 별도로 정규 석·박사 과정을 개설하고 있다는 것이다. 즉 지금 중국 정부는 국가 주요 정책 결정에 관여하는 일정 직급 이상의 고위 공직자는 반드시 석·박사 학위를 취득하거나 최소한 그 과정을 수료하도록 요구하고 있는데, 그를 위해 당 교육 기관인 중앙당교 내에 그와 같은 정규 교육 과정을 개설한 것이다. 그럼 그들의 교육에 대한 열정과 인재에 대한 갈망은 어느 정도인지 알아보자.

먼저 중앙당교의 교육 취지는 국가와 당의 중·고급 간부를 양성하고 훈련하는 것을 목적으로 한다니 우리 공무원 교육이나 별반 다름 없는 사항이다. 그런데 그들 교육 과정 중 먼저 눈에 띄는 하나는 당·정·군을 불문하고 우리의 차관에 해당되는 고위 공직자가 되려면 우선 중앙당교에서 1년간의 교육을 수료해야 한다는 것이다. 그 밖에도 그런 교육 과정을 거친 장·차관급도 최소 5년에 한 번 3개월간 교육을 받아야 하며, 국장급에 해당하는 간부는 3년마다 6개월간 받아야 하는 등 특히 고위 공직자에 대한 지속적인 의무 교육을 실행하고 있다는 것이다. 물론 그것은 당연히 국가 정책 결정에 관여하는 이들에게 보다 전문적인 식견을 습득하게 하여 그 성과를 높이자는 뜻에서일 것이다. 그러나 한 나라의 공직자들에게 그처럼 장기간에 걸친 정규 교육 과정을 개설해 재교육시킨다는 건 어느 나라에서건 선뜻 시행하기 어려운 일일 것이다. 그런데 지금 중국 정부는 그것을 하고 있다. 내가 중국에 더욱 놀라고 그들의 미래를 두려워하게 된 것도 바로 그런 연유이다. 우리가 쉽게 말하는 만만디의 저력이란 바로 이런 것이 아닐까.

중국 정부의 주요 정책을 예견하는 여러 방법 중 하나가 그들 주요 지도자의 공식 연설 행간에 담긴 의미를 읽어 내는 것인데, 중앙당교에서의 연설은 어느 것 하나 소홀하게 넘길 수 없는 가장 중요한 것 중의 하나이다. 그것은 당장 그 연설의 직접적인 청중이 중국 정부의 중추 세력이거나 앞으로 그 자리를 이어 미래 중국을 이끌어 나갈 사람들이기 때문이기도 하겠거니와, 그만큼 중앙당교에 대한 막중한 신뢰와 비중을 감추지 않는 표현이기도 할 것이다.

우리가 소홀히 보아 넘길 수 없는 것은 현 중앙당교의 교장이 후진타오라는 사실이다. 그는 이미 여러 보도에서 접해 알고 있듯 2003년부터 시작될 차기 중국 지도 체제에서 장쩌민으로부터 국가 주석직을 이어받을 것으로 예상되는 인물이다. 그런 그가 지금 국가 부주석, 중앙군사위원회 부주석, 중앙서기처 서기 등의 직책과 함께 중앙당교 교장을 겸임하고 있는 것이다. 전임 교장 차오스(喬石) 역시 중국 3대 정치 세력의 하나인 전국인민대표회의 상무위원장을 역임했던 사실에서도 그 의미를 엿볼 수 있다. 물론 그러한 배경에는 다른 여러 의미도 감춰져 있을 것이다. 그러나 나는 그런 역학적 관계보다도 미래를 대비하는 그들의 장기적 안목과 자세를 거울 삼아 우리의 오늘을 돌이켜 보고자 이야기를 전하는 것이다.

또한 중앙당교에서는 지금 정규 대학 졸업자 중 3년 이상의 사회 실무 경험이 있는 당원들을 대상으로 석사 또는 박사 과정의 고급 간부 지망생을 모집하여 그들을 미래 중국의 중추로 양성하고자 많은 노력을 기울이고 있다. 더구나 3년의 실무 경험이라는 전제 조건 때문에 보다 젊은 인재를 발탁하는 데 어려움이 많다 하여 내년부터는 해당 규정까지 폐지, 참신한 인재 모집과 양성에 나설 모양이다. 결코 소홀히 보아 넘길 수 없는 인사 제도이며 우리와 비교되는 부분이기도 하다.

사실 우리 공무원 임용 제도는 중국 수나라 때 시작된 과거제에 그 뿌리를 두고 있다. 물론 중국 역시 청조까지만 하더라도 일부 변형되기는 했지만 과거제를 시행해 왔었다. 그러나 공산혁명 이후 기존의 과거 제도는 거의 자취를 감추었는데 당장 그들의 입장에서 그 당위성이나 타당성을 거론할 바는 못 되지만, 지금 우리의 입장에서 그들 과거제에서 유래한 공무원 임용 제도의 허와 실은 한 번쯤 짚고 넘어갈 필요가 있지 않을까 생각한다.

먼저 전래의 과거 제도에 섣부르지만 독한 칼날을 대본다면 기존 체제 유지에 필요한 학문만을 의도적으로 강요했다는 사실이 우선 비판의 대상이 될 수 있다. 특히 근래에 들어 일고 있는 유교 이념에 대한 많은 비판 역시 바로 그런 왕조 통치 이념의 뿌리였다는 사실에 그 까닭이 있을 것이다. 오직 하나의 체제에 순응하기 위한 학문, 그리고 그 학문을 통한 부와 명예의 성취. 결국 국가를 움직이는 근간인 관료 제도는 태생부터 나라의 주인이라는 국민을 위한 제도가 아니라 왕조와 체제를 위한 제도였으니 말이다. 우리가 시행하고 있는 현재의 공무원 임용 제도에서도 그 답습을 찾아볼 수 있는데, 물론 그것이 아직도 전적으로 체제에 봉사하기 위한 제도의 밑받침이라는 의미는 아니다. 다만 어떻게 결정되었는지 알 수 없는 기존의 논리에 그대로 순종하는 특정 학문의 반복으로 그만큼 학문의 다양성이나 개인의 창의성을 저해하고 있다는 사실을 말하려는 것이다.

해방 후부터 오늘에 이르기까지 우리의 교육을 지배하는 학과목은 최근에 추가된 컴퓨터와 같은 몇몇 과목을 제외하면 대부분 그대로 유지되거나 확대 혹은 축소된 변형에 불과하다. 물론 그것들이 오늘을 살아가는 우리에게 마땅히 유용한 것들이라는 사실은 부인할 수 없다. 그러나 그런 교육에 지배된 사고로 다시 기존 제도를 유지하는 지금의 체제에서 기존의 것에 대한 긍정과 수용 이외에 다른 무엇을 기대할 수 있겠는가. 당장 우리 공무원 임용 제도의 최고봉이라는 각종 '고시'의 시험 과목만 살펴보아도 그렇다. 오직 법, 영어, 더해서 때에 따라 들쭉날쭉하는 국사나 윤리 과목 등이 전부가 아니던가. 그러니 오직 그것에만 매달린 이들이 다시 우리의 체제를 유지하고, 결국 그 한계를 뛰어넘지 못하는 반복이 거듭될 수밖에. 다 좋다. 그러나 내 바람은 누구도 생각하지 못하던 것을 가르치고 배우고 싶어하는 이들도 세상의 아웃사이더가 아닌 정당한 구성원으로 인정받고 걸어갈 길이 있는 그런 세상이 되었으면 하는 것이다.

아프리카 제국(諸國)의 외교관이라면 당연히 영어나 프랑스 어의 능력도 필요하겠지만 역시 스와힐리 어에 능통하고 그들의 전통과 문화에 해박한 사람이어야 훨씬 더 성과가 뛰어나지 않을까. 마찬가지로 그런 사람이라면 상대가 아무리 강대국이라 할지라도 지레 위축되어 비굴한 태도로 나라의 얼굴에 먹칠을 하지는 않을 것이다. 얼마 전 중국에서 일어난 한국인 사형 집행 사건의 전말을 지켜보며 그들 정부가 인계해 준다고 화장까지 된 유해를 덜렁 인수받은 우리 공관의 어이없는 자세도 결국은 지레 위축된 사대 외교의 전형이 아니라면 무능함에서 비롯된 것일 거라는 생각을 했다. 그 어려운 고시에 통과한 분들이 그토록 무능하지는 않을 것이니, 참으로 아쉽다. 덜렁 유해를 인수할 것이 아니라 최소한 우리 국민인지 확인이라도 해달라고 주장했더라면 여러 면에서 상황은 좀 더 나아지지 않았을까 말이다.

또 지금 중국에서 가장 인기 있다는 직업인 변호사도 제도상 우리와는 많은 차이가 있었다. 즉 그들은 우리처럼 판·검사를 지냈다고 무조건 그 자격을 부여하는 것이 아니라 그가 검사였든 판사였든 퇴직을 하고 변호사를 하려면 다시 시험을 거쳐야 한다는 것이다.

우리도 제도상의 대전환을 한 번쯤 해볼 필요가 있다. 최소한 지금 엄청난 실업자군을 이루고 있는 많은 석·박사 학위 소지자들을 제대로 된 공무원으로 임용하는 방법부터 찾으면서 말이다. 물론 그 모든 것이 철밥통에 대한 미련부터 버려야 하는 기존 세력의 각성과 양보를 전제 조건으로 하는 일이니 아무래도 기대하기는 어렵겠지만 그래도 한번 간곡히 청원을 해본다.

중국읽기

초판 1쇄 인쇄일 · 2001년 12월 20일
초판 1쇄 발행일 · 2001년 12월 24일
지은이 · 김정현
펴낸이 · 임성규
펴낸곳 · 문이당

등록 · 1988. 11. 5. 제 1-832호
주소 · 서울시 성북구 동소문동 4가 111번지
전화 · 928-8741~3(영) 927-4991~2(편)
팩스 · 925-5406
ⓒ 2001 김정현

홈페이지 http://www.munidang.com
전자우편 webmaster@munidang.com

ISBN 89-7456-176-X 03810